Jean-Pierre Gattégno **Der Geschichtendieb**

Jean-Pierre Gattégno

Der Geschichtendieb

Roman

Aus dem Französischen
von Karin Balzer

RECLAM
LEIPZIG

Für Jacques Demy
Für Jeanne Moreau in ihrer phantastischen Rolle
in der *Bucht der Engel*

Originaltitel: Une place parmi les vivants
Originalverlag: Calmann-Lévy, Paris

Besuchen Sie uns im Internet:
www.reclam.de

1. Auflage, 2002
Umschlaggestaltung: Gabriele Burde unter Verwendung einer Fotografie der Bildagentur MAURITIUS
Autorenfoto Umschlagklappe: privat
Gesetzt aus Rotis serif
Satz: Reclam Verlag Leipzig
Druck und Bindung: Westermann Druck, Zwickau
Printed in Germany
ISBN 3-379-00795-1

Wenn du möchtest, dass Gott lacht,
erzähle ihm von deinen Plänen.

Alejandro Gonzales Iñarritu
Hundeliebe

Prolog

Ich bin das Kind der mittelalterlichen Finsternis und der New Yorker Dunkelheit. Eine Brücke über dem Abgrund.

Vielleicht wäre das ein guter Anfang, dachte der Mann mit der Goldrandbrille, vielleicht aber auch nicht …

Er überquerte den Boulevard de Rochechouart.

Gerade begann es zu schneien, kleine weiße Punkte wirbelten durch die Nacht. Doch er vergaß seinen Schirm aufzuspannen oder wenigstens den Kragen seines Trenchcoats hochzuschlagen. Dieser Anfang ging ihm nicht aus dem Kopf. Alles hing von einem stimmigen Einstieg ab. Hatte der Leser nicht schon nach den ersten Zeilen angebissen, war alles umsonst gewesen. Er würde das Buch zuklappen und sich ein anderes vornehmen. Allein die Vorstellung machte ihn schwindlig. Und doch lag es auf der Hand. In den Buchhandlungen bogen sich die Tische unter der Last der Bücher, lieferten sich einen frenetischen Konkurrenzkampf mit ihren ersten Zeilen. Anfangszeilen gegen Anfangszeilen. Gleich zu Beginn, mit zwei einschneidenden, frappierenden und ätzenden Sätzen skizziere ich die Lage, dachte er, schaffe die Atmosphäre, stelle die Personen vor und lasse den Leser vor Neugier auf die Fortsetzung fast vergehen.

Meist muss die Schlacht in den ersten beiden Sätzen gewonnen werden …

Die beiden Sätze waren ihm vor einer Viertelstunde am Square d'Anvers eingefallen, als er jedoch am Boulevard de Rochechouart ankam, fand er, dass sie noch etwas überarbeitungsbedürftig waren. Ein gewisser Charme war ihnen allerdings nicht abzusprechen. Absichtlich ließ er die Schlüsselworte im Dunkeln. Das Kind der mittelalterlichen Finsternis und der New Yorker Dunkelheit ließ eine seltsame Paarung in einer Atmosphäre von moderner Geheimniskrämerei und archaischer Magie erkennen. Das Ganze wurde noch verstärkt durch die Anspielung auf die Brücke über dem Abgrund. Trotzdem war er nicht ganz zufrieden. Es klang zu sehr nach Anfänger, etwas mehr Subtilität wäre wirklich angebracht. Er musste mit Ripper darüber sprechen.

An der Ecke Rue du Steinkerque und Boulevard de Rochechouart stieß er auf eine Polizeistreife. Doch sie beachtete ihn nicht. Unbehelligt bog er in die Rue du Steinkerque ein. Sie wirkte ein bisschen unheimlich, fast abschreckend. Doch er machte sich nichts daraus, denn schließlich wollte er ein Mann sein, der Angst verbreitete und keiner, der Angst empfand. Außerdem war der Anfang nicht sein einziges Problem: Er wollte eine filmreife Geschichte, geschrieben in einem bewegenden, klangvollen Stil. Der Leser sollte sich vor dem Buch niederlassen wie vor einer Leinwand oder einem Fernsehgerät. Das gelang nur sehr wenigen Schriftstellern. Ripper konnte es. Man fühlte sich wie in einem Film, wenn Ripper seine Liebesgeschichten erzählte. Er wollte, dass seine Hauptfigur durch eine Stadt ging, wie er selbst es gerade tat. Ein einsamer Jäger. Dieses Bild war ihm wichtiger als alles andere. Bei Filmen machte man sich dieses Verfahren oft zu Nutze. In *Saturday Night Fever* heftete sich die Kamera während des gesamten Vorspanns auf John Travoltas Schuhe. Lange bevor man sein Gesicht sehen konnte, kannte man schon seinen Gang – den Gang eines entschlossenen Mannes. In einem spannenden Film erregte diese Vorgehensweise Angst. Hier, in dieser finsteren, in nächtliches Dunkel getauchten Straße auf dem bei jedem Schritt knirschenden Schnee – und in Anbetracht dessen, was er vorhatte – bekam man Gänsehaut. Da konnte gar nichts schief gehen: Die Angst würde sich ganz von allein einstellen und der Tod würde durch sein banales Gesicht umso schrecklicher wirken.

Am Place Saint-Pierre bog er nach links zur Zahnradbahn ab, nahm sie jedoch nicht, sondern stieg die Treppe zur Rue Foyatier hinauf. Oben stellte er die dicke Aktentasche aus Leder, die er in der linken Hand trug, ab und putzte sich die Brille. Die Stadt lag ihm zu Füßen, versunken in Nacht und Schnee. Im Osten beschrieb die Umgehungsstraße eine gelb leuchtende Schleife, die sich weiter hinten im Nebel verlief. Paris ist eine Frau, dachte er. Der Satz gefiel ihm. Er notierte ihn in seinem Notizbuch. Vielleicht gefiel er Ripper auch. Dann nahm er die Aktentasche wieder auf und ging die Rue du Cardinal-Guibert hinunter, am Sacré-Cœur entlang, bog nach links in die Rue du Chevalier-de-la-Barre und nochmals links in die Rue du Mont-Cenis ein. Er musste sich zwar beeilen, dachte aber trotzdem dauernd an seinen Anfang.

Als er die Tür zum *Lapin chasseur* aufstieß, war es zehn Uhr. Das Café war beinahe leer. An der Bar unterhielt sich ein Mann mit dem Kellner, ansonsten waren nur zwei Tische besetzt. An dem einen saß eine Frau mit einem etwas traurigen Gesicht. Sie trug ein perlgraues Kostüm und hatte ein Bier vor sich, von dem sie kaum getrunken hatte, da sie in ein ziemlich dickes Buch vertieft war.

An dem Tisch ganz hinten saß unter der Kopie eines Gemäldes von Toulouse-Lautrec, das eine nackte Frau auf einem Diwan darstellte, Ernest Ripper und tippte auf einem Macintosh PowerBook.

Der Vertrag

1 »Ich hatte wirklich die Schnauze voll von diesen Abenden im *Lapin chasseur.* Er hielt sich wohl für Sartre, der *Das Sein und das Nichts* ja schließlich auch im berühmten Café *Les deux Magots* geschrieben hat. Also habe ich ihn vor die Tür gesetzt. Das hat er wortlos hingenommen.«

Sobald sie sich auf diese Couch legte, kam Maryse jedes Mal die ganze alte Wut wieder hoch. Der Mann im Sessel schwieg, und sie wusste nicht so recht, ob sie auf ihn wütend war oder auf den vermeintlichen Schriftsteller.

»Sie sind auch nicht besser!«, schrie sie. »Wenn ich jetzt aufstehen und weggehen würde, würden Sie auch nichts sagen. Wie Ernest, er …«

Ihr Blick fiel auf das Bild von Daurat, das über einer Kommode hing. *Der 24. Tag.* Es stellte einen Betontunnel dar, der sich wie in einer raschen Drehbewegung in die rechte Ecke des Bildes drängte. Die Architektur des Tunnels, der trotz seiner imposanten Betonmasse erstaunlich luftig wirkte, das Licht aus der ovalen Öffnung ganz links, der Frieden, den das Ganze ausstrahlte, erinnerten an die Stimmung in einer Kathedrale. Genau das hätte sie gerne in ihrem Büro gehabt.

»Ernest! Der bringt doch nichts zustande«, fuhr sie fort. »Jede Entscheidung überlässt er anderen. In Aim'-sur-Meuse war ich diejenige, die die ersten Annäherungsversuche gemacht hat. Er hätte keinen Finger gerührt. So ist er schon immer gewesen, seit ich ihn kenne. Gebildet, intelligent, aber völlig unfähig, eine Entscheidung zu treffen. Ich musste erst diesen Job als Lektorin bei Condorcet finden und ihm Romanübersetzungen besorgen, bevor ich ihn endlich dazu bringen konnte, das Gymnasium und seine Englischkurse sausen zu lassen und zu mir zu ziehen. Damals wollte ich das unbedingt. Ich dachte, die Übersetzungen dieser hirnrissigen Romane wie *Schließ mich fest in deine Arme* oder *Rendez-vous mit dem Glück*, das wäre was für den momentanen Lebensunterhalt, aber doch nichts für ewig. Ich war davon überzeugt, dass er begabt wäre, dass seine Texte von Condorcet verlegt werden könnten. Er erzählte mir, dass sein Onkel – der alte Samuel, wie er ihn nannte – einen großen Schriftsteller in ihm sah. Einen großen Schriftsteller! Daran habe ich auch mal geglaubt. Deshalb habe ich mit ihm zusammen den Onkel im Krankenhaus einmal besucht. Ein unappetitlicher alter Mann, halbseitig gelähmt, der ständig nur sterben wollte – und ununterbrochen geredet hat. Dabei ist ihm ununterbrochen der Speichel aus dem Mund gelaufen. Zum Kotzen. Und der wollte mir sagen, dass Ernest besser sei als Victor Hugo. Schon als Kind habe er Tagebuch geführt, habe wunderbare Sachen hineingeschrieben. Und jetzt sei er dabei, sein großes Werk über einen bestimmten Serienkiller zu verfassen, einen Mann, der vor langer Zeit die ganze Welt in Angst und Schrecken versetzt hätte. Ich war wohl ziemlich verliebt, dass ich einen solchen Quatsch geglaubt habe. Natürlich hat mir Ernest schließlich ein Manuskript gezeigt. Der Roman des Jahrhunderts, wenn man ihm Glauben schenken wollte. In Wirklichkeit war es geschmacklos und selbstgefällig. *Das Jüngste Gericht.* Schlimmer noch als seine Liebesromane. Angeblich hat ihn das Alte Testament dazu inspiriert. So ein pompöser Käse, der sich selbst ungeheuer ernst nimmt. Da hab ich nicht lange gefackelt und diesen Victor Hugo vor die Tür gesetzt. Später hat er sich dann so eine Rotznase an Land gezogen, halb so alt wie er … und wie ich. Das war nicht gerade …«

»In Ordnung, Madame«, sagte der Mann und stand auf.

Auch sie erhob sich und legte fünfhundert Francs auf den Tisch, während er sich gedankenlos die Haare aus der Stirn strich. Maryse gefiel diese Bewegung. Sie verlieh ihm so ein intellektuelles, leicht arrogantes Etwas. Und sie überlegte, ob sie die Therapie nicht allein wegen dieser Bewegung angefangen hatte. Allerdings war es viel Geld, nur um zu sehen, wie sich jemand die Haare aus der Stirn strich, aber es war ihr ohnehin längst zur Gewohnheit geworden, für Männer Geld auszugeben.

Als sie ins Freie trat, war es bereits dunkel. Schnee wirbelte vom Himmel.

Es war halb zehn.

Trostlos lag die Avenue Trudaine vor ihr. Plötzlich fröstelte sie.

*

Plötzlich fiel ihr der Mann aus den Schlagzeilen wieder ein, der, dessen Phantombild jedes Mal anders aussah und der seine Morde rund um den Place Clichy beging.

Der Schneefall wurde heftiger. Ihr Austin stand am Boulevard de Rochechouart, auf der anderen Seite des Square d'Anvers. Am anderen Ende der Welt. Die Straße um den Square war schlecht beleuchtet, und wegen der dicken Eisschicht unter dem Schnee musste sie vorsichtig einen Fuß vor den anderen setzen.

Sie hatte den Eindruck, dass jeder Schritt eine Ewigkeit dauerte. Um diese Zeit gehe ich nie wieder zur Therapie, dachte sie. In der Ferne erkannte sie im Schneegestöber die Lichter des Boulevard de Rochechouart. Instinktiv beschleunigte sie ihre Schritte, doch kaum hatte sie ein paar Meter zurückgelegt, da rutschte sie aus und konnte sich gerade noch an der Einfriedung des Square festhalten. Sie blieb kurz stehen, holte Luft und ging dann mit ganz kleinen Schritten vorsichtig weiter. Plötzlich hörte sie hinter sich jemanden gehen. Ein Mann, dessen war sie sich ganz sicher. Er schien seinen Schritt dem ihren anzupassen. Vielleicht hatte er ebenfalls Angst auszurutschen. Oder folgte er ihr? Dieser Gedanke erschreckte sie. Sie versuchte sich einzureden, dass es nur ein Spaziergänger war. Aber ein Spaziergänger bei diesem Wetter? Gleichmäßig knirschte der Schnee unter seinen Schritten. Maryse hörte nur noch dieses leise, kaum wahrnehmbare Geräusch, das immer näher kam. Sie dachte an einen Film, in dem ein Mann, der etwas Schreckliches vorhatte, pfeifend dahinschlenderte – und sich reichlich Zeit dabei ließ. In der Zeitung hatte eine Frau, die ihm gerade noch entkommen war, berichtet, er wolle seinen Opfern einreden, er habe alles im Griff, das Kräfteverhältnis wirke sich zwangsläufig zu seinen Gunsten aus. Sich Zeit zu lassen, allein dadurch entstünde schon dieses Kräfteverhältnis. Ihr Herz klopfte zum Zerspringen. Sie wollte sich einreden, dass man nicht in jedem Fußgänger gleich eine Bedrohung sehen durfte, aber der Gedanke nützte nichts. Der Mann kam näher. Er hatte den Schritt keineswegs beschleunigt, und doch war er schon fast auf gleicher Höhe mit ihr. Sie blickte sich um und stellte fest, dass sie kaum vorwärts gekommen war, als warte sie auf jemanden. Hatten das die anderen Frauen auch getan? Warteten sie brav darauf, dass ihnen die Kehle durchgeschnitten wurde? Ihr ging durch den Kopf, dass sie erst fünfunddreißig war, dass sie gerne hübscher gewesen wäre, sie, die an der Uni im Département Meuse klassische Literatur gelehrt hatte und nun Lektorin bei Condorcet war. Sie, die gerade eine Psychoanalyse durchmachte und deren ganzes Leben ein einziger Trümmerhaufen war. Und sie dachte an Ernest. Dieses Schwein war schon über vierzig. Durfte er etwa länger leben als sie? Dieser Gedanke schien ihr unerträglich. In ihrem Magen entstand ein dicker Kloß, der verzweifelt nach oben drängte. Der Kloß stieg immer höher, doch es blieb ihm nicht viel Zeit. Der Mann ahnte es wohl, denn mit siegesgewisser Gelassenheit kam er näher. Er war bereits auf ihrer Höhe, als Maryse plötzlich spürte, wie der Kloß in ihre Kehle stieg. Sie machte den Mund auf, um ihn loszuwerden.

Es kam kein einziger Ton.

Und der Mann war jetzt neben ihr.

Er sah sie nicht an, hob nicht einmal den Blick. In der linken Hand trug er eine dicke Aktentasche aus Leder, die rechte hatte er tief in der Manteltasche vergraben. Als er vor ihr ging, hörte ihn Maryse murmeln: »Ich bin das Kind der mittelalterlichen Finsternis und der New Yorker Dunkelheit. Eine Brücke über dem Abgrund … Das ist gut, sehr gut!«

Dann verschwand er in der Dunkelheit.

Maryse spürte, wie ihre Anspannung schlagartig nachließ. Ihre Knie wurden weich, sie begann zu zittern und musste sich an der Umfriedung des Square festhalten. Erst als sie sich ein wenig erholt hatte, ging sie weiter. Sie erreichte ihr Auto, doch den Mann mit der Aktentasche sah sie in einiger Entfernung in die Rue du Steinkerque einbiegen, gerade in dem Augenblick, als eine Polizeistreife aus eben dieser Straße kam. Vielleicht wollte er auf den Hügel, *la Butte*? Es wäre kein Wunder, wenn er im *Lapin chasseur* Ernest treffen würde. Er verschwand in der Dunkelheit und bald darauf hatte sie ihn vergessen.

Sie ließ den Motor ihres Austin an und wurde plötzlich von einem Weinkrampf geschüttelt. Ans Lenkrad gelehnt ließ sie ihren Tränen freien Lauf und dachte, dass Alexis sie sicher trösten könnte. Dafür würde sie ihm eben etwas mehr Geld geben als sonst.

*

»Sind Sie mit Jack the Ripper verwandt?«

Ernest überlegte, ob der Mann mit der Brille nun völlig verrückt geworden war. Er hatte sich vor ihm aufgebaut und mit übertriebener Betonung verkündet: »Ich bin das Kind der mittelalterlichen Finsternis und der New Yorker Dunkelheit. Eine Brücke über dem Abgrund …« Dann hatte er sich unaufgefordert an seinen Tisch gesetzt: »Also, Meister, was sagen Sie zu diesem Anfang?« Ernest verstand kein Wort, fand es aber erstaunlich, mit »Meister«

angesprochen zu werden, als sei er ein richtiger Schriftsteller. Machte sich der Mann über ihn lustig? Er hätte gerne den Kellner gerufen, um den Mann wieder loszuwerden, doch der unterhielt sich beim Gläserwaschen hinter dem Tresen gerade mit einem anderen Gast. Außerdem hätte er sich für einen Kunden wie ihn, der nichts mehr bestellte und kein Trinkgeld gab, sicher nicht diese Mühe gemacht. Ernest konnte auch nichts dafür. Solange er den Bestseller nicht gelandet hatte, konnte er nun mal keine Runde Champagner ausgeben, sondern musste sich auf einen Espresso pro Abend beschränken. Die Missbilligung des Kellners musste er in Kauf nehmen. Lieber das, als mit Sabine im Nacken zu Hause zu arbeiten. Hier hatte er wenigstens seine Ruhe. Wenn ihm nicht gerade ein aufdringlicher Mensch mit Geschichten über einen Anfang und die New Yorker Dunkelheit auf die Nerven ging. Andererseits machte er keinen besonders gefährlichen Eindruck. Im Gegenteil: Ein derart gewöhnliches Gesicht hatte Ernest noch nie gesehen.

Als er keine Antwort erhielt, hielt der aufdringliche Mensch es nun doch für angebracht, den Sinn seiner Frage näher zu erläutern.

»Es ist wegen Ihres Namens. Jack the Ripper war ein bekannter Verbrecher.«

»Woher wissen Sie, wie ich heiße?«

»Aus Ihren Werken.«

»Aus meinen Werken?«

»Ja, die meisten habe ich gelesen: *Orientalische Sinnlichkeit*, *Eine wunderbare Liebe*, *Heute Abend, meine Liebe*, *Ich liebe nur Dich*. Für mich sind Sie ein wirklich großer Schriftsteller. Sie erzählen Ihre Geschichten ausgezeichnet, Ihre Figuren sind äußerst lebendig. Man sieht sie direkt vor sich, hört sie förmlich reden. Wenn man Ihre Geschichten liest, kommt man sich vor wie in einem Film.«

»Das alles haben Sie gelesen?«, fragte Ernest ungläubig.

»Natürlich. Ich habe gerade *Umarmung am Bosporus* angefangen. Phantastisch! Dieser Anfang in Instanbul, als sich Suelen das Leben nehmen will, weil sie der Mann ihres Lebens verlassen hat. Das ist wahre Erzählkunst, Meister, große Kunst! Sie schneidet sich im Hotel die Venen auf und man fühlt den Pulsschlag der Stadt, dieser Stadt, die schuld ist an ihrem Unglück, die ihr die einzige Liebe genommen hat. Darauf muss man erst einmal kommen. Das schafft eine unglaublich dramatische Atmosphäre. Man hört, wie der Muezzin zum Gebet ruft, man sieht die Verkäufer, die Zigaretten, frisches Wasser, Limonade, Wassermelonen anbieten, man spürt das Leben auf dieser Straße, auf dem Großen Bazar, fast schiebt man sich selbst durch das Gedränge der Menschen vor der Blauen Moschee. Diese orientalische Farbenpracht. Wirklich, als erlebe man das alles selbst.«

»Machen Sie Witze? Sie wollen doch wohl nicht behaupten, dass Sie diese Albernheiten ernst nehmen!«

»Ernst nehme ich, dass Sie sie geschrieben haben. Ich möchte Ihnen einen Vorschlag unterbreiten.«

»Sind Sie Verleger?«

Der Mann ignorierte die Frage und bestellte stattdessen zu Ernests großer Überraschung Champagner – vom Besten.

»Auf Ihr Wohl«, meinte er und hob sein Glas, nachdem der Kellner in einem Eiskühler eine Flasche Dom Pérignon Jahrgang 1989 gebracht hatte.

Dann wartete er, bis sich der Kellner entfernt hatte.

»Ich möchte Ihnen erklären, was mich hierher führt«, meinte er. »Aber vorher sagen Sie mir bitte, ob Ihr Name wirklich mit Jack the Ripper zu tun hat.«

Fast hätte Ernest laut aufgelacht. Ernest the Ripper! Ganz schön witzig. Er klappte sein PowerBook zu und schaute seinem Gesprächspartner ins Gesicht.

»Mein Name hat nichts mit Jack the Ripper zu tun«, erwiderte er. »Es ist eine Kurzform von Rappoport. Besondere Umstände haben meine Familie zu dieser Änderung gezwungen. War damals besser so. Also keine Verbindung zum Mörder von White Chapel. Sind Sie jetzt zufrieden? Sagen Sie mir nun endlich, was Sie von mir wollen?«

Der Mann zog eine Zeitung aus der Tasche und zeigte auf das Phantombild der Titelseite.

»Würden Sie mir glauben, wenn ich Ihnen sage, dass ich das bin?«

Ernest sah sich das Foto an und dann den Mann, der ihm gegenüber saß. Beide Gesichter waren völlig nichtssagend. Man hätte ebenso gut zwei unbeschriebene weiße Blätter miteinander vergleichen können.

»Ich kann keine besondere Ähnlichkeit feststellen«, antwortete er. »Eigentlich könnte es jeder sein, vielleicht sind Sie es, vielleicht auch nicht.«

»Doch, ich bin es. Das wundert Sie vielleicht, aber so ist es. Ich bin der Serienmörder, der immer wieder Schlagzeilen macht. Obendrein bin ich ein Mörder, der gern ins Kino geht. Ich habe alle Filme zu diesem Thema gesehen, angefangen bei Hitchcock und Fritz Lang über Chaplin und Philippe Grandrieux bis Berberian und McNaughton. Aber ich verstehe Ihre Zweifel. Das Phantombild beweist gar nichts. Ich habe nun einmal ein Gesicht, das man sich nicht merken kann, außerdem …« – hier konnte er ein Kichern nicht unterdrücken – »… fehlt es an präzisen Zeugenaussagen.«

Ernest hielt es für besser, ihm nicht zu widersprechen. Wenn er hier laut werden würde, würden sie möglicherweise beide rausfliegen und er würde Lokalverbot bekommen.

»Gut«, sagte Ernest. »Sie sind also der Mörder, den sämtliche Polizisten in Frankreich und Navarra suchen. Ein Mörder, der gern ins Kino geht, wenn Sie so wollen, aber deshalb weiß ich noch immer nicht, was Sie von mir wollen.«

Der Mann lächelte, goss sich noch einmal Champagner ein und leerte sein Glas in einem Zug.

»Ich biete Ihnen an, was alle haben möchten, aber nur sehr wenige bekommen: Ruhm und Reichtum.«

»Und was muss ich dafür tun?«

»Schreiben, wie Sie es für den Groschenromanverlag Romance tun.«

»Wenn Sie wollen, dass ich für Sie Liebesgeschichten schreibe, sind Sie bei mir an der falschen Adresse. Ich schreibe diese Geschichten nicht, ich begnüge mich damit, sie aus dem Englischen zu übersetzen, oder vielmehr, sie an französische Verhältnisse anzupassen, damit sie den Leserinnen gefallen. Reine Tagelöhnerarbeit.«

»Irrtum, Meister, ein großer Irrtum! Sicher, Sie adaptieren nur, aber dabei haben Sie doch Ihren eigenen Stil entwickelt. Das ist ein ungeheurer Vorteil. Was Ihnen zu einem Schriftsteller noch fehlt, ist das richtige Thema, die richtige Handlung. Und das kann ich Ihnen bieten.«

»Und wie sieht diese Handlung aus?«

»Es ist meine Lebensgeschichte.«

»Ihre Lebensgeschichte?«

»Ja, meine Geschichte und die meiner Verbrechen. Das ist etwas ganz anderes als Ihre Groschenromane. Sie müssten jetzt in den nächsten Gang schalten, und ich biete Ihnen die Möglichkeit dazu. Wenn Sie meine Lebensgeschichte schreiben, dringen Sie zum Kern der menschlichen Komödie vor: Sehnsucht, Liebe, Lüge, Verrat, Dummheit, Hoffnung, Verzweiflung, Grausamkeit ...«

»Ist das alles?«, fragte Ernest ironisch.

»Ich meine es ernst. Mit meiner Hilfe werden Sie Ihre Leser in Begeisterung versetzen. Sie erzählen ihnen alles über den Serienmörder, seinen Frust, sein bescheidenes Leben, seine besondere Herkunft. Sie schildern in leuchtenden Farben den Kontrast zwischen seinem täglichen, äußerst mittelmäßigen Leben und seinem Leben als Mörder, in dem die ganze Niederträchtigkeit und Gemeinheit der Menschheit an die Oberfläche dringt. Ich diene Ihnen als Modell, Sie berichten über meine langweilige Kindheit, meine Libido, meine Phantasien. Sie schildern, was ich bei Frauen empfinde und was sie mir gegenüber empfinden. Ich bin am Square d'Anvers gerade einer Frau begegnet. Allein schon das Geräusch meiner Schritte hat sie in Angst und Schrecken versetzt. Mit meiner Hilfe könnten Sie die Angst dieser Frauen aus deren Perspektive beschreiben, als hätten Sie selbst so etwas schon erlebt. Der Bestseller rückt auf diese Weise in greifbare Nähe, glauben Sie mir.«

Ernest hatte das Gefühl, einer Metamorphose beizuwohnen. Dieser Mann fing an zu existieren, allein schon dadurch, dass er von seinem Vorhaben erzählte. Und wenn er nun wirklich der Serienmörder war? Diese Frage bereitete ihm Kopfzerbrechen, weshalb er sie lieber beiseite schob.

»Wenn Sie so viele Ideen haben, warum schreiben Sie dann Ihre Geschichte nicht selbst?«

Der Mann antwortete nicht sofort.

Aus der Innentasche seines Trenchcoats zog er ein Zigarrenetui – ein Epicuro aus Acajou-Leder –, wählte eine Hoyo du Prince, knipste ihr mit einer kleinen Taschenguillotine die Spitze ab und zündete sie mit einem Streichholz an. Der Kellner brachte einen Aschenbecher, und der Mann nutzte die Gelegenheit, einen Birnenschnaps zu bestellen.

»Warum ich sie nicht selbst schreibe? Aber, lieber Meister, weil ich nicht Ihr Talent besitze.«

Er streckte ihm die Hände hin.

»Schauen Sie, sie zittern. Das kommt nicht nur vom Alkohol. Wenn ich schreibe, zittern sie noch stärker. Meine Schrift ist zittrig, mein Stil und meine Grammatik sind es auch, meine Syntax, meine Zeichensetzung, meine Sätze, alles zittert. Trotzdem weiß ich natürlich, wie man Sätze bildet. Ich kenne die kompliziertesten Regeln, zum Beispiel über das Plusquamperfekt, das niemand so recht versteht. Ich könnte das berühmte Mérimée-Diktat fehlerfrei schreiben. Und obwohl ich über ein breites Vokabular verfüge – vielleicht breiter als das so mancher Schriftsteller –, bin ich nicht in der Lage, einen wohlklingenden Satz zu formulieren. Es fehlt mir an Eleganz, die sich darin äußert, dass man drei oder vier Wörter aus der Gosse holt und daraus ein Schmuckstück herstellt. Wie sagte doch der Dichter so schön? ›Du hast mir Schlamm gegeben, ich habe Gold daraus gemacht.‹ Ich bin noch weit davon entfernt. Deshalb wende ich mich an Sie. Nicht aus Bescheidenheit, sondern aus einsichtiger Vernunft.«

Er paffte ein bisschen an seiner Havanna und fuhr fort:

»Wir könnten uns auf Folgendes verständigen: Ich habe die Geschichte, Sie haben die Sätze. Und den Sinn für herrliche Neuschöpfungen. In *Deine Augen leuchten vor Liebe* kommt eine Szene vor, in der die junge Blinde den Chirurgen kennen lernt, der ihr das Sehvermögen zurückgeben wird und in den sie sich unsterblich verliebt! Da haben Sie viel mehr geleistet als eine bloße Adaption. Das gefällt mir! Ich liefere Ihnen die Zutaten, und Sie backen daraus einen herrlichen Kuchen. Sie sind subtil, Sie gehen in die Tiefe und Sie besitzen vor allem eine sehr visuelle Sprache. Das ist mir wichtig, als leidenschaftlicher Cineast. Und ich werde Ihnen beim Schreiben vollkommen freie Hand lassen. Ausgefeilte Vergleiche, wagemutige Metaphern, ungewöhnliche Allegorien, spitzfindige Formulierungen, syntaktische Brüche, Sätze ohne Verb, Verben ohne Substantiv, Zeichensetzung ohne Regeln, *private jokes*, Sie können tun und lassen, was Sie wollen.«

»Und damit landen wir einen Bestseller?«, fragte Ernest, nun doch einigermaßen überrascht über das Niveau seines Gegenübers.

»Aber sicher. Dabei kommen uns natürlich auch die neuesten Meldungen zugute. Aber ich habe andere Ziele, als immer nur in den Schlagzeilen zu stehen. Es handelt sich ja schließlich nicht um die Memoiren der Lady Di. Natürlich wird es auch um den Mörder gehen und um die Frauen, die er umgebracht hat. Aber das werden wir auf eine erzählerische Weise tun, um Spannung zu erzeugen, und gleichzeitig auf eine metaphysische Weise, um die Leser zum Nachdenken zu bringen. Und wir werden einen überwältigenden Erfolg damit haben.«

Er trank seinen Birnenschnaps. Der Kellner hinter dem Tresen unterhielt sich noch immer mit dem Stammkunden. Am Nebentisch hatte sich eine Frau niedergelassen und warf ihnen fragende Blicke zu. Der Mann konnte sehen, dass sie *Notre-Dame de Paris* las. Beute für den Serienmörder, dachte er. Mit dieser Frau würde er sicher im Handumdrehen fertig werden. Gerade dieses Thema musste Ernest Ripper ausführlich entwickeln, überlegte Joseph.

»Sind Sie wirklich der Serienmörder?«

»Natürlich.«

»Sie sehen gar nicht so aus.«

»Deshalb erwischt mich die Polizei auch nicht.«

»Woher wollen Sie wissen, dass ich nicht die Polizei informiere oder den ganzen Laden hier auf Sie hetze?«

»Das Risiko muss ich eingehen.«

Ernest wusste, dass er nichts dergleichen tun würde. Doch was hielt ihn eigentlich davon ab? Sein Phlegma, das Maryse so sehr gestört hatte? Glaubte er diesem Mann vielleicht nicht? Vielleicht glaubte er ihm, vielleicht würde er sein Angebot sogar annehmen?

Plötzlich kamen ihm Zweifel.

»Woher haben Sie gewusst, dass ich in diesem Café zu finden bin?«

Der Mann lächelte. Auf diese Frage hatte er schon gewartet. Nun würde er dem billigen Schreiberling den Gnadenstoß verpassen.

»Ganz einfach, mein lieber Ripper. Ein Serienmörder findet immer die Person, die er sucht.«

Ernest verschlug es die Sprache. Dieser Typ war verrückt. Es war ihm gelungen, ihn zu finden, er wusste, wer er war und was er schrieb. Wusste er auch, dass er versucht hatte, Romane zu schreiben, richtige Romane, wie sie Maryse und Onkel Samuel von ihm erwartet hatten? Und dass er nach zehn oder zwanzig Seiten immer alles in den Papierkorb geworfen hatte? Sicher wusste er es, sonst wäre er wohl nicht da.

»Sie wollen also, dass ich für Sie den Ghostwriter spiele?«

»Keineswegs. Ich möchte auch auf keinen Fall, dass mein Name Ihre Arbeit ziert. Da könnte ich mich ja gleich der Polizei stellen. Ich schlage Ihnen einen ganz einfachen Handel vor: für Sie die literarische Ehre, für mich der kriminelle Ruhm. Sie dürfen natürlich nichts preisgeben, was zu meiner Verhaftung führen könnte. Doch durch Sie wird die Welt erfahren, wer ich wirklich bin. Auf dem Titel wird nur Ihr Name stehen. Wir werden uns oft treffen, uns lange unterhalten, ich werde Ihnen von Frauen erzählen, die mit mir zu tun hatten, ich werde Ihnen meine Strategie demonstrieren und Sie damit in die Lage versetzen, darüber schreiben zu können, ich werde Ihnen die Notizen geben, die ich auf meinen Expeditionen mache. Kurz, Sie dürfen auf meine Mithilfe zählen. Ich liefere Ihnen das Material, und Sie geben es in literarischen Worten wieder.«

»Glauben Sie nicht, dass mir dieses Genre vielleicht nicht besonders liegt? Mein Fach ist eher das Sentimentale, das Gefühlsbetonte … Meine Protagonisten träumen davon, ihrer großen Liebe zu begegnen, nicht davon, Frauen zu zerstückeln.«

»Das eine schließt doch das andere nicht aus.«

Er drückte seine Havanna im Aschenbecher aus.

»Also, was halten Sie von meinem Angebot?«

»Ich muss darüber nachdenken. Außerdem habe ich noch andere Verpflichtungen … ich muss noch einen Liebesroman abliefern.«

»Das kann doch keine Ewigkeit dauern.«

»Nein, aber danach kommt gleich der nächste. Schließlich muss ich damit meinen Lebensunterhalt verdienen.«

»Wie viel bekommen Sie für einen Roman?«

»Dreizehntausend Francs.«

»Wie lange brauchen Sie dafür?«

»Ich schaffe etwa einen pro Monat, selten mehr.«

Der Mann griff in die Innentasche seines Trenchcoats, zog eine Brieftasche heraus und entnahm ihr vier Bündel 500-Francs-Scheine.

»Zwanzigtausend Francs«, erklärte er. »Eineinhalb Romane, bar auf die Hand, ohne Abzüge. Vielleicht hilft Ihnen das beim Nachdenken.«

Aus der Aktentasche, die er zu seinen Füßen abgestellt hatte, nahm er eine Mappe, die von einem Gummiband zusammengehalten wurde.

»Das sind Notizen«, meinte er. »Über mich, über meine Vorfahren. Ich erläutere darin die Abstammung meiner Familie von Philippe Auguste. Da staunen Sie, was? Sie werden sich wundern, welche Heldentaten und welche Missetaten meine Vorfahren vollbracht haben. Diese Geschichten spielen eine äußerst wichtige Rolle. Der Leser muss sie unbedingt kennen. Er muss wissen, dass ein Serienmörder das unerlässliche Bindeglied zwischen Vergangenheit und Zukunft ist, dass er Tradition und Moderne verbindet, die großen Vampire der Karpaten, die geheimnisvollen Mörder des Mittelalters und die heutigen Psychopathen, die mit der Kettensäge zu Werke gehen. Das alles steht in meinen Notizen. Lesen Sie sie. Wenn Sie sich davon inspiriert fühlen, werden wir vielleicht doch noch handelseinig. Wenn nicht, dann haben Sie ohne große Mühe zwanzigtausend Francs verdient.«

Ernest betrachtete die vier Notenbündel auf dem Tisch. Zehn Scheine in jedem Bündel, alle mit dem fälschungssicheren Silberfaden. Vier Mal fünftausend Francs. Er brauchte nur ein Wort zu sagen.

Beim Anblick des Geldes klappte die einsame Dame am Nebentisch ihr Buch zu. Ihr Blick war wie gebannt auf den Tisch gerichtet. Selbst der Kellner und sein Kunde unterbrachen plötzlich ihre Unterhaltung und ihre Münder blieben vor Staunen offen.

»Es verpflichtet mich zu nichts? Wenn ich keine Lust habe, diese Arbeit zu übernehmen, belassen wir es einfach dabei?«

»Natürlich. Und Sie haben zwanzigtausend Francs verdient.«

Mit einer Entschiedenheit, die er ansonsten gar nicht von sich kannte, sah Ernest seine eigenen Hände nach den Notenbündeln greifen. Wie ein Croupier strich er sie ein.

»Einverstanden«, sagte er.

Der Mann stand auf, um die Getränke zu bezahlen, wechselte einige Worte mit dem Kellner und schob ihm einen dicken Umschlag zu. Aus dessen übertrieben unterwürfiger Verneigung schloss Ernest, dass er ein königliches Trinkgeld erhalten haben musste. Als der Mann an den Tisch zurückkehrte, sah er sehr zufrieden aus.

»Ich schlage vor, wir treffen uns hier in einem Monat wieder«, erklärte er. »Dem Kellner habe ich einen Vorschuss dagelassen. Er wird Ihnen bringen, was immer Sie bestellen.«

*

Draußen herrschte eisige Kälte, doch es schneite nicht mehr so dicht. Sacht bedeckten die weißen Flocken den Place du Tertre und verliehen ihm das kitschige Aussehen einer Weihnachtskarte.

»Ich heiße Joseph Archimboldo«, sagte der Mann und schlüpfte in seinen Trenchcoat. »Das ist die französische Form von Giuseppe Arcimboldo, ein Mailänder Maler des 16. Jahrhunderts. Er hat Wappen und Köpfe als Gemüse gemalt. Er hat angeblich auch perfekte Phantombilder gezeichnet. Trotz der Namensgleichheit zählt er nicht zu meinen Vorfahren. Das steht übrigens auch in den Notizen. Obwohl ich einen berühmten Namen trage, finden Sie keine Spuren dieses Namens. Er ist schon so lange aus den Archiven des Adels verschwunden, dass er völlig in Vergessenheit geraten ist. Deshalb ist es sinnlos, Recherchen über mich anzustellen oder der Polizei zu erzählen, der Serienmörder heiße Joseph Archimboldo. Das wäre pure Zeitverschwendung.«

Damit bog er in die Rue du Mont-Cenis ein.

Es war kurz vor Mitternacht.

Als er in der Dunkelheit verschwand, fand Ernest, dass er wieder ziemlich unbedeutend aussah.

2 *Unbedeutend, in der Liebe war nichts unbedeutend. Es war richtig an das zu glauben, was ihr Herz sagte. Als Damien sie in die Arme nahm …*

Peng! Systemfehler Nummer 8, stand auf dem Bildschirm.

Ernest fluchte. Zum dritten Mal war ihm der Mac abgestürzt. Offenbar hatte auch er genug von der ewigen Liebe. Damit hatte er soeben wieder vier Seiten umsonst übersetzt. Vier verdammte Seiten, die er nicht mehr auf den Bildschirm zurückholen konnte.

Wieder läutete das Telefon.

Und wieder hob die Rotznase ab, murmelte ein paar Worte und reichte ihm den Hörer.

»Für dich«, sagte sie und tänzelte hinaus.

Wütend wies er den Hörer zurück.

»Ich bin nicht da, Mensch! Wenn ich arbeite, bin ich nie da. Weißt du das noch immer nicht? Du tust wirklich alles, um mich vom Arbeiten abzuhalten. Du rennst mit diesem Fummel herum, schaust mir dauernd über die Schulter und liest das ganze Zeug auch noch. ›Wieso heult sie jetzt? Warum tröstet er sie nicht? Warum küssen sie sich nicht? Warum dies, warum jenes?‹ Dauernd läutet das Telefon, der Computer stürzt ab und dieses saublöde Manuskript muss bis Dienstag fertig sein. Wie soll ich das schaffen?«

Sabine antwortete nicht. Offenbar war Ernest wirklich am Ende, sonst würde er nicht in diesem Ton mir ihr reden. War er nicht toll, ihr neuer String? Sie hatte ihn bei Tati im Kaufhaus Barbès zum halben Preis bekommen. Ein kleines fluoreszierend grünes Dreieck mit gelb-rotem Muster, das so gut zu ihrem rosa Nylonhemd passte. Wenn sie den Rücken spannte, um die Brust anzuheben und vor dem Spiegel zu Tina Turners Song *I Want to Know what Love is* tanzte, sah sie darin wirklich gut aus. Vor allem mit ihrem Tattoo auf der rechten Pobacke, einer winzigen Mickymaus-Figur. Doch seit einem Monat klappte es nicht mehr mit Ernest. Er schickte sie andauernd fort, sie solle spazieren gehen. Bei dem unaufhörlichen Regen und dem Serienmörder, der noch immer frei herumlief? Es hieß, in diesem Viertel sei ein Mann mit einem ebenso gewöhnlichen Gesicht wie auf dem Phantombild gesehen worden. Doch als endlich die Polizei eintraf, hatte er sich längst wieder aus dem Staub gemacht. Sollte sie dem Verrückten in die Hände fallen? Nein, danke.

Sie holte sich in der Küche eine Cola und legte sich hinter Ernest auf die Wohnzimmercouch, möglichst sexy, für den Fall, dass er sich umdrehte.

Doch er drehte sich nicht um.

Er drehte sich überhaupt nicht mehr um. Letzte Woche hatte er sie eine Rotznase genannt. Das konnte sie kaum verwinden. Rotznase! Er war zwar doppelt so alt wie sie, aber sie war kein Kind mehr. Sie hatte ihr Leben im Griff. Sie schlief mit ihm, weil sie es wollte. Bei ihrer Figur, den blonden Haaren, blauen Augen, der hohen Stirn, den vorstehenden Wangenknochen, dem sinnlichen Mund und dem wohlgeformten Körper – wie eine echte Romanheldin – brauchte sie doch nur mit dem kleinen Finger zu winken, um einen Jungen zu angeln. Das kam manchmal vor, aber Ernest war ihr lieber. Wenn er gut drauf war und mit seiner Erfahrung war er besser als so mancher Jüngling. Er konnte zärtlich sein und kannte keine Hemmungen. Doch im Augenblick interessierte ihn nichts. Warum ging er nicht mehr in sein Café? Früher arbeitete er trotz Schnee und

Kälte oft dort. Wenn er dann zurückkam, war er meist gut gelaunt und bewies es ihr auch, wenn sie noch nicht schlief. Es war bestimmt nicht der Getränkepreis, der ihn davon abhielt. Eines Abends hatte er gesagt: »Einer meiner Fans hat mir im *Lapin* einen unbegrenzten Kredit eingeräumt. Geh und bestell dir auf meine Rechnung, was du möchtest.« Sie war mit einem Freund hingegangen. Das Essen war eher durchschnittlich gewesen, doch beim Wein war der Laden sehr gut sortiert, besaß überraschenderweise einen der besten Keller in ganz Paris. Zusammen mit ihrem Freund hatte sie sich gratis voll laufen lassen. Deswegen verstand sie nicht, warum Ernest in der engen und düsteren Zweizimmerwohnung blieb. Wenn sie von der Arbeit kam, saß er wütend über seiner Übersetzung oder lag auf der Couch und starrte ins Leere. Sie hoffte, er würde sich ein bisschen um sie kümmern, stattdessen schnauzte er sie wegen jeder Kleinigkeit an. Weil ihn ihre Strings und ihre Fragen ärgerten und weil sie ans Telefon ging.

Seit einem Monat läutete sein Telefon ständig.

Als sie ihre Cola ausgetrunken hatte, steckte sie sich die Stöpsel ihres Walkmans in die Ohren. Zu einem Liebesroman von Romance gab es nichts Besseres als einen guten Jean-Jacques Goldman. Erst durch die Musik, die ihr das Trommelfell massierte, erhielt der Text seine wahre Bedeutung. Die Liebespaare wurden lebendig wie in einem Videoclip, und die Gefühle erreichten ungeahnte Höhen. Die Figuren gingen ihr nahe, die hoffnungslos verliebten Heldinnen wurden zu Schwestern. Sie hatten die gleichen Träume, die gleichen Hoffnungen und oft auch die gleiche Arbeit wie sie. Am Ende begegneten sie dem Mann ihres Lebens. Wie sie Ernest begegnet war.

Sie schlug *Nichts kann uns trennen* einfach irgendwo auf. Den hatte er ihr letztes Jahr gewidmet. *Gewöhnlich,* las sie, *in der Liebe ist nichts gewöhnlich. Man muss auf sein Herz hören. Als Edouard sie in die Arme nahm, hatte Lisbeth das Gefühl, die Welt versinke. »Ich liebe dich«, murmelte er. Das war alles. Wie oft hatte sie davon geträumt, diese Worte zu hören! Wie viele Sorgen hätte sie sich ersparen können, wenn sie auf ihr Herz gehört hätte! Doch jetzt war der Alptraum zu Ende. Edouard war zurückgekehrt. Er hatte ihr verziehen. Er liebte sie.*

Jean-Jacques Goldman sang dazu: *Ich gehe bis ans Ende meiner Träume …*

Diese Musik ließ sie abheben. Auch sie würde bis ans Ende ihrer Träume gehen. Ernest wandte ihr den Rücken zu. Sie wollte ihn umarmen, ihm sagen, dass sie immer nur ihn lieben würde. Allerdings war jetzt ein ungünstiger Moment. Er hatte andere Dinge im Kopf.

Er schrieb die Seiten, die der Computer gerade gelöscht hatte, anhand der im Autotext gespeicherten Absätze noch einmal.

Die gesuchte Datei fand er im Handumdrehen: *Gewöhnlich, in der Liebe ist nichts gewöhnlich. Man muss immer auf sein Herz hören. Als Edouard sie in die Arme nahm, hatte Lisbeth …* Ausschneiden und Einfügen, Edouard durch Damien und Lisbeth durch Priscilla ersetzen. Fertig. Der Verlag Romance brachte monatlich etwa zwanzig Titel heraus, vier unterschiedliche Reihen von sehr verhalten bis ziemlich gewagt. In der Erinnerung der im Kitsch ersaufenden Leserinnen vermischten sich die Romane sowieso. Als er Sabine mit ihrem Walkman sah, fragte er sich, ob sie wirklich las. Und gleichzeitig musste er sich selbst fragen, ob er wirklich schrieb. Deshalb vermied er solche Fragen, es sei denn, er war betrunken. Ansonsten begnügte er sich damit, die Romane abzuliefern. So verdiente er nun einmal sein Geld.

Plötzlich läutete wieder das Telefon.

Nach dem vierten oder fünften Mal hörte es auf. Dieses Mal hatte Sabine nichts gehört. Der Walkman war ihr praktisch auf die Ohren geschraubt, außerdem war sie in *Nichts kann uns trennen* vertieft. Ernest erinnerte sich nicht mehr an den Titel. Sein Blick blieb an ihr hängen. Was für ein Unterschied zu Maryse! Während seine Exfreundin auf allen Gebieten Perfektion anstrebte – vor allem bei Büchern –, glich Sabine einer Porno-Darstellerin im falschen Film. Porno-Darstellerin passte besser zu ihr als Kassiererin in einem Supermarkt. Ein Regisseur, der ihr ein winziges bisschen Zuneigung entgegengebracht hätte, hätte alles von ihr haben können – und zwar aus voller Überzeugung.

Was treibe ich eigentlich mit einem solchen Mädchen, fragte er sich. Er hatte sie auf der letzten Buchmesse kennen gelernt. Eigentlich ging er nicht gerne hin, man traf dort nur Autoren, die im Fernsehen auftraten, denen die Presse lange Artikel widmete, von denen vor durchgestylten Messeständen Fotos gemacht wurden, während sie ihre Werke signierten. Bei derartigen Veranstaltungen kam er sich wie ein Loser vor. Er hätte die Buchmesse auch weiterhin gemieden, wenn ihn der Verlag nicht darum gebeten hätte, eine Signierstunde abzuhalten. Eine Marketing-Aktion, hieß es. An einem Sonntagnachmittag saß er dann, umringt von aufgeregten Leserinnen, deren Durchschnittsalter höchstens bei vierzehn lag, am Messestand von Romance und beantwortete idiotische Fragen. Ob er die Geschichten, die er erzählte, tatsächlich erlebt hätte. Welche Sorte von Mädchen ihm gefiele und wer seine Lieblingssängerin sei. Er signierte Bücher, leere Blätter, Handrücken, Fotos, alles. Seine Übersetzerkollegen brachten es in dieser Disziplin nie sehr weit. Doch bei Romance rieb man sich die Hände. Die Aktion wurde ein durchschlagender Erfolg und übertraf sämtliche Erwartungen. Ernest kam sich beinahe wie ein Star im Showbusiness vor. Die Autoren der Nachbarstände schauten amüsiert zu, manche machten sich lauthals über ihn lustig. »Na, Johnny, der große Ruhm?«, rief einer der Spötter herüber. Ernest wäre gerne gegangen, aber umringt von diesem Fan-Club musste er bleiben. Als die Groupies so gegen sieben Uhr abends allmählich den Rückzug antraten, kam Sabine an den Tisch. Sie hatte zusammen mit einer Freundin den ganzen Nachmittag gewartet. Ernest signierte die Bücher, die sie ihm hinhielt. Plötzlich fragte sie: »Können Sie mich nach Hause bringen?« Sie bestand darauf. Sie musste nach Hause zu ihren Eltern nach Épinay, und es war schon spät. Er war bereit, sie an der Porte de Clichy abzusetzen, dort konnte sie dann den Bus nehmen. Sie ließ ihre Freundin stehen und folgte ihm zu seinem R5 unten am Boulevard. Wortlos fuhren sie an den Maréchaux entlang. Nach einer Weile zog sie ihren Regenmantel aus. Sie trug ein sehr kurzes Kleid und zeigte lange, schlanke und sehr aufreizende Beine in schwarzen Strümpfen. Entweder der Renault war zu eng oder es war Absicht, auf jeden Fall saß sie bald eng an ihn geschmiegt da. Er hörte ihren Atem, ihre Haut war samtig glatt. »Wie alt bin ich wohl?«, fragte sie, als sie an der Porte de Clichy angekommen waren. Er hatte nicht die leiseste Ahnung. »Neunzehn«, sagte sie. »Wissen Sie, was das heißt?« Er wusste es nicht. »Das heißt, dass ich volljährig bin.« »Ja, und?« »Na, und deshalb würde ich jetzt viel lieber mit zu Ihnen als zu meinen Eltern fahren.«

So kam sie in die Rue des Martyrs, überzeugt, dort warte die große Liebe auf sie. Und da sie im Supermarkt hinter Blanche arbeitete, war das auch sehr praktisch. Mit der Zeit fand er an ihrer Gesellschaft Gefallen. Sie erzählte von ihren Eltern, die sie nicht mehr verstanden, von ihrer früheren Tätigkeit in einer Bar in Épinay, von ihrer Stelle als Kassiererin im Supermarkt und ihrem Wunsch, in einer noblen Parfümerie zu arbeiten. Er selbst hatte nicht viel zu erzählen, aber das machte ihr nichts aus. Ein Schriftsteller musste ja nicht unbedingt gesprächig sein. Allerdings erfuhr sie immerhin, dass er mit einer Dame aus dem Verlag zusammengelebt hatte, die in einem der teuren Viertel am Étoile wohnte. Eine eingebildete Ziege, die ihm nichts erspart hatte. Sabine war deshalb entschlossen, ihm das Glück zu geben, das er verdient hatte. Sie verbrachten ihre Abende vor dem Fernseher und im Bett. Sie kam nach der Arbeit mit Tüten voller Lebensmittel heim und sie aßen und schauten sich einen Film oder ein Fußballspiel an. Dann liebten sie sich. Sie war hübsch, aufregend. Er liebte ihren Körper, ihre Unbefangenheit im Bett, die gewagten Spielchen. Wenn in seinen Übersetzungen erotische Darstellungen erlaubt gewesen wären, hätte er über das Wunder der Nächte mit Sabine geschrieben. Doch bei Romance gab es keine Ausnahme von der Regel: zwei Drittel pro Seite für Liebesszenen, aber keine Details, gestattet war lediglich ein Orgasmus von sentimentaler Natur.

Und wieder, jetzt schon zum zweiten Mal, läutete das Telefon. Länger als sonst. Vielleicht das Krankenhaus? »Ihr Onkel fragt nach Ihnen.« Was würde er Samuel erzählen, der so fest an ihn glaubte? Samuel, das Schachbrett. Er lebte mit der linken Hälfte seines Gesichts und der rechten Hälfte seines Körpers. Oder war es andersherum? Was sollte er ihm sagen? Dass er der großartige Schriftsteller geworden sei, für den er ihn immer gehalten hatte? Dass der kleine Junge, dessen Geschichten ihm so gut gefallen hatten, ein Genie der Trivialliteratur geworden war? Dazu hatte er keine Lust.

Doch es konnte auch der Mörder sein, der so gerne ins Kino ging: »Ich habe die Geschichte, Sie haben die richtigen Worte.«

Auch keine Lust.

Seit seiner Begegnung mit Joseph Archimboldo stellte er sich tot, schlich sich an den Häuserwänden entlang, wenn er die Wohnung verließ, ging nicht mehr in sein Cafè, nahm das Telefon nicht ab. Eingeschlossen in seiner Zweizimmerwohnung brachte er seinen derzeitigen Roman zu Ende. Dann konnte man weitersehen. Ein richtiges Buch, und richtig viel Geld, das reizte ihn schon. Doch er erinnerte sich, wie Maryse im vergangenen Jahr *Das Jüngste Gericht* aufgenommen hatte. Er hatte Angst. Und er war so nervös, dass er Sabine jedes Mal anbrüllte, wenn sie ihn ansprach.

Jetzt drehte er sich zu ihr um. Sie war ganz in ihr Buch vertieft. Ab und zu kratzte sie sich unter ihrem String. Das synthetische Gewebe verursachte ihr Hautreizungen. Vor einigen Monaten hatte sie eine schlimme Dermatose gehabt und auch jetzt bildeten sich wieder rote Ekzeme auf der Innenseite ihrer Schenkel. Sie kratzte sich und verschlang dabei gierig Seite um Seite.

Ihre Musikkassette war offenbar zu Ende, denn sie nahm den Walkman ab und legte eine andere Kassette ein. Da blickte sie auf und bemerkte Ernests Blick.

»Besser, du ziehst ihn aus«, meinte er und deutete auf den String.

Ihn völlig missverstehend knotete sie lächelnd die Schnur auf.

*

Maryse zog sich rasch wieder an.

Keine Zeit zum Umziehen. Sie zog die alten Kleidungsstücke wieder an, wo sie sie gerade fand: die Bluse am Fuß des Betts, den Pullover am Nachttisch, den Rock auf der anderen Seite des Zimmers neben dem Slip und der Strumpfhose. Wenn sie sich liebten, warf Alexis ihre Kleider quer durch den Raum.

Den zweiten Schuh fand sie unter dem Bett. Ein kurzer Blick auf die Uhr. Es war schon elf. Ihr Autor erwartete sie um halb zwölf Uhr bei Condorcet. Alexis kannte diese Probleme nicht. Friedlich schlafend lag er auf dem Rücken. Nackt. Nur widerstrebend und voller Bedauern verließ Maryse das Zimmer. Sie wäre gerne noch länger geblieben. Gestohlene Minuten waren immer die schönsten. In der Liebe ebenso wie beim Schreiben. Viele Schriftsteller hatten ihr anvertraut, dass sie die besten Seiten der Zeit abgerungen hatten, Seiten, die schnell noch geschrieben wurden, obwohl andere wichtige Aufgaben warteten. Ekstase gewann die Oberhand, wenn man eigentlich andere Dinge zu tun hatte. Als echter Profi hatte Alexis sie genau in dem Augenblick genommen, als der Leseausschuss schon auf sie wartete. Ich habe keine Zeit, hatte sie gefleht. Doch es hatte nichts genützt. Er hatte sie gegen die Küchentür gedrückt und sie mit wilder Leidenschaft genommen. Sie konnte damals gar nicht genug davon bekommen. Doch an diesem Morgen schlief er, gab ihr Gelegenheit, ihm zu entkommen. Sie holte das Manuskript des Autors aus dem Arbeitszimmer, ging durchs Wohnzimmer in die Küche, um schnell noch einen Schluck Orangensaft zu trinken, den Blick starr auf die Uhr gerichtet. Kein Kaffee und keine Dusche. Den ganzen Tag würde Alexis' Liebesgeruch an ihr haften. Einmal, bei einem Mittagessen mit Robert de Saint-Amant, dem dicken Direktor der bekannten Zeitschrift *Littératures*, hatte ihr dieser Geruch einen seltsamen Streich gespielt. Sie hatte sich gerade aus Alexis' Armen befreit und roch immer noch nach ihren nächtlichen Sünden. Und Saint-Amant begann zu schnuppern: »Hier liegt ein seltsamer Geruch in der Luft, was kann das wohl sein?«

»Eine Jugenderinnerung«, antwortete sie ausweichend. Und bedauerte ihre Antwort im selben Augenblick. Doch Saint-Amant begann amüsiert zu lächeln und brach plötzlich in ein schallendes Gelächter aus, bei dem ihr jene Stelle in *La Recherche* einfiel, als Großherzog Vladimir beim Anblick der völlig durchnässten Madame d'Arpajon in schallendes Gelächter ausbrach. Als Saint-Amant sich beruhigt hatte, beschlich sie ein undefinierbares Gefühl. Die Frage des Geruchs wurde nicht mehr angesprochen. Sie hatte sich mit Saint-Amant wegen eines Romans hier getroffen, der einen Artikel in der *Littératures* wert war. »Ich habe mit Ihnen so nette Stunden verbracht«, sagte er,

»ich verspreche, ihn wenigstens zu lesen. Wenn er es wert ist, bekommt er einen Artikel in der Zeitschrift.«

Zwei Wochen später hatte er ihm eine ganze Seite gewidmet.

Als sie diese Anekdote auf der Couch ihrem Therapeuten erzählte, musste sich Maryse einen Vortrag über die Sonderzuwendungen der Liebe anhören. Lag es an Saint-Amants Homosexualität? Wie auch immer, sie war wütend auf den Mann im Sessel.

Jetzt blieben ihr gerade noch zwanzig Minuten, um von der Avenue Mac-Mahon zu Condorcet am Boulevard Raspail zu kommen. Bei dem Regen, der nicht aufhören wollte, und dem Stau war das völlig unmöglich.

Sie rief deshalb dort an und bat, der Autor möge sich noch etwas gedulden. Dann kehrte sie ins Schlafzimmer zurück. Alexis hatte sich nicht gerührt. Er lag noch immer auf dem Rücken – was für ein Geschenk. Er war schön und glatt, er schlug bestimmt nie ein Buch auf. Eine Maschine, eigens dafür gebaut, zwischen den Schenkeln einer Frau ihre Arbeit zu verrichten. Sie fand dieses satte, zufriedene Lächeln so niedlich, wenn er sich aus ihr zurückzog und sich auf den Rücken rollen ließ, wie sie es bei vielen Männern gesehen hatte, fest davon überzeugt, gute Arbeit geleistet zu haben. Nur ein Erdbeben hätte ihn aus dieser Lage aufschrecken können. Und so schlief er. Sein Penis lag genau in der Mitte zwischen den Schenkeln, ein gleichschenkeliges Dreieck, das vor keiner Anforderung zurückschreckte.

Sie konnte sich kaum von diesem Anblick losreißen. Alexis rührte sich nicht. Woran er wohl dachte? An seinen Preis vielleicht? Er war förmlich besessen von der Frage des angemessenen Preises. Als Maryse einmal nach einer besonders turbulenten Nacht aus dem Tiefschlaf erwacht war, war ihre Handtasche ausgeräumt – bis auf ein bisschen Kleingeld. Alexis wusste, dass sie nach einer solchen Liebesnacht gerne die Zeitung holte und im Bett noch las. Manchmal holte er sie selbst, legte sie aufs Bett, während sie noch schlief, und ging leise fort. Ein wahrer Profi.

Alexis war genau so, wie er sein musste, dachte Maryse, und sein Schwanz – sein heiliger Schwanz – war wirklich eine ganz besondere Gabe.

Einen anderen würde sie ihm nicht wünschen.

Und draußen regnete es immer noch.

*

Joseph stand am Wohnzimmerfenster und schaute dem Regen zu.

Es war das letzte Mal, dass er hier stehen würde. John Scott Baltimore hatte ihm erlaubt, bis Mitternacht zu bleiben. Danach ging das Eigentum an der Einrichtung, den Bildern und Rüstungen, der Bibliothek und den Büchern für eineinhalb Millionen in bar an ihn über. Dreihundert Fünfhundert-Francs-Bündel in einem schwarzen Lederkoffer würden den Besitzer wechseln, ein absolut ungesetzliches Geschäft. Aber anders war ein Stadthaus direkt am Park Monceau zu diesem Preis nicht zu bekommen! Joseph hätte sicher mehr verlangen können, doch die Summe genügte ihm. Einen Teil hatte er für die Renovierung des Archimboldo-Mausoleums auf dem Friedhof von Montmartre ausgegeben, den Rest wollte er für die Anmietung eines Apartments und Rippers Bezahlung verwenden.

Bevor er nun endgültig das Haus verließ, schaute er dem kalten, grauen Februarregen zu. Es war später Nachmittag, die Dämmerung brach bereits herein. Zu ihren Lebzeiten hatte Célestine, die Witwe Archimboldo, immer verboten, um diese Zeit schon das Licht einzuschalten. Wenn die Rechnungen für Strom, Telefon, Wasser oder andere Dinge kamen, schäumte sie jedes Mal vor Zorn. Der typische Altersgeiz von Menschen, die dem Tod nahe sind. Nun konnte sie höchstens noch die Friedhofswärter anbrüllen.

Er machte Licht.

Letzte Rache an Célestine.

An ihr und der gnadenlosen Dynastie derer von Archimboldo, der seine Eltern gedient hatten, und deren Eltern und deren Eltern und deren Eltern, so weit der Stammbaum der Herren und Diener zurückreichte. Zwei durch ihre Schlafzimmergeheimnisse eng verbundene Familien gleichen Namens. Es war nicht einfach, einen Archimboldo der Herrendynastie von einem Archimboldo der Dienerfamilie zu unterscheiden. »Diese Schweine werden sich unser Vermögen und unseren Platz in der Gesellschaft unter den Nagel reißen«, jammerte Philippe-Edouard Archimboldo, während er schon die Letzte Ölung empfing. Er hatte sein langes Leben damit zugebracht, mit seiner Dienerschaft um die Welt zu reisen. Und er sollte Recht behalten. Bevor Célestine starb, setzte sie Joseph zu ihrem Universalerben ein. Ausgerechnet Joseph, von dem sie nicht mit letzter Gewissheit behaupten konnte, dass in seinen Adern Archimboldo-Blut floss. Und ausgerechnet Joseph profitierte nun vom Stammbaum der Archimboldos, von ihren guten Manieren, von ihren Zigarren und ihrem Cognac und nun auch noch von ihrem Stadthaus, das er gerade an einen Amerikaner verschleudert hatte. Joseph hatte sich immer bemüht, das Odium der Dienerschaft loszuwerden, das ihn zu einem Menschen ohne Gesicht gemacht hatte, ihn durch die langen Jahrhunderte des Dienens unsichtbar hatte werden lassen. Es reichte ihm nicht, sich einen Namen anzueignen, der sein eigener hätte sein können, vornehme Kleidung zu tragen und mit einem Wissen zu prahlen, das aus dem *Zigarrenliebhaber* stammte. Bei den Archimboldos war es wichtig, eine gute Zigarre schon am Geruch zu erkennen, wenn sie sich ins Herrenzimmer zurückzogen, und immer die angemessenen Worte und Gesten zu finden, ohne je eine Fachzeitschrift aufzuschlagen.

Das war das Zeichen ihres Adels.

Es schlug sechs Uhr.

Sechs Schläge hintereinander in einer Stille voller Ärger und verklemmter Distinguiertheit, wie zu den Zeiten, als sich in der riesigen Empfangshalle im Erdgeschoss noch ein buntes Völkchen Phantasiegestalten von längst überholter Eleganz gedrängt hatte, Experten in der leisen Tonart, die sich kaum die Lippen an den Getränken benetzt hatten, die Joseph ihnen servierte. Doch diese Zeiten waren längst vorbei. Joseph bediente niemanden mehr, und das Stadtpalais verfiel zur Ruine. Alles war renovierungsbedürftig: das Dach, die Fenster, die Fassade. Der Innenhof musste von wucherndem Unkraut befreit und neu gepflastert werden. Auch die meisten Zimmer benötigten eine gründliche Renovierung, denn sie strömten einen so starken Schimmelgeruch aus, dass man sie versiegelt und zum Teil zugemauert hatte. Möbel und Wertgegenstände waren längst veräußert, der Rest lag in wildem Durcheinander herum und erinnerte an einen lange nicht mehr betretenen Dachboden. Die Räume der Witwe befanden sich in einem erschreckenden Zustand. Seit ihrem Tod hatte sich außer Joseph niemand mehr in ihre Gemächer gewagt. Von der früheren Bewohnerin war nur ihr tierischer Uringestank geblieben.

Die ganze Dekadenz gab Joseph nun auf, zu einem lächerlich geringen Preis. Die letzten Stunden verbrachte er damit, am Fenster zu stehen und dem Regen zuzuschauen.

Die zweite Wanduhr schlug nun ebenfalls sechs Mal. Es klang, als schlage sie nicht die Stunden, sondern die Jahrhunderte. Es war an der Zeit, Ernest Ripper noch einmal anzurufen.

Den unerreichbaren Ernest Ripper.

Er ging nicht mehr in den *Lapin chasseur.* »Früher kam er jeden Abend«, beklagte sich der Kellner, »jetzt hat er Kredit und … aus! Wenn alle Gäste so wären, müssten wir den Laden bald dichtmachen.« Alle Bemühungen und Nachforschungen waren vergeblich. Ripper hatte sich zu Hause eingeschlossen und ging nicht mehr ans Telefon.

Besonders überrascht war er von diesem Verhalten nicht. Dieser Typ wusste einfach nicht, was er wollte. Auf der Buchmesse war das besonders deutlich geworden. Obwohl er sich vor den entfesselten Mädchen kaum hatte beherrschen können und gerne alles hingeworfen hätte, hatte er getan, wie ihm geheißen. Ein bescheidener Autor, der es endlich geschafft hatte. Joseph war ihm überall gefolgt, hatte sein Leben in sich aufgesaugt, die gleichen Cafés, die gleichen Restaurants besucht. Er hatte alle seine Romance-Hefte gelesen, seine Stilsicherheit bewundert und war zu der Überzeugung gelangt, dass er ihn zum Schreiben bringen konnte, wenn er es geschickt anfing.

Joseph trank noch einen Cognac, bevor er zum Telefon ging. Dann stellte er sich wieder ans Fenster. Eine junge Frau erregte seine Aufmerksamkeit, die in die Rue Murillo einbog. Plötzlich rutschte sie in einer Pfütze aus, rappelte sich mühsam wieder auf und lief im strömenden Regen weiter. Sie erinnerte ihn an die Frau am Square d'Anvers, getrieben von derselben Angst. Sie kam aus dem Park Monceau und eilte zur Rue de Lisbonne, offenbar auf der Suche nach einem Taxi. Von Zeit zu Zeit drehte sie sich um, als wollte sie sicher gehen, dass sie nicht verfolgt wurde.

Was trieb sie wohl dazu, sich der Gefahr auszusetzen, dem Mörder in die Arme zu laufen! Vor kurzem hatte man eines seiner Opfer als Schneewittchen verkleidet im Schaufenster der Galeries Lafayette gefunden. Kurz darauf hatte er die Polizei in eine Schnitzeljagd verwickelt, bei der jede Etappe zu den verschiedenen Körperteilen einer verschwundenen Frau führte. Dann hatte er an eine Kunstgalerie in der Nähe des Place de l'Étoile eine Montage aus verschiedenen weiblichen Körperteilen geschickt und mit dem Titel *Die ideale Frau* versehen. Seine letzte Tat war ein Remake von Hitchcocks *Frenzy* gewesen. Wie in diesem Film hatte die Frau, die aus dem Teich im Park Monceau gefischt wurde, die Krawatte um den Hals, mit der sie erwürgt worden war. Seither ging die Angst in diesem Viertel und in dem Dreieck zwischen Place de l'Opéra, Place Clichy und Park Monceau um. Angst war die beste Verbündete des Mörders. Ohne auch nur den kleinen Finger zu rühren, drückte er der Welt damit seinen Stempel auf. Man musste sich nur die menschenleeren, ständig von

Polizeistreifen überwachten Straßen ansehen, um sich davon zu überzeugen.

Plötzlich bog ein Taxi in die Straße ein.

Die ängstliche Frau machte ein Zeichen, das einem Hilferuf glich. Das Taxi zögerte. An der Art und Weise wie es bremste, erkannte man die Unsicherheit des Fahrers. Große Vorteile zogen Mörder auch aus der Eile, mit der Taxifahrer am Ende ihres Arbeitstages nach Hause fuhren. Doch dieser hielt an. Die Frau verschwand im Wagen. Joseph stellte sich eine Szene vor, in der er dem Schicksal das letzte Wort überließ. Zu spät erkannte die Frau, dass der Fahrer der Serienmörder war …

Genau das erwartete er von Ripper. Im Laufe der Schilderung musste immer wieder erkennbar sein, dass niemand seinem Schicksal entrann. Aus dieser Unmöglichkeit entstünde jene beklemmende Atmosphäre der Angst, die er sich wünschte. *Fatum*, das Schicksal. Wie in der griechischen Tragödie könnte sich das Opfer, gleich welche Anstrengung es auch unternahm und welches Mitgefühl es erweckte, seinem Schicksal nicht entziehen.

Fatalitas, würde Chéri Bibi sagen.

Der gebannte Leser würde diese wichtige Regel der Tragödie vergessen und in der Hoffnung auf ein glückliches Ende eilig weiterblättern. Er käme auf seine Kosten, würde sich aber von der nächsten Episode ebenso mitreißen lassen wie von der vorhergehenden, denn die Geschichte eines Serienmörders konnte nur eine sich ständig wiederholende Tragödie sein. Joseph war überzeugt, dass der Schlüssel zum Bestseller genau darin lag.

Bestseller! Ein Zauberwort. Es klang nach Erfolg, wahrscheinlich war es deshalb englisch. Er dachte an John Baltimore, der mit seiner Frau und seinen Kindern hier einziehen würde und wünschte ihm viel Freude.

Er goss sich noch einen Cognac ein und wählte Rippers Nummer. Nach dem fünften Läuten schaltete sich der Anrufbeantworter ein. Joseph hinterließ keine Nachricht, legte einfach auf. Sorgen machte er sich nicht. Ripper würde für ihn schreiben. Und wenn er fertig war …

Joseph prüfte seine Luger Parabellum P-08, die 9 mm breite Löcher hinterließ. Ein Familienrelikt, das einmal Philippe-Edouard Archimboldo gehört hatte, eine Parabellum mit Stammbaum …

*

Um acht beschloss Joseph, sich in den Räumen der Witwe ein letztes Mal *The Lodger* anzuschauen. Es war nicht die beste Verfilmung des Romans von Marie Belloc-Lowndes, aber John Brahm war es gelungen, mit Laird Cregar, der einen ziemlich pathetischen Jack the Ripper abgab, eine eher düstere Stimmung zu erzeugen.

Doch leider kam es zu diesem unglückseligen Happy End.

Welcher Film konnte dieser Versuchung schon widerstehen? Von Hitchcocks *Lodger*, der deutlich besser war als die Verfilmung von Brahm, bis *Peeping Tom* oder *M. le Maudit*, überall baute die soziale Ordnung und das eheliche Glück auf der Niederlage der einzig interessanten Figur auf, die bestenfalls wahnsinnig erschien. Der reinste Katechismus. Doch mit Rippers Hilfe würde er die Dinge wieder ins Lot bringen. Der Mörder würde sich als würdiger Archimboldo erweisen, die Welt terrorisieren, sich über

Moral und Glück mokieren, einen modernen Helden aus der Finsternis spielen, den Herrn der Grausamkeit, für den niemand Mitleid empfinden würde. In die noch warmen, vor Leben und Entsetzen pulsierenden Körper würde er das Leiden eingravieren. Und das würde sicher mehr Eindruck hinterlassen als diese aus braven Gefühlen zusammengebastelten Filme und Romane.

Als *The Lodger* zu Ende war, trank er einen weiteren Cognac. Der brennende Alkohol tat ihm gut. Er ließ sich auf dem Ledersofa neben dem Eichenbuffet nieder, diesem ehrenwerten Familienstück, hinter dessen Scheiben diverse Sammelstücke der Archimboldos verstaubten. Er nahm sich noch einen Cognac, trank ihn langsam in kleinen Schlucken, bis sein Gaumen brannte. Mein Gott, wie ihm das gefiel! Die beiden Uhren schlugen nacheinander elf.

Er wollte aufstehen, doch das Wohnzimmer schlingerte bei jeder Bewegung. Sobald er sich nach vorne beugte, strebte alles zur Decke, wenn er sich nach hinten lehnte, stürzte alles zu Boden. Er dachte wieder an die Zeit, als er mit den Archimboldo-Kindern Blindekuh gespielt hatte. Immer musste er die blinde Kuh spielen. Der Form halber wurde zwar das Los gezogen, doch bei den Archimboldos zogen immer die aus dem Untergeschoss den Kürzeren. Dann wurde er gedreht, bis er taumelte. Er hasste dieses taumelnde Gefühl, es ließ ihn schwanken und er musste die Arme ausstrecken, um nicht mit der feindlichen Welt zu kollidieren. Nie gelang es ihm, jemanden zu fangen, er hörte um sich herum das Lachen der boshaften Kinder, die ihm immer wieder entwischten. So entstand die Neigung zum Mörder. Denn das Gegenteil des Blindekuh-Spiels war der Serienmord. Da lachte der Mörder und die anderen trugen die Augenbinde. Die Witwe schaute bei diesen Spielen zu und rieb sich die Hände. Damals war sie noch jung – und hübsch. Und noch keine Witwe. Baron Adrien Archimboldo hatte sie, verführt durch ihre Schönheit und ihr Vermögen, zur Frau genommen. Sie hatten zwei Kinder, zwei dreckige Scheusale: Julien und Cécile, zwei kleine Herrenkinder, selbstsicher, stolz auf ihre Herkunft, auf ihren gesellschaftlichen Rang, auf ihren Reichtum, sicher in allem und froh, den Krüppel mit den verbundenen Augen quälen zu können. Wie hätte ihre Mutter damals ahnen können, dass sie im Alter diesem Krüppel ausgeliefert sein würde, dass sie auf ihn angewiesen sein könnte in ihren körperlichen Bedürfnissen und in ihren letzten Glücksmomenten?

Jetzt war er es, der lachte.

Er schaltete das Radio ein. France Musique übertrug *Don Giovanni* live von den Salzburger Festspielen. Seit er die Mozart-Oper in der Inszenierung von Losey im Kino erlebt hatte, wollte er keine andere Version mehr davon hören.

Don Giovannis Heldentaten gefielen ihm. Sie kamen der Vorgehensweise eines Serienmörders sehr nahe …

In einer langatmigen, aber brillanten Arie zog Leporello – gesungen von Ferruccio Furlanetto – Bilanz.

Mille e tre, sang er.

In Italia seicento e quaranta,
in Almagna duecento e trentuna,
cento in Francia, in Turchia novantuna,
ma in Ispagna …
ma in Ispagna son già mille e tre.
Mille e tre …

Die Arie des Serienmörders.

Das Lied von Leporello trällernd goss er sich noch einen Cognac ein.

Mille e tre …

La lali … lali la la!

3

Mille e tre …

La lali … lali la la!

Die Melodie ließ ihn nicht mehr los. Sie dirigierte die Welt, gab Josephs Schritten auf dem Asphalt den Takt vor, bestimmte den Rhythmus seiner Herzschläge, das Trommeln des Regens auf dem Trottoir und das Pochen seiner Trunkenheit. Wie viele Cognacs hatte er getrunken? *La lali … lali la la … mille e tre!* Wie viele Seiten würde Ripper schreiben? *La lali … lali la la … mille e tre!* Wie viel verdiente er dafür? *La lali … lali la la … mille e tre!* Durch wie viele Straßen war er gegangen? *La lali … lali la la … mille e tre!* Wie viel, wie viel, wie viel? *La lali … lali la la … mille e tre!*

Tausend und drei Straßen …

So viele Straßen war er bestimmt entlanggegangen, seit er das Stadthaus verlassen hatte. Wann war das gleich wieder gewesen? *Mille e …* Er konnte sich nicht erinnern, es war mitten in der Nacht gewesen. Was hatte ihn auf die Straße getrieben? Wollte John Scott Baltimore das Haus übernehmen? Oder war es der Cognac, Mozart oder Ripper gewesen, der nicht geantwortet hatte? Wahrscheinlich Ripper, den musste er unbedingt zum Schreiben bringen. Und er war gelaufen und gelaufen. Durch die Nacht, durch den Regen, durch die Rue Monceau und den Boulevard des Batignolles, mit dem Koffer voller Geldscheine in der Hand. Geradeaus zum Place Clichy, dem Bindeglied zwischen dem VIII., IX., XVII. und XVIII. Arrondissement, dem Zentrum der Tragödie. Dort, wo der Mörder zuschlug. Er stellte sich die Inschrift »Achtung, Serienmörder« vor.

Als er den Platz überquerte, verlangte eine CRS-Patrouille seinen Ausweis. Ihre Helme glänzten im Regen. Der Kapitän erzählte, dass sie an manchen Abenden mehr als hundert Personenkontrollen durchführten. »Sie haben ja keine Ahnung«, meinte er. Offenbar wollte er einen braven Bürger beeindrucken. Angesichts seiner militärischen Haltung hätte man erwartet, dass seine Stimme martialisch durch die Straßen dröhnen würde, doch in Josephs Ohren klang er eher wie Leporello:

In Courcella seicento e quaranta,
in Batignolla duecento e trentuna,
cento in Clicia, in Blancia novantuna,

Dann riss der Rhythmus ab. Weich und langsam, als wolle er die Fortsetzung besonders betonen:

Ma in Pigalla …
Ma in Pigalla son già mille e tre.
Mille e tre …
La lali … lali la la!
Mille e tre …

Die Arie des Serienmörders. Joseph überlegte, ob die CRS-Typen wohl merkten, dass er stockbetrunken war. Dann gaben sie ihm seinen Ausweis zurück. Das Blindekuh-Spiel ging also weiter. Niemand konnte etwas sehen. »Bitte, gehen Sie weiter«, sagte der Kapitän. »Seien Sie vorsichtig. Normalerweise vergreift er sich nur an Frauen, aber man weiß ja nie.«

Die Polizei, dein Freund und Helfer.

Er ging weiter und bog in die Rue Caulaincourt ein. Auf beiden Seiten konnte man auf die Gräber des Friedhofs von Montmartre blicken. Das Archimboldo-Mausoleum befand sich oberhalb der Familiengruft der Guitry, fast am Eingang. Hier konnte die Witwe ihrem Sascha zuschauen, wie sie es früher von ihrer Loge im Theater aus getan hatte.

Dann bog er rechts in die Rue Joseph-de-Maistre ein. Wieder begegnete ihm eine Streife, die ihn jedoch kaum beachtete. Immer noch die Augenbinde des Blindekuh-Spiels. Abgesehen von der Witwe nahm niemand Notiz von ihm.

Als das Phantombild des Mörders im Fernsehen gezeigt worden war, hatte sie keine Sekunde lang gezögert: »Das bist du!«, hatte sie geschrien. »Du bist es, der diese Verbrechen begeht? Du bist ja genauso niederträchtig wie wir!« Er hatte sie in diesem Glauben gelassen. Vielleicht würde er ja dann zu den Archimboldos gehören und hätte endlich Zutritt zu ihrem Reich, in das man nur über Leichen kam.

Von diesem Tag an wurde alles anders. Als die Witwe nach einem Oberschenkelhalsbruch ans Bett gefesselt blieb, forderte sie seine ständige Anwesenheit. Er musste alles erledigen: sich um Hausangelegenheiten kümmern, Einsparungen überwachen (unnötige Lichter ausschalten, Wasserhähne zudrehen), Unterlagen für Behörden ausfüllen, ans Finanzamt schreiben und tausend andere Dinge tun. Und er musste ihr seine mörderischen Verbrechen schildern. Er erfand auch welche oder übernahm Mordfälle aus der Zeitung. Seine Schilderungen wurden ihr nie langweilig. Entsetzen, Angst und das schwarze Blut der verfluchten Archimboldos, diesem Mörderhaufen: Jean Archimboldo, genannt Jean der Schreckliche, der auf dem Dritten Kreuzzug fünfhundert Sarazenen abgeschlachtet hatte, Grégoire, der Perverse, der Gilles de Rais bei seinen Gräueltaten sekundiert hatte oder auch Robert Archimboldo, genannt der Lasterhafte, ein Saufbruder des Marquis de Sade. Joseph war guter Dinge, er verdiente einen Platz in der Ahnengalerie dieser Verbrecher. Über das Gesicht der alten Dame – ein ausgemergeltes, bleiches Gesicht wie jene gepuderten, Perücken tragenden Häupter am Hofe von Philipp d'Orleans – huschte ein Lächeln, und zufrieden schlief sie ein. Aus diesen Scheußlichkeiten entstand der Gedanke an ein Buch. Er musste ihr versprechen, ein Buch zu schreiben, als sie schon im Sterben lag.

Wenn das keine Literatur war!

Er ging davon aus, dass die Rue des Abbesses ebenso menschenleer sein würde wie die anderen Straßen, doch zu seiner großen Überraschung hörte er Schritte, diesmal von Polizisten in ihren genagelten Schuhen. Es waren Schritte, die das Pflaster sanft berührten. Wenige Meter vor ihm ging eine Frau, die mitten in der Nacht dahinschlenderte, als hätte sie das ganze Leben noch vor sich. Das genügte, um ihn schlagartig wieder nüchtern werden zu lassen. Er konnte es kaum fassen, wie sie friedlich und unbeeindruckt von der schrecklichen Gefahr spazieren ging.

Eine wahre Einladung für einen Serienmörder.

Sie hatte ihn sicher gehört, ging aber keinen Deut schneller. Sie ließ sich durch nichts aus der Ruhe bringen, weder durch die menschenleere Straße noch durch den

Regen noch durch den Mann, der hinter ihr ging. Angst und Schrecken schienen ihr unbekannt. Sie ging so langsam, als warte sie auf etwas. Der Film lief automatisch weiter. Man konnte sich einen Dialog zwischen den Füßen des Mörders und denen seines Opfers vorstellen – wie in Beineix' Film *Der Mond in der Gosse*. Die Kamera wäre auf den raschen, aber siegesgewissen Schritt des Mörders geheftet, während die Frau einfach weiterginge, ohne Eile und unter völliger Missachtung der Gefahr. Wenn Ripper seine Arbeit ordentlich machte, müsste er auch diese Unbekümmertheit sichtbar machen und eine Atmosphäre von düsterer Sinnlichkeit entstehen lassen, in der man förmlich auf ein Verbrechen wartete. Für den Leser entstünde auf diese Weise eine Ode an die düstere Sinnlichkeit.

Mit zwei Schritten war er bei der Frau.

Er wusste genau, wie er vorzugehen hatte. Er hatte alles darüber gelesen, die Schilderungen in der Zeitung, die Polizeiberichte, die Zeugenaussagen der Überlebenden, die Analysen der Profiler, die Untersuchungen der Kriminologen und Psychiater, und ganz besonders die Studie von John Douglas, der beim FBI als Autorität auf diesem Gebiet galt. Er wusste, dass die schnelle Ausführung der Tat entscheidend war. Die Frau am Hals packen, ihr keine Zeit zu einer Reaktion lassen. In diesem Fall ein Kinderspiel, da die Spaziergängerin völlig arglos war.

Trotz ihres dicken Pelzmantels konnte man ahnen, dass sie groß und schlank war. Ihr Haar, eine schwarze Mähne, trug sie offen. Einen Moment lang glaubte er, die Polizei stelle dem Mörder eine Falle, doch die Straße blieb menschenleer, ein Hinterhalt war ausgeschlossen. Keine Falle, sondern einfach eine Frau, die keine Angst vor dem Tod hatte. Sie überquerte die Rue des Abbesses und bog nach links in die Rue des Martyrs ein. Sie wollte doch nicht etwa zu Ripper? Nein, sie ging weiter in die Rue de la Vieuville, ohne Eile, als wolle sie ihm Zeit lassen, ihm praktisch ein Kapitel für sein Buch anbieten.

Aber Joseph wusste, dass er nicht in der Lage wäre, den Tod dieser Frau zu beschreiben. Er konnte einfach keinen Text zu Papier bringen. Oft genug hatte er es versucht, doch immer fand er seine Formulierungen scheußlich.

Auf einmal wurde ihm klar, dass er genau unter Rippers Fenstern stand. Ein eisiger Wind fegte durch die Straße. Es war vier Uhr morgens. In einiger Entfernung wartete die Frau. Es regnete noch immer, kalt und feindlich, doch sie schien es nicht zu bemerken. Als wäre sie nicht von dieser Welt. Ab und zu blickte sie weder missbilligend noch ungeduldig in Josephs Richtung. Was erwartete sie wohl von jemandem, der nur Fünfhundert-Francs-Bündel aus der Brieftasche ziehen konnte, aber keinen anständigen Satz zu Papier brachte?

Hatte man so etwas schon erlebt?

Er setzte sich auf die Treppe vor Rippers Haus und weinte.

*

Alexis hätte vor Wut heulen können.

Die Schlagzeile verlief über die ganze Breite der Titelseite von *France Soir*: »Neues Opfer des Serienmörders.« Darunter das Bild einer Frau: jung, dichtes, dunkles Haar, leerer Blick. Sie war am frühen Vormittag in der Rue des Martyrs gefunden worden. Ihr kopfloser Leichnam lag auf einer Couch, die mitten auf der Straße stand, daneben auf einem Nachttisch lag ihr Kopf. In der Hand hielt sie ein Gedicht von Baudelaire. *Eine Märtyrerin.*

Gleich den Gesichtern, die aus Schatten fahl entlassen
Unsere Blicke fangen
Ruht still das Haupt, mit dunkler Haare Massen,
Darin Geschmeide prangen,

Auf einem Nachttisch wie Ranunkeln auf dem Teich;
Verschwommen und gedankenleer
Stiehlt ein verdrehter Blick, wie Dämmerung bleich,
Sich aus den Augen her.

Trotz seines Zorns legte er die Zeitung leise beiseite, um Simone nicht zu wecken.

Er hatte sie am Abend zuvor bei *Virgin* auf den Champs-Élysées kennen gelernt. In der Buchhandlung konnte man oft Frauen im reiferen Alter ansprechen, die nichts zu tun hatten und bereit waren, Geld für einen Spaß auszugeben, den ihnen kein Kulturprogramm bieten konnte. Bei *Virgin* kaufte er manchmal sogar Romane, ob es Maryse, die ihn sowieso für einen Ignoranten hielt, nun gefiel oder nicht. Manchmal las er die Krimis oder Politthriller bis zur letzten Seite. Hier hatte er auch *Marathon in Spanish Harlem* von Gérard de Villiers erworben. Den Anfang fand er besonders gelungen: *Christina Lamparo schaute mutlos auf die lange Reihe von Metallpfosten, die die Pleasant Avenue säumten.* Christina Lamparo ... allein schon der Name hatte etwas unglaublich Erotisches. Daran erkannte man ein gutes Buch. Doch weiter war er nicht gekommen, als er Simone zwischen den Pléiade-Regalen stehen sah. Erst die Arbeit ... Sie hatten bei *Fouquets* gegessen – ihr Mann war auf Geschäftsreise – und waren dann in ein ebenso luxuriöses wie diskretes Hotel in der Rue Pierre-Charron direkt gegenüber von *Cartier* gegangen. Dort hatte er es ihr in einem Zimmer mit einem dicken lachsfarbenen Teppich, blassrosa Tapeten und einem Spiegel an der Decke die ganze Nacht lang besorgt.

Und nun schlief sie, entspannt an ihn geschmiegt. Als erfahrener Profi wartete er auf die ersten Anzeichen des Aufwachens, bereit, den Übergang zur Lust sanft zu gestalten, die Harmonie durch nichts zu stören. Wichtig war ein sanftes Hinübergleiten zum Orgasmus. Er wusste, was dazu nötig war. Man konnte sagen, was man wollte, er war seinen Preis wirklich wert.

Doch an diesem Morgen war er irgendwie nicht besonders gut in Form. Schuld war der Artikel im *France Soir.* Er hatte zwar in der Rue des Martyrs nichts zu tun, gute Kundinnen fand er an der Opéra, an der Madeleine oder auf den Champs-Élysées. Doch der Mörder jagte auch dort, und seine Verbrechen sorgten für ein ziemlich geschäftsschädigendes Klima. Es war wirklich ein Kunststück, in diesen Zeiten noch eine Frau anzusprechen. Früher lief das auf die sanfte Tour, in einer Bar war es ganz einfach. Er spielte auf sein ausgedehntes Fachwissen an, indem er von ganz anderen Dingen sprach oder auch, indem er in einer ganz bestimmten Art und Weise eine Benson & Hedges anzündete. Und immer ließ er dabei eine ungezwungene Eleganz erkennen. Die Frauen wussten schnell Bescheid. Ihre Augen leuchteten auf, ein leichtes Lächeln erschien auf ihren Lippen, ein erstes Streicheln der

Hand folgte und sie taten so, als interessierten sie sich für seine Rolex, seine goldenen Manschettenknöpfe oder andere Dinge an ihm, die eine Gelegenheit zu einer unauffälligen Berührung boten. Doch Alexis' eigentliches Talent bestand in der Kunst, ihnen ohne Worte zu verstehen zu geben, dass die Wonnen nicht gratis waren. Die Zustimmung erfolgte implizit. Entweder kam man gleich zur Sache – im Hotel oder bei der Kundin – oder man plauderte noch eine Weile, um die Erregung zu steigern und die Rechnung zu erhöhen.

Seit der Mörder die Stadt terrorisierte, war diese Tour nicht mehr drin. Simone wäre nie mit ihm mitgegangen, wenn sie die Zeitung gelesen hätte. Der Mörder wilderte in seinem Revier, machte Jagd auf die gleiche Beute. Da Alexis deswegen den Kreis seiner Kundinnen nicht erweitern konnte, bemühte er sich, sie mehr an sich zu binden, ihre Treue zu gewinnen. Dazu musste er allerdings seine Preise nach unten korrigieren. Denn nun verlangten sie zusätzlich zum Orgasmus auch noch Rabatt. Die Zeiten, in denen er sich aus einer extra für ihn aufgefüllten Handtasche selbst bedienen durfte, waren längst vorbei. Bevor es ins Bett ging, wurde nun erst einmal über den Preis verhandelt. Maryse war eine der wenigen Kundinnen, die der Meinung waren, dass es zur Sinnenlust dazugehörte, ihn in ihrer Handtasche wühlen zu lassen. Leider war dieser Standpunkt nicht sehr verbreitet.

Vielleicht war es besser, sich in einer anderen Stadt neue Kundinnen zu suchen?

In Balbec zum Beispiel. Dort gab es Spielhallen, ideal für die richtigen Begegnungen. Außerdem gefiel es ihm, ein paar Scheine auf den grünen Tisch zu werfen. Sein

Glück weckte das Interesse der Frauen. Doch er zögerte noch, die mit viel Geduld in Paris aufgebaute Klientel aufzugeben, obwohl er wusste, dass er sich früher oder später ein anderes Revier suchen musste.

Er schaute auf die Uhr: Mittag. Simone würde sicher gleich aufwachen. Er stellte sich ans Fenster, öffnete ein wenig die Vorhänge. Der schmutzige, graue Regen vom Vorabend hatte aufgehört und einem strahlend blauen Himmel Platz gemacht. Normalerweise ein Tag für Begegnungen. Er nahm die Zeitung, knüllte sie zusammen, warf sie in den Papierkorb und legte sich wieder ins Bett. Kurz darauf überlegte er, ob er es nicht noch einmal mit *Spanish Harlem* versuchen sollte, um zu erfahren, wie weit Christina Lamparo war. Eine gute erotische Szene beflügelte ihn bei der Arbeit. Doch da öffnete Simone die Augen.

»Alles in Ordnung?«, fragte sie mit verschlafener Stimme.

»Alles in Ordnung«, antwortete er.

*

Ernest wusste nicht, ob er so viel sagen durfte.

Er hatte schließlich Josephs Telefonterror nachgegeben, vor allem wegen seines leeren Bankkontos, den überfälligen Rechnungen und den letzten Mahnungen des Gerichtsvollziehers. Weder der Verkauf des Renaults zu einem lächerlich niedrigen Preis noch die zwanzigtausend Francs von Archimboldo hatten das riesige Finanzloch füllen können. Natürlich hätte Sabine gerne geholfen. Wie in *Unsere Liebe ist stärker*, als die Krankenschwester einem bedürftigen Assistenzarzt sein weiteres Studium finanziert. Sie konnte nicht wissen, dass das Schicksal sie auseinander reißen und sie ihn erst Jahre später als Chefarzt einer Klinik wieder sehen würde, verheiratet mit einer jungen Leukämiekranken, die nicht mehr lange zu leben hatte. Bestimmt hätte Sabine eine Parallele zwischen der brillanten Karriere des jungen Assistenzarztes und seinem eigenen miesen literarischen Debüt gezogen, und sie hätte alles getan, um ihm aus dieser misslichen Lage zu helfen. Doch bevor er sich von ihr helfen ließ, wollte er lieber dem Mann ohne Gesicht einen weiteren Vorschuss entlocken. Zusammen mit dem Honorar für seinen letzten Liebesroman könnte er dann endlich seine Schulden begleichen.

Sie verabredeten sich für den nächsten Abend im *Lapin chasseur.*

Doch am nächsten Tag sollte alles ganz anders kommen.

Sabine hatte morgens das Haus verlassen, als sie zehn Minuten später bleich, mit zitternden Knien und völlig außer Atem wieder die Treppe heraufkam. Sie übergab sich und konnte erst dann erzählen, dass sie draußen vor der Tür auf einen Menschenauflauf gestoßen war. Neugierig hatte sie sich durch die Menge geschoben und mitten auf der Straße eine Couch stehen sehen, auf der eine Frau lag. Dort, wo eigentlich ihr Kopf hätte sein sollen, klaffte ein großes rotes Loch. Sie hatte das nicht sofort begriffen. Die Leute neben ihr schwiegen, wie gelähmt vor Entsetzen. Erst im Umdrehen hatte sie auf einem Nachttisch den Kopf der Frau wahrgenommen, einen Kopf, dessen verdrehte Augen genau sie angestarrt hatten. Als wollten sie ihr sagen: »Du bist die Nächste.« Sie war ohnmächtig geworden. In einem Café hatte man ihr ein Kreislaufmittel gegeben und sie dann zu Ernest zurückgebracht.

»In diesem Viertel bleibe ich keine Minute länger«, schluchzte sie. »Direkt vor unserer eigenen Tür, stell dir das mal vor! Wie leicht hätte ich diesem Verrückten in die Hände fallen können!«

Sie hatte ihre Sachen gepackt, fest entschlossen, zu ihren Eltern nach Épinay zurückzukehren. Ernest blieb kaum Zeit, ihr zu sagen, dass ihr Gesicht die gleichen roten Flecken aufwies wie ihre Schenkel – schon fiel die Tür hinter ihr ins Schloss.

Doch er hatte keine Zeit, ihr nachzulaufen, denn er musste am Nachmittag seine Übersetzung bei Romance abliefern. Er arbeitete ohne Pause durch und war gegen Mittag fertig.

Nachdem er den Text auf eine Diskette gespeichert hatte, ging er in die Küche, holte sich ein Bier und hörte sich die Ein-Uhr-Nachrichten an. Es ging wieder um den Mörder der Rue des Martyrs. Für die Profiler der Kriminalpolizei war es das Werk eines etwa vierzigjährigen Mannes, energisch und dabei durchaus kultiviert. Der Hinweis auf die Zeilen von Baudelaire ließ daran keinen Zweifel.

Es fiel ihm schwer, in diesem Profil Joseph Archimboldo zu erkennen. Nur der Tatort störte ihn. Er lag in der Rue des Martyrs und passte insofern zu dem Gedicht, das *Eine Märtyrerin* hieß. Aber warum ausgerechnet unter seinen Fenstern? Zufall oder Warnung? Hatte er etwa die Frau enthauptet, auf eine Couch gelegt und ihren Kopf auf einem Nachttisch platziert, um ihm zu beweisen, dass er die Wahrheit gesagt hatte?

Und was kam als Nächstes?

Die Fortsetzung des Gedichts sprach Bände.

An den Kopf gewandt fragte der Dichter:
Der Rachelüsterne, dem du, trotz aller Liebe,
Lebend den Hunger nicht gestillt,
Fand er das maßlose Verlangen seiner Triebe
Von dem willfährigen, toten Leib erfüllt?

Würde der Typ wirklich so weit gehen? Hatte er es mit einem Verrückten zu tun? Ernest wusste nicht, was er davon halten sollte. War es nicht doch besser, die Polizei zu verständigen?

Er wusste es einfach nicht und verschob die Frage auf später. Er hatte ohnehin keine Zeit, musste erst noch zum Verlag.

Danach konnte er nachdenken.

Der Verlag Romance befand sich in der Rue de Courcelles. Das Wetter war schön, der Regen hatte schon in der Nacht aufgehört. Sicher erst, nachdem der Mörder diese Frau enthauptet hatte.

Er ging zu Fuß.

*

Eine Stunde später war er da.

Wie immer hatte er den Eindruck, ein Fernsehstudio zu betreten. Nichts, was mit Büchern zu tun hatte, trübte den Blick. Nichts jedenfalls in dem Sinne, was man bei Condorcet unter Büchern verstand. Dort standen Kultur und Belesenheit im Mittelpunkt. Man setzte auf das kulturelle Erbe, demonstrierte es durch Marmorfassaden und glänzendes Parkett, durch die Höhe der Decken, die französischen Fenster, die getäfelten Büros und den Geruch einer altehrwürdigen Bibliothek. Für diesen Verlag, der gleich nach Goncourt gegründet worden war, hätte jedes Zugeständnis an die Gegenwart eine gravierende Geschmacksverirrung bedeutet. Bei Romance dagegen setzte man voll auf moderne Zeiten. Eine Modernität ohne Vergangenheit, aus sich selbst heraus entstanden, alles Design, alles Attrappe. Im Mittelpunkt stand hier die Leserin, nicht die Literatur. Auf keinen Fall durfte der Eindruck von Langeweile vermittelt werden, wie sie an den Schulen gelehrt wurde. Wenn die Leserin den Verlag betrat, kam sie in eine junge, freundliche, dynamische Welt, eine Welt, in der sich auch die Stars der TV- und Musikszene bewegten. An den Wänden hingen die neuesten Posters von Leonardo di Caprio, Body Building, Allan Théo, Ophélie Winter und MC Solaar, alle in Hochglanz. Die Bücher selbst sahen in ihrer Aufmachung, ihrem Format und der Covergestaltung eher wie Videokassetten aus, so dass man völlig vergaß, dass Bücher aus Wörtern bestanden, die erst einmal gelesen werden mussten.

»Ich habe einen Termin mit Christine Etchigolan«, erklärte Ernest der Empfangsdame im Erdgeschoss.

Er sah sie zum ersten Mal. Das Personal wechselte häufig, doch die Neuen passten sich ziemlich schnell dem Geist des Hauses an. Die Dame am Empfang hatte etwas von einer Barbie-Puppe, sehr beliebt in diesen Räumen. Dunkelblonde Haare bis auf die Schultern, Zärtlichkeit heuchelnder Blick und Lippen, die auf einen leidenschaftlichen Kuss zu warten schienen. Glücksgewiss, das war wichtig, denn die Leserin musste schon am Empfang das heimliche Einverständnis spüren, das sie zur Verlagstreue verpflichten würde.

»Christine kommt gleich«, erwiderte die Barbie-Puppe nach einem kurzen internen Telefongespräch.

Kurz darauf stand er in Christine Etchigolans Büro. Sie war eine attraktive Frau, allerdings nicht im Stil des Hauses. Kräftig gebaut, mit dichtem, rot schimmerndem Haar, das ihr ständig ins Gesicht fiel. Attraktiv an ihr war vor allem der intelligente Eindruck, den sie ausstrahlte. Sie arbeitete schon einige Jahre bei Romance, doch hatte man das Gefühl, dass sie nach Höherem strebte. Dabei kannte sie die Machart der einfach gestrickten Geschichten, die in diesem Haus verlegt wurden, ganz genau und ließ darüber nicht mit sich verhandeln – eine im Grunde sehr zynische Haltung, die aber von der Geschäftsleitung sehr geschätzt wurde.

»Ihre letzte Übersetzung hat mir gut gefallen«, erklärte sie, als er ihr gegenüber Platz genommen hatte. »Hat was von einer Fernsehserie. Außerdem ist Ihre Rechtschreibung einwandfrei, das spart uns eine Menge Korrekturkosten.«

Sie hielt einen Augenblick inne, zögerte, zog dann ein Päckchen Chesterfield aus der Handtasche und legte sie auf den Tisch.

»Überrascht Sie das? Haben Sie selbst etwa nicht das Gefühl, ordentliche Arbeit abgeliefert zu haben?«

»Ich tue mein Bestes«, erwiderte Ernest. »Es freut mich, dass Sie damit zufrieden sind.«

Sie zündete sich ihre Zigarette mit einem schweren goldenen Feuerzeug an und blies den Rauch zu Ernest hinüber. Für Autoren galt ein Rauchverbot, seit Romance an einer Anti-Raucher-Kampagne teilnahm.

»Haben Sie eigentlich noch nicht genug von diesen idiotischen Geschichten?«, fragte sie plötzlich.

Es klopfte und eine weitere Barbie-Puppe trat ein.

»Es geht um das Cover für *Halt mich fest in Deinen Armen*. Wir haben das gleiche Cover schon letzten Monat für *Vergiss mich nicht* benutzt. Ist das nicht ärgerlich?«

Christine prüfte die vorgelegten Entwürfe. Es war tatsächlich das gleiche Pärchen, das sich ganz offensichtlich nur für die Kamera des Fotografen umarmte. Ernest hatte dieses Cover schon hundertmal gesehen. Christine schlug vor, die Haare des Mannes braun zu färben, aber die blauen Augen nicht zu verändern, statt des Anzugs sollte er ein Hemd und Jeans tragen. Das Mädchen sollte durch eine kurzhaarige Blondine ersetzt werden.

Als die Barbie-Puppe das Büro verlassen hatte, sagte Christine: »Wir sind hier Profis im Kopieren, Ausschneiden, Einfügen. Das kennen Sie doch sicher auch?«

Ernest wurde verlegen, doch sie lachte nur.

»Sie müssen mir nichts vormachen, aber ich kann mir allerdings auch nicht vorstellen, dass Sie dieser Job sonderlich herausfordert. Obwohl Sie Ihre Sache ziemlich gut machen … Na ja, jeder muss schließlich seinen Lebensunterhalt verdienen, oder?«

Sie drückte die Zigarette in einem der zahlreichen Aschenbecher aus, die überall im Büro herumstanden.

»Ich könnte es verstehen, wenn Sie sich nach einer anderen Arbeit umsehen würden«, fuhr sie fort. »Sie wollen sicher nicht Ihr ganzes Leben mit Liebesgeschichten zubringen. Wir haben hier Autoren, die bis zu drei Romane pro Monat abliefern. Drei Romane pro Monat, stellen Sie sich das vor! Reine Fließbandarbeit ohne zu denken. Ich kann mir allerdings nicht vorstellen, dass Ihnen diese Arbeit wirklich Spaß macht. Es würde mich nicht wundern, wenn Sie es schon anderswo versucht und Ihre Manuskripte bei anderen Verlagen eingereicht hätten. Aber offenbar ohne Erfolg, sonst wären Sie nicht mehr hier.«

Sie nahm sich wieder eine Zigarette, zögerte, steckte sie dann wieder in die Packung zurück.

»Abgelehnt zu werden heißt nicht, dass man nicht gut ist. Natürlich können Sie Mist geschrieben haben, aber ein Verleger kann sich auch irren. Beispiel Proust: Trotz seines Genies, seiner Beziehungen und seines Geldes war er sogar bereit, für die Veröffentlichung selbst zu bezahlen, weil er überall abgelehnt worden war. Schließlich hat ihn Grasset dann genommen – der Verlag war damals noch nicht so bekannt wie heute –, allerdings auch nur auf Rechnung des Autors. Sie sehen, es besteht kein Grund zur Verzweiflung …«

Schweigen, dann fügte sie in vertraulichem Ton hinzu:

»Ich gehe zum Ende des Monats.«

»Sie gehen! Wurden Sie …«

»Nein, ich gehe. Zwei Jahre große Liebe, das genügt. Ich gehe zu Montpensier. Dort bekomme ich einen Job, der mich wirklich interessiert. Ich erzähle Ihnen das, Ernest, weil ich glaube, dass Sie ein begabter Schriftsteller sind und Ihr Talent hier vergeuden.«

Sie streckte ihm eine Visitenkarte hin.

»Wenn Sie ein interessantes Manuskript haben, kommen Sie zu mir. Ich lasse Sie nicht abblitzen wie es NRF mit Proust getan hat.« Sie reichte ihm ein Buch, das auf ihrem Schreibtisch gelegen hatte. »Die neue Übersetzung hier werden Sie dann mit meiner Nachfolgerin abwickeln.«

»Aber das ist ja aus der Reihe ›Sinnenfreuden‹!«, rief Ernest. »Sonst mache ich doch immer ›Zärtlichkeit‹.«

Sie lachte.

»Das ist mein Abschiedsgeschenk für Sie. Bei ›Sinnenfreuden‹ gibt es wenigstens drei bis vier heiße Szenen, jede mindestens zwei Seiten lang. Die Hardcore-Kollektion, nur für verdiente Autoren. Ich hoffe, Sie haben Ihren Spaß dran, wenigstens bis Sie etwas Besseres finden.«

Sie stand auf und brachte ihn zur Tür.

»Vielleicht bis demnächst bei Montpensier?«, fragte sie und gab ihm die Hand. »Der Buchhaltung habe ich schon Bescheid gesagt, Sie werden sofort bezahlt.«

Es dauerte eine Weile, bis Ernest seine Gedanken geordnet hatte. Er war perplex über das Angebot, bei dem berühmten Verlag Montpensier zu veröffentlichen. Er betrachtete das Cover des Buches, das ihm Christine gegeben hatte. Unter dem Titel *I Want You* umarmte sich ein Pärchen leidenschaftlich. Die junge Frau hatte den Kopf zurückgeworfen, ihre Bluse war halb offen. Das war wirklich mal eine nette kleine Abwechslung.

Ernest machte sich auf den Weg in die Buchhaltung.

Kurz darauf stand er mit einem Scheck über elftausendachthundertvierundneunzig Francs und fünfunddreißig Centimes in der Tasche wieder auf der Straße.

Außerdem hatte er einen »Sinnenfreuden«-Roman zu übersetzen, und Christine Etchigolan hatte sein Talent erkannt.

Das hätte Samuel sicher gefallen.

Auch Maryse fand, dass er begabt war. Das hatte sie aber nicht daran gehindert, *Das Jüngste Gericht* abzulehnen. »Die Idee von einer modernen Apokalypse ist ja ganz nett«, hatte sie herablassend gemeint, »aber du bist viel zu pathetisch. Das nimmt dir einfach niemand ab. Außerdem hast du noch immer nicht begriffen, dass man Romane für andere schreibt. Alles andere ist reine Selbstgefälligkeit.«

Das wars dann und tschüss.

Ein oder zwei Mal hatte er es noch versucht, doch ohne rechte Überzeugung. Vielleicht hatte er nichts zu erzählen? Er hatte schon aufgegeben und sich auf die Liebesromane und seine sexuellen Exzesse mit Sabine beschränkt. Und just in dem Moment, als er endgültig mit der Literatur abgeschlossen hatte, wurde er wieder wachgerüttelt – gleich zweimal hintereinander. Zuerst dieser verrückte Serienmörder und dann Christine Etchigolan. Wann würden sie ihn endlich in Ruhe lassen? Er stopfte *I Want You* in die Jackentasche. Jetzt hatte er Erotik zu übersetzen.

Was für ein Aufstieg!

Auf der Straße hatte er plötzlich ein seltsames Gefühl.

Er empfand es besonders deutlich, weil am Morgen zum ersten Mal ein Hauch von Frühling über der Stadt gelegen hatte. Nun wurde es Abend, und die Straßen wirkten wie immer, düster und kühl, als wollten sie an den Mörder erinnern. Ob er wohl wieder zuschlug? Dann würde Sabine wohl in Épinay bleiben. Er blieb vor einem Zeitungskiosk stehen. Keine Schlagzeilen über einen neuen Mord, doch die Frau ohne Kopf füllte immer noch die Titelseiten.

Eine Polizeistreife kam die Straße entlang. Das Dröhnen ihrer Stiefel störte ihn. Er betrat das *Café de Courcelles*, ein Bistro gegenüber von Romance. Hier herrschte die gleiche Stimmung wie in den Cafés in der Rue des Abbesses. Gespräche an der Bar, elektronische Flippergeräusche im Hintergrund und ein Fernsehgerät über dem Tresen. An einem Ende der Bar glaubte er zwei Autoren des Verlags zu erkennen. Er stellte sich ans andere Ende, wollte nichts mit ihnen zu tun haben und bestellte sich ein Bier. Dann ging er zum Telefonieren ins Untergeschoss.

Als er an der Toilette vorüberging, fiel ihm ein dunkel gekleideter Mann auf, der sich die Nasenhaare entfernte. Präzise fasste er jedes Haar, als wähle er es nach Dicke und Länge aus, dann riss er es mit einem kräftigen Ruck aus. Dann betrachtete er es zwischen den Fingern und entfernte es schließlich, indem er es unter den Wasserstrahl hielt. Wenn es ihm gelang, mit einem Ruck mehrere Haare auszureißen, stieß er eine Art triumphierendes Pfeifen aus. Am erstaunlichsten jedoch waren seine banalen Gesichtszüge – als hätte er überhaupt kein Gesicht. Nur Haare, die aus den Nasenlöchern wuchsen. Ansonsten ein leerer weißer Teller. Joseph hatte offenbar kein Monopol auf die völlige Gesichtslosigkeit. Nun verstand Ernest, warum die Polizei den Mörder noch nicht gefasst hatte. Dann ging er zur Telefonzelle und hörte seinen Anrufbeantworter ab. Die erste der beiden Nachrichten stammte von Sabine. Er fehle ihr schon jetzt, sagte sie, doch sie betrachte diese Trennung als eine Prüfung, aus der ihre Liebe gestärkt hervorgehen würde. Die zweite Nachricht hatte Joseph hinterlassen. Er wollte ihn an ihr Treffen erinnern: zehn Uhr im *Lapin*. Ernest meinte, einen drohenden Unterton herauszuhören. Als er an die Bar zurückkehrte, war der Mann mit den Haaren in der Nase verschwunden. Übrig geblieben waren nur ein paar winzige schwarze Striche im Waschbecken.

Ernest trank sein Bier und beobachtete dabei unauffällig die beiden Kollegen. Sie wirkten ein bisschen wie gescheiterte Handelsvertreter, zynisch und resigniert. Waren das die Autoren, die drei Übersetzungen pro Monat schafften? Wie lange konnte man das durchhalten? Nicht sehr lange, nach ihrer gelblichen Haut zu schließen. Solche Übersetzer zeigte man auf der Buchmesse nicht. Dafür nahm man lieber Gelegenheitsübersetzer, die als Amateure noch in halbwegs gutem Zustand waren. Das galt auch für Ernest.

Er trank sein Bier aus und ging.

Was sollte er mit Joseph machen? Dieses Treffen war vielleicht die Gelegenheit, ihn loszuwerden. Er brauchte nur der Polizei mitzuteilen, dass der Mörder ins *Lapin* kommen würde und die Sache war geritzt. Es sei denn, er holte sich zuerst noch einen neuen Vorschuss über zwanzigtausend Francs und ließ ihn dann erst von den Bullen festnehmen.

Oder aber er sagte den Bullen nichts, nahm Josephs Angebot an und machte sich an die Arbeit. Vielleicht wurde daraus ja doch ein richtiges Buch.

Vielleicht …

Warum nicht?

Er nahm die Metro nach Villiers.

Die langen Gänge waren leer. Er dachte an Samuel, den er unbedingt besuchen musste. Wie lange war es her, dass er ihn im Krankenhaus besucht hatte? Seit der Trennung von Maryse oder noch länger? Sein Gedanke wurde durch den tiefen und melancholischen Klang eines Saxophons verdrängt.

Ernest warf dem jungen Musiker fünfzig Francs hin.

Mehr Bargeld hatte er gerade nicht in der Tasche.

Nichts erschien ihm bewundernswerter als ein Mann, der in einem verlassenen Gang der Metro Saxophon spielte.

Er nahm sich vor, Samuel im Krankenhaus zu besuchen.

4 Samuel wartete schon auf ihn.

Er hatte genug vom Krankenhaus und vom Fernsehen. Alle redeten nur noch vom Serienmörder. Was hieß denn hier Mörder! Ein Typ, der die Gegend um den Place Clichy terrorisierte, war doch noch lange kein Mörder.

Er hätte das Gerät gerne ausgeschaltet, was aber in seinem körperlichen Zustand gar nicht so einfach war. Er bestand nur noch aus schachbrettartigen Ruhe- und Bewegungsfeldern. Das Feld rechtes Auge suchte die Fernbedienung, das Feld linker Arm griff danach. Er musste die Bewegung genau berechnen und … schnapp: linken Arm nach vorne schieben, Fernbedienung vom Nachttisch nehmen, auf das Fernsehgerät richten und klick: ausschalten. Nur, die Fernbedienung war unauffindbar – wieder einmal geklaut. Hier wurde alles gestohlen. Wie damals zur Zeit des Serial-Killers. Wann war das gleich noch mal gewesen? Er wusste es nicht mehr. »Sie haben einfach ein schlechtes Zahlengedächtnis«, beruhigten ihn die Krankenschwestern immer wieder. Dagegen war sein Gedächtnis für Worte unschlagbar. Und mit den Worten kamen ganze Ausdrücke und Formulierungen wieder. Besonders den Ausdruck ›zerebraler Insult‹ würde er so bald nicht vergessen.

Er war es nämlich, der ihn zum Schachbrett gemacht hatte.

Wie Serial-Killer, der alles in ein Schachbrett verwandelte. Er brauchte kein Zahlengedächtnis: eins-zwei, eins-zwei, das genügte, der Takt entsprach dem Wesen des zerebralen Insults. Eins und zwei, einer gegen zwei. Linker Arm hängt unbeweglich am Körper, rechter Arm ist erhoben, gestreckt im Fünfundvierzig-Grad-Winkel.

Eins-zwei, eins-zwei!

Das hatte nichts mit dem Mörder vom Place Clichy zu tun. Serial-Killer terrorisierte die ganze Welt. Das machte etwas her. Wie er majestätisch die endlosen Stufen hinaufschritt und von oben die riesige Menschenmenge beherrschte. Eine Menge, die gespannt auf seine Stimme wartete. Halbseitig gelähmte Wälder, die sich zu seiner Begrüßung im gleichen Rhythmus aufrichteten. Ja, der wusste, wie man es machte, der Teufelskerl!

Und hier zwang man ihn, sich im Fernsehen Journalisten anzuschauen, die in Tränen ausbrachen, weil auf der Straße eine enthauptete Frau gefunden worden war.

Zorn stieg in Samuel auf. Ernest hätte sofort ausgeschaltet. Er hatte bei ihm anrufen lassen, aber es hieß, er rufe nicht zurück. Oder hatte er sich etwa schon an die Arbeit gemacht? Er kannte ihn, seinen Ernest. Wenn er sich ins Schreiben vertiefte, legte er den Telefonhörer beiseite, um nicht gestört zu werden. Er arbeitete jetzt sicher an dem Projekt, das ihn reich und berühmt machen sollte.

Vielleicht, aber inzwischen blieb ihm nichts anderes übrig als fernzusehen. Eine Krankenschwester rufen? Er wusste, was sie sagen würde: »Und deswegen stören Sie uns? Sie glauben wohl, Sie wären hier im Ritz, was?« Nein, er musste diplomatisch vorgehen. Zum Beispiel nach der Urinflasche verlangen. Das war besser. Hier war alles wichtig, was mit Medizin zu tun hatte. Ausscheidungen waren etwas Medizinisches. Und wenn er fertig war, konnte er die Krankenschwester ganz unschuldig darum bitten, den Fernseher auszuschalten. Er wolle nun ein bisschen schlafen. Das würde sie nicht ablehnen. Schlafen hieß, dass man nicht störte. Auch das galt in medizinischer Hinsicht als sinnvoll. So musste man hier vorgehen.

Also, anfangen mit der Urinflasche.

Doch wenn es etwas gab, was einem niemand nehmen konnte, selbst Serial-Killer nicht, dann war es die Hand der Krankenschwester, die ihn in die Tülle schob. Unglaublich, wie viel eine Hand über eine Persönlichkeit verriet! Das wäre doch ein sehr interessanter Exkurs in Ernests Buch: die Hand, die ihn ergreift. Ein tolles Thema! An der Art, wie die Krankenschwester ihn hielt, erkannte man, welche Gefühle sie empfand, und daraus konnte man wiederum schließen, was sie von ihrer Arbeit und vom Leben ganz im Allgemeinen hielt. Die rein zweckorientierten Hände waren grässlich, für sie war es bloß ein Job. Einfach reinstopfen in die Urinflasche, und beeilen Sie sich, ich habe schließlich noch etwas anderes zu tun. Was, noch immer nicht fertig? Die wahren Hände dagegen legten ihn nicht gleich zurück in den Schlafanzug. Auch ein weniger religiöser Mensch fühlte in sich den Wunsch, den Herrn zu loben, wenn ihn diese Hände berührten.

Seine ersten Hände hatte Samuel an dem Abend kennen gelernt, an dem Serial-Killer in Polen einmarschierte. Plötzlich waren die Hände geflohen. Wem sie gehört hatten? Das Abenteuer lag so lange zurück, dass er weder ein Gesicht noch einen Namen mit diesen Händen in Verbindung bringen konnte. Geblieben war ihm jedoch die Ahnung von einem wunderbaren Versprechen, tief verborgen in den Windungen seines Lebens, wahrscheinlich für immer verloren, wäre da nicht durch die Gnade eines geplatzten Gefäßes die Erinnerung daran wieder aufgetaucht.

Doch die Krankenschwester kam nicht, und die Herrschaften auf dem Bildschirm konzentrierten sich weiter auf den Place Clichy. Er wollte gerade die ganze Welt verfluchen, als ihm plötzlich bewusst wurde, dass niemand kommen würde. Das Krankenhaus war leer, ausgestorben. Nichts lebte mehr. Serial-Killer war hier. Wie üblich kannte er keine Gnade. Die Stille, die Samuel nun umgab, war Grabesstille. Und bald war er an der Reihe.

Augenblicklich stand sein Entschluss fest.

Durch eine heftige Anstrengung schaffte er es bis zum Rand seines Bettes, die linke Seite zog die rechte mit. Es musste schnell gehen: Serial-Killer konnte jeden Augenblick auftauchen. Doch Samuel geriet nicht in Panik. Er war ihm schon einmal entkommen. Durch einen Sprung aus dem dritten Stock. Die Männer des Serial-Killers hatten unten in der Rue Rodier 29 auf ihn gewartet, doch er war aus einem Fenster an der Rue de la Tour-d'Auvergne gesprungen. Der Aufprall auf dem Gehweg war schmerzhaft gewesen, doch er hatte sich aufgerichtet und war trotz des brüllenden Schmerzes im Knöchel bis zur Metro gehumpelt.

Und er würde es wieder tun.

Der Sturz auf die Fliesen war diesmal nicht so hart wie damals, denn seine rechte Seite, die ohnehin gefühllos war, hatte den Aufprall abgefedert. Auf dem gesunden Ellbogen und dem Knie kroch er um das Bett herum und näherte sich der Tür. Dort musste er sich aufrichten, die Klinke ergreifen und niederdrücken. Das Unterfangen erschien fast unmöglich, aber Samuel wuchs an der Aufgabe, wurde wieder zu dem Mann der Tat, der er immer gewesen war. Ein Mann, dessen Leben erst durch die Gefahr Sinn erhielt, auch wenn es nurmehr eine lebende Hälfte war. Er war zu sehr mit der Anstrengung beschäftigt, um sein Glück voll auskosten zu können, doch ein so starkes Glücksgefühl hatte er schon lange nicht mehr empfunden. Wenn er erst einmal draußen war, würde er Ernest aufsuchen, und sie würden sich gemeinsam an ihr großes Werk machen. Er würde ihm erzählen, dass Serial-Killer ein hässliches Maul hatte, einen leeren Blick, eine fleischige Nase und dass er sich mit Cremetorten voll stopfte. Auf seinem Weg zur Tür brüllte er aus halb gelähmtem Mund, als wollte er die ganze Welt warnen: »Achtung, Samuel kommt. Mit seiner Hilfe wird Ernest in die Literaturgeschichte eingehen!«

In diesem Augenblick öffnete sich die Tür. Er dachte schon, es sei Ernest, der ihm zu Hilfe kommen würde, doch er nahm eine weiße Uniform wahr. Für gewöhnlich kleidete er sich doch dunkler. Samuel erkannte ihn sofort: Ihn konnte der Serial-Killer nicht täuschen.

In einer Hand hielt er zwei Stilnox-Tabletten, in der anderen ein Glas Wasser.

»Damit werden Sie gut schlafen«, sagte die bekannte, metallische Stimme.

Er schob ihm die Tabletten in den Mund und zwang ihn, die Hälfte des Wassers zu trinken.

Panik ergriff Samuel.

Darüber vergaß er Ernest und dessen großes Werk.

*

Eine dichte Menschenmenge drängte sich auf dem Place du Tertre. Das schöne Wetter lockte die Touristen auf die Straße. Viele trugen Shorts. Friedlich schoben sie sich zwischen den Malern und Porträtisten weiter. Der herrliche Sonnenschein und die Neugier wurden ihnen zum Verhängnis, sie dachten nicht mehr an die Warnungen, die von der Presse und von den Reisebüros ausgegeben wurden. Sie wollten Paris entdecken, vergaßen darüber den Serienmörder und wurden unvorsichtig.

Diese Sorglosigkeit gefiel Joseph.

Er betrat den *Lapin chasseur.*

Im hinteren Teil saß Ernest Ripper unter der Kopie des Toulouse-Lautrecs und schlürfte einen Nuit au Cap – eine Spezialität des *Lapin*, eine Mischung aus Cognac, Cointreau, Anisette und Crème fraîche –, der natürlich auf seinen unbegrenzten Kredit ging.

»Der geniert sich wirklich nicht«, dachte Joseph.

Zu seiner Überraschung erkannte ihn der Kellner sofort wieder, kam ihm eiligst entgegen und bahnte ihm pflichtschuldigst einen Weg durch die Kunden.

»Jetzt im Frühling gehen die Geschäfte wieder gut. Manchmal weiß ich nicht mehr, wo ich die Touristen hinsetzen soll, aber hinten ist es ruhig, dort können Sie sich in Ruhe mit Ihrem Freund unterhalten.«

In der Nähe der Bar saß wie beim letzten Mal die junge Frau. Sie trug dasselbe graue Kostüm und las *Der Graf von Monte Christo.* Auf Joseph achtete sie nicht, als er an ihrem Tisch vorbeiging. Er nahm auf dem Stuhl Ernest gegenüber Platz und bestellte Champagner. Der Kellner kam unverzüglich mit einer Flasche Dom Pérignon und zwei Champagner-Schalen zurück. Er bediente zuerst Joseph, wartete auf dessen Zustimmung und füllte dann erst Ernests Glas. Seit er gesehen hatte, dass Joseph ganze Bündel Fünfhundert-Francs-Scheine aus der Tasche zog und Ernest sie kassierte, bemühte er sich um etwas mehr Stil, als wolle er beweisen, dass er auch solchen Kunden gerecht werden konnte. Joseph fand, dass er aussah wie Charles Laughton in seiner Rolle als Marmaduke Ruggles in *Ein Butler in Amerika.*

»Prost, Meister!«, sagte er und hob sein Glas. »Auf Ruhm und Reichtum.«

»Wir haben noch keine Vereinbarung getroffen.«

»Stimmt, aber ich hoffe darauf, Meister. Sie sind doch nicht ohne guten Grund gekommen oder irre ich mich?«

Ernest antwortete nicht. Er hob sein Glas, nippte daran, kehrte aber dann zu seinem Nuit au Cap zurück. Begeistert scheint er ja nicht zu sein, dachte Joseph, dessen gute Laune zu schwinden begann.

»Was halten Sie von den Notizen, die ich Ihnen überlassen habe?«, fragte er ganz beiläufig.

»Uninteressant«, erwiderte Ernest schroff. »Damit lässt sich nichts anfangen.«

Und er fügte hinzu:

»Aber das interessiert mich auch nicht.«

»Was interessiert Sie dann?«

»Mich interessiert vielmehr, weshalb Sie diese Frau ausgerechnet vor meiner Tür umgebracht haben. Wollten Sie mich damit beeindrucken?«

»Überhaupt nicht, Meister, da liegen Sie völlig falsch.«

»Dann waren Sie das gar nicht?«

»Die Frage ist falsch gestellt. Diese Lady hat es geradezu herausgefordert, wie alle, die davon träumen, dem Mann zu begegnen, der ihrem Leben ein Ende setzt. Das wundert Sie? Den Leser wird es noch mehr wundern. Aber es ist die reine Wahrheit.«

Er leerte sein Glas in einem Zug und fuhr fort:

»Bei einem Serienmörder hat Mord immer eine persönliche, menschliche Note, wenn Sie so wollen. Frauen sind dafür sehr empfänglich.« Er zeigte auf die Leserin im grauen Kostüm. »Schauen Sie nur, wie vertieft sie ist. Sie möchte ihre Einsamkeit vergessen. Einen Mörder rührt diese Traurigkeit, er beendet sie im Handumdrehen. Und doch sehen Sie, Meister, diese Frau lebt. Finden Sie das nicht seltsam? Anstatt mich also zu fragen, ob ich diese oder jene Frau getötet habe, fragen Sie lieber, warum alle Frauen, die hier sind und die vielleicht auf dasselbe warten wie unsere Leserin, noch am Leben sind.«

Marmaduke bemerkte, dass Josephs Glas leer war, eilte herbei und schenkte nach. Ernest nutzte die Gelegenheit und bestellte noch einen Nuit au Cap.

»In gewisser Hinsicht«, fuhr Joseph fort, »ist die kriminelle Begegnung mit einem Rendez-vous vergleichbar. Beides kann man nicht planen, aber auch nicht verhindern. Doch wenn sich der Mörder und sein Opfer durch Zufall gegenüberstehen, sind die Würfel gefallen. Sie sind der höheren Gewalt, die sie erst im letzten Augenblick erkennen, ausgeliefert. Für das Opfer ist die Handlung zwangsläufig eine Ausnahme, für den Mörder gehört sie zur Routine. Sein Leben besteht darin, immer wieder denselben Mord zu begehen, vielleicht sogar immer an derselben Frau. Das ist es, was ihn so mürbe macht. Ein interessanter Aspekt übrigens, der in unserer Geschichte näher beleuchtet werden sollte.« Joseph war plötzlich ganz Feuer und Flamme. »Ich sage Ihnen«, fuhr er begeistert fort, »das ist überhaupt der Clou daran. Sie zeigen den Mörder aus einem wirklich menschlichen Blickwinkel, wie er bisher nie dargestellt wurde, weil das natürlich auch anstößig ist. Ich höre jetzt schon die Kritiker: ›Rippers Einfluss auf unsere Zeit!‹ Der Ruhm, Meister, der Ruhm. Überall Ihr Foto, Einladungen aus ganz Frankreich, aus dem Ausland, Diskussionsrunden im Fernsehen, Signierstunden bei FNAC, bei Virgin, auf der Buchmesse, bei Auchan und Carrefour. Dieses Werk wird einschlagen, das verspreche ich Ihnen. Man lernt nicht nur einen Kriminellen kennen, den niemand wirklich kennt, sondern bekommt auch noch eine wunderbare Lektion fürs Leben erteilt.«

Ernest war noch immer nicht überzeugt. Er konnte sich diesen Mann nicht als brutalen Mörder vorstellen, der Frauen abschlachtete. Er war jedenfalls sehr eloquent, und Geld besaß er auch, zwanzigtausend Francs hier, unbegrenzter Kredit da, er war wirklich sehr großzügig. Zweifellos steckte ein großes Vermögen dahinter. Aber eben auch ein Mörder …

»Was halten Sie davon? Ich biete Ihnen ein sensationelles Thema, das müssen Sie doch zugeben.«

»Ich werde Ihnen jetzt etwas sagen«, erwiderte Ernest.

Er holte tief Luft und begann.

*

»Wenn man ein Buch anfängt«, sagte er verbittert, »glaubt man jedes Mal, man halte den Erfolg in Händen. Bei den ersten Seiten ist man noch begeistert und überzeugt, dass noch nie ein besseres Buch geschrieben wurde. Man denkt an Ruhm, Reichtum, sieht sich schon in den Zeitungen, im Fernsehen, in Buchhandlungen, überall. Doch nach ein paar Tagen oder Wochen verflüchtigt sich die Begeisterung, man stellt fest, dass man sich verrannt hat, über jedes einzelne Wort stolpert und nicht mehr weiter weiß. Das geht allen so, die es einmal versucht haben. Man glaubt daran, wagt den großen Schritt und steht plötzlich nackt in der Wüste. Schreiben ist keine einfache Sache, sondern schwierig und grausam. Es bleibt einem schließlich nichts anderes übrig, als das ganze Projekt fallen zu lassen, glauben Sie mir. Einfach umblättern, eine echte Seite umblättern, eine Seite, die man nicht geschrieben hat, zurückkehren zu einer vernünftigen Beschäftigung, sich um seine Frau und seine Kinder oder seine alten Eltern kümmern. Oder Lotto spielen, ein gutes Buch lesen – davon gibt es ja genug – Musik hören, ins Kino gehen, ein Fußballspiel anschauen …«

Ernest redete sich immer mehr in Rage, bestrebt, den Mann mit dem gewöhnlichen Gesicht von seiner eigenen defätistischen Sicht der Dinge zu überzeugen. Er leerte sein Champagner-Glas, goss seinen Nuit au Cap hinterher und kehrte zu seiner literarischen Katastrophe zurück.

»Leider erkennen das nicht alle«, fuhr er fort. »Da gibt es auch Hartnäckige, die bis zu zweihundert, dreihundert, sogar vierhundert, fünfhundert Seiten und mehr schreiben. Trottel, die Ausdauer als Tugend betrachten! Und wenn sie sich dann ausgetobt haben mit ihrem Mist, machen sie die anderen fertig. Zuerst die Verleger, die sie mit Vorwürfen, Beleidigungen und Drohungen überschütten. Einem Verleger verzeiht man es nicht, dass er einem das Manuskript zurückgeschickt hat. Der soll bloß nicht glauben, er käme mit einem Standardbrief davon. Nach den Verlegern sind Freunde und Bekannte dran. Die weckt man dann mitten in der Nacht, nur damit sie einem bestätigen, wie ungerecht es doch zugeht auf der Welt. Dann schreibt man rachsüchtige Briefe an die Presse, an Abgeordnete und Minister, manche ketten sich am Eingang des Verlages fest, andere treten in Hungerstreik, drohen sogar, sich öffentlich zu verbrennen, nur um sich an einem Verleger zu rächen. Zum Glück werden es manche – die nicht ganz so Besessenen jedenfalls – schließlich leid. Sie werfen das Handtuch und vergessen das unglückselige Manuskript. Doch so viel gesunden Menschenverstand haben nicht alle: Viele wenden sich an einen Selbstverlag. Das kostet sie zwar das letzte Hemd, aber das ist ihnen egal. Ihr Manuskript wird gedruckt, gebunden und mit einem Cover versehen, auf dem ihr Name steht. Ihr Name! Wenn Sie wüssten, wie lange sie davon geträumt haben! Und schließlich ist ihr Traum wahr geworden, sie halten das Objekt ihrer Leidenschaft in Händen, und es sieht aus wie ein Buch oder vielmehr wie die Bücher, die sich in der Küche, im Wohnzimmer, im Bad, im Flur und in der Toilette stapeln. Denn irgendwo müssen sie ja stehen, diese blöden Bücher. Denn verkaufen werden sie kein einziges oder doch sehr wenige. Nichts zu verkaufen ist aber noch schlimmer als nicht verlegt zu werden. Denn jetzt werden sie nicht nur von einem Verleger abgelehnt, sondern von der ganzen Welt. Die Erfahrung kommt sie teuer zu stehen. Zunächst verschenken sie Exemplare an Eltern, Freunde und Nachbarn – zuerst nur, um das jeweilige Exemplar signieren zu dürfen, später dann aus Platzgründen. Sie bieten sie in Buchhandlungen feil, die damit auch nichts anfangen können, dann versuchen sie, ihr Werk auf der Straße, in der Metro, vor dem Stadion, auf Stadtteilfesten, einfach überall zu verkaufen, manchmal mit Genehmigung, manchmal ohne, bis sie eines Tages, müde, aufgebracht, entsetzt über die Gleichgültigkeit und den Spott, den sie ernten, daran denken, sich eine Kugel durch den Kopf zu jagen oder ihr Werk in Flammen aufgehen zu lassen. Wenn sie sich für die Bücherverbrennung entscheiden, haben sie noch eine Chance davonzukommen. Doch sie können sich nicht dazu durchringen. Und glauben Sie nur nicht, dass sie sich deshalb das Gehirn rauspusten. Die einfache Lösung ist nicht ihre Sache. So wie ich sie kenne, machen sie sich und ihren Angehörigen auch weiterhin das Leben zur Hölle, jammern über ihr Unglück, beweinen ihr von der ganzen Welt verkanntes Genie und ertränken ihr Elend weit über jedes Maß hinaus. Und diese Geschichte ist nie zu Ende, nie!«

Joseph hatte wortlos zugehört, doch er dachte sich seinen Teil. Das wollte ein Schriftsteller sein? Wo war die

Begeisterung und Hartnäckigkeit, die für jedes literarische Unterfangen unabdingbar war? Selbst er, Archimboldo, der nicht in der Lage war, fünf Zeilen fehlerfrei zu schreiben, hatte das Feuer gespürt, als er der Witwe die Aufzeichnungen des Mörders vorgelesen hatte. Wenn Ripper auch nur ein Zehntel davon empfinden würde, hätte er sich längst ans Werk gemacht. Aber was war schon von diesem resignierten Zyniker zu erwarten, der sich in der totalen Einfallslosigkeit gefiel? Sollte er sich an einen anderen wenden? Die auf der Buchmesse angesprochenen Autoren hatten ihn nur ausgelacht. Ripper oder keiner. Das war eben das Schicksal des Talentlosen: Er musste sich mit einem Typen abgeben, der seiner Bitterkeit in drittklassigen Romanen freien Lauf ließ. Eine tolle Geschichte, dachte er, Joseph Archimboldo bietet einem gescheiterten Schriftsteller die Gelegenheit, sein Unglück selbst aus dem zu schmieden, was er sich am meisten wünscht und holt ihn so aus seiner Resignation.

Er beschloss, alles auf eine Karte zu setzen.

Aus seiner Epicuro-Schatulle nahm er eine Partagas 8-9-8, zündete sie in aller Ruhe an, bestellte dann einen Banyuls – einen Likör, der seiner Meinung nach besser zu den Aromen einer Puro passte als ein Branntwein.

»Fünfzigtausend Francs«, sagte er und schichtete die Notenbündel, die er von John Baltimore bekommen hatte, zwischen Champagner-Kübel und Banyuls auf den Tisch. »Fünfzigtausend für das erste Kapitel, was sagen Sie dazu?«

Plötzlich verstummten die Gespräche im Raum. Alle Blicke richteten sich auf die Fünfhundert-Francs-Bündel auf dem Tisch. Wieder einmal formte Marmadukes Mund ein erstauntes »O«.

»Was sagen Sie dazu?«, wiederholte Joseph.

Ernests Herz schlug wie wild. Mit einem Schlag war er wieder nüchtern. Er spürte den enormen Druck der Blicke. Als identifiziere sich das ganze Café mit ihm. Er meinte durch den ganzen Saal Murmeln zu hören: »Greif zu, Ducon! Nimm an! Nimm doch endlich an! Zum Teufel! Worauf wartest du noch?« Das Murmeln wurde lauter, man verzieh ihm nicht, so viel Geld liegen zu lassen. Eine Menschenmenge ist immer grausam, sie will Erfolg sehen. Marmadukes Blicke sagten alles: Wenn er dieses Vermögen ausschlug, würde er keinen Fuß mehr in den *Lapin* setzen. Also gab Ernest nach. Er öffnete seinen Regenmantel und stopfte die Bündel hinein. Auch die Taschen seiner Hose und Jacke stopfte er voll. Ein Seufzer der Erleichterung ging durch den Saal, und die Gespräche wurden wieder aufgenommen.

»Na endlich, Meister!«, rief Joseph. »Ich mache Ihnen damit kein Geschenk, nur dass das klar ist. Das ist ein Vorschuss, der von ihren künftigen Urheberrechten abgezogen wird. Ich hoffe, Sie sehen das auch so.«

Doch Ernest hörte gar nicht mehr zu. Er träumte mehrere Träume gleichzeitig: Der Scheck über elftausendachthundertvierundneunzig Francs und fünfunddreißig Centimes von Romance, dann die fünfzigtausend Frances netto von Joseph, insgesamt einundsechzigtausendachthundertvierundneunzig Francs und fünfunddreißig Centimes. Selbst wenn er seine Rechnungen beglich, sein ungedecktes Konto bei der Bank auffüllte und den Gerichtsvollzieher bezahlte, bliebe ihm noch ein hübsches Sümmchen. Mehr als genug, um den grauen Mischwollanzug zu ersetzen, den Maryse bei ihrem Umzug verschlampt hatte. Und da Sabine bei ihren Eltern war, warum den Abend nicht in einer Bar an den Champs-Élysées verbringen? Ein Schriftstellerleben, einfach sorglos ein Taxi nehmen und ohne nachzudenken Geld ausgeben. Er sah sich schon in einer Reihe mit Henry Miller und Anaïs Nin, bei denen ein mysteriöser Sammler erotische Novellen zu einem Dollar pro Seite bestellt hatte. Später wurde *Das Delta der Venus* ein Bestseller. Er, Ernest, würde die Taten eines Mörders schildern. Das war besser bezahlt und mit etwas Glück würde es ebenfalls ein Bestseller werden.

Er füllte seine Champagner-Schale, leerte sie in einem Zug, bestellte dann noch einen Nuit au Cap, den er sich auch gleich hinter die Binde goss.

»Ich hätte zwei oder drei kleine Bedingungen, die Sie sicher ohne größere Abstriche erfüllen können«, sagte Joseph. »Da ist zunächst dieser kleine Anfang, den ich mir ausgedacht habe. Die beiden Sätze, ziemlich gelungen, finde ich. Wenn Sie diese akzeptieren würden, wäre das mein bescheidener Beitrag zu unserem Werk. Diesen Anfang habe ich Ihnen schon bei unserer ersten Begegnung vorgetragen. Sie erinnern sich vielleicht: ›Ich bin das Kind der mittelalterlichen Finsternis und der New Yorker Dunkelheit. Eine Brücke über dem Abgrund.‹ Was halten Sie davon?«

Gar nichts, dachte Ernest.

»Sehr interessant«, sagte er, »und die anderen Bedingungen?«

»Im ersten Kapitel möchte ich gerne, dass Sie meine Abstammung erwähnen, und sei es nur andeutungsweise. Gerade so viel, dass der Leser Bescheid weiß und von der Grausamkeit meiner Vorfahren erfährt. Es ist wichtig, dass er meine Antiquiertheit versteht, dass bei den Archimboldos alles altertümlich, verstaubt, altmodisch ist.«

»In Ordnung«, erwiderte Ernest, der aufgrund des Champagners, der drei Cocktails und der fünfzigtausend Francs allmählich euphorisch wurde. »Wir lassen den Staub rieseln, wenn Sie das wünschen, und …«

Er stellte sich vor, wie er zu Hause die Geldbündel auf seinem Bett ausbreiten, den Scheck auf das Kopfkissen legen und eine herrliche Nacht allein damit zubringen würde, sein Geld zu betrachten. Es sei denn, er ginge stattdessen in eine dieser pompösen Bars in der Rue de Presbourg oder in der Rue de Tilsitt, in der erfolgreiche Schriftsteller sich die Nächte um die Ohren schlugen. Plötzlich bekam er Lust, eine von Josephs Havannas zu probieren.

Dieser ließ sich nicht lange bitten. Er nahm sein Epicuro heraus und bot ihm eine Partagas 8-9-8 Lonsdale an.

»Vorsicht«, warnte er. »Die ersten Züge sind ziemlich stark, wenn man es nicht gewöhnt ist. Ziehen Sie langsam, wichtig ist, dass Sie sich Zeit lassen und entspannen. Eine gute Havanna hilft, den Stress abzubauen.«

Doch Ernest hörte nicht mehr zu. An diesem Abend hatte er das große Los gezogen, trank teuren Alkohol und rauchte Puros. Später wollte er eine wilde Sauftour durch die Luxuskneipen machen. Ein Foto von Hemingway fiel ihm ein, wie er mit einer Zigarre im Mund das Objektiv einer Kamera einstellte. Plötzlich kamen ihm Zweifel: Hemingway oder Freud? Beide hatten den gleichen Bart gehabt. Wenn er es recht überlegte, war es eher Hemingway, einige Tage, bevor er sich eine Kugel in den Mund schoss.

Tod eines Schriftstellers …

Zur gleichen Zeit stieß Samuel einen Seufzer der Erleichterung aus. Er hatte befürchtet, dass Ernest seinem Schicksal entwischte. Nun war er sich ganz sicher, dass Ernest geschickt gepokert hatte und in die Literaturgeschichte eingehen würde.

*

In die Literaturgeschichte eingehen …

Maryse hatte auf diesen Ausdruck gnadenlos reagiert.

»SCHAUT HER, SCHAUT ALLE HER, IHR GUTEN LEUTE!«, hatte sie gelacht. »ERNEST RIPPER WIRD IN DIE LITERATURGESCHICHTE EINGEHEN! FREUET EUCH! VERBREITET DIE GUTE NACHRICHT! HALLELUJA! ERNEST RIPPER WIRD IN DIE LITERATURGESCHICHTE EINGEHEN! ER IST SCHON FAST DORT. EIN BUCH NUR UND SCHON IST ES GESCHAFFT!«

Ernest hatte sie ins Gesicht geschlagen, und sie hatte ihn hinausgeworfen.

Mit diesem Typ da in ihrem Büro lag die Sache anders. Seine Ergüsse waren keinen Pfifferling wert, aber er wollte ja auch kein Schriftsteller werden. Außerdem war sein erster Roman ziemlich erfolgreich gewesen.

Es hatte vor einem Jahr begonnen – mit einem eigenartigen Manuskript und dem seltsamen Titel *Elektronische Hirngespinste*. Die Blätter waren eher zufällig auf ihrem Schreibtisch gelandet. Ausgehend von einer simplen Liebesgeschichte – sie lieben sich, alles spricht dagegen, sie beschließen, dem ein Ende zu setzen und finden sich in alle Ewigkeit vereint in der Cyberwelt wieder – enthielt es ultramoderne Ansichten über Drogen, Sex, Musik,

Gott und die Cyberkultur. Ein typisches Manuskript, das normalerweise mit einem Standardschreiben abgelehnt wurde. Und doch hatte Maryse das Gefühl gehabt, dass sich etwas daraus machen ließe. Der Autor hatte ihr gefallen. Ein Computer-Freak, der Joints rauchte, Rap liebte, nett war und zu allem bereit, um veröffentlicht zu werden. Sie arbeitete mit ihm, und es gelang ihnen tatsächlich, ein akzeptables Werk zu präsentieren. Jacques Condorcet ließ sich überzeugen, sie erhielt freie Hand und ein entsprechendes Budget. Noch vor Erscheinen des Buches veranstaltete sie Lesungen in Buchhandlungen, trommelte die Presse zusammen, schaltete ganzseitige Anzeigen in den großen Tageszeitungen, was normalerweise nur bei schon berühmten Autoren gemacht wurde. Und bei diesem Thema konnte sie auch alle Ressourcen des Internets nutzen. Sie schaffte es sogar, Saint-Amant, dem der junge Autor und Rapper sehr gefiel, zu einem überschwänglichen Artikel in *Littératures* zu bewegen. Proximus Desaster (so sein Name in der Szene) wurde als der Lautréamont des neuen Jahrtausends bezeichnet, sein Buch als das Herbstereignis des Jahres vorgestellt und seine »furiose Syntax« galt als »Ausdruck einer metaphysischen Ursprünglichkeit, die den Untergang des Abendlandes zelebriert«. Kaum erschienen wurden auch schon die Verfilmungsrechte an dem Buch gekauft.

Mit diesem Erfolg in der Tasche gönnte sich Maryse eine literarische Pause. Sie ließ *El Mundo visto desde abajo* übersetzen und veröffentlichen, das Werk von Tiburcio Quispe Mamani, einem peruanischen Autor indianischen Ursprungs, der in Lateinamerika wegen seiner Theaterstücke, Gedichte und Erzählungen berühmt geworden war. *El Mundo visto desde abajo* war das Ergebnis einer jahrelangen Arbeit und verfolgte den Niedergang eines Indianerdorfes in den Anden, das an der Gleichgültigkeit der Behörden und dem negativen Einfluss des Leuchtenden Pfads scheiterte.

Es wurde von der Kritik begrüßt, blieb jedoch weit hinter den Verkaufszahlen von Proximus Desaster zurück. Maryse musste sich wieder an den Erfolgsautor wenden. »Bei seinem ersten Roman haben Sie hervorragende Arbeit geleistet«, erklärte Jacques Condorcet. »Sie müssen unbedingt auch sein zweites Werk betreuen.« Also nahm sie *On the Web* in Angriff. Es sollte ein Manifest der Cybergeneration werden wie *On the Road* von Kerouac das Manifest der Beat-Generation gewesen war. Die Idee stammte von ihr, aber Proximus Desaster hatte begeistert zugestimmt.

Und nun lag seine Baseball-Mütze auf ihrem Schreibtisch und er hörte ihren Ausführungen zu. Manchmal machte er sich Notizen und sie betrachtete ihn wie einen braven Streber. Mit seinem rasierten Schädel, der kleinen, schwarzen Brille, den Ringen in den Ohren und in den Nasenflügeln, den Ringen an jedem Finger stellte er die Inkarnation seines Buches dar.

Nach einer Weile begann er sich offensichtlich zu langweilen, legte sein Notizbuch hin und fing an, sich einen Joint zu drehen. Als er fertig war, reichte er ihn ihr herüber. Das Marihuana drang überraschend kräftig, aber angenehm in ihre Lungen ein. Nach einigen Zügen war sie nicht mehr in der Lage, einen zusammenhängenden Gedanken zu formulieren. Proximus Desaster fand das lustig. Der Joint ging zwischen ihnen hin und her. Zwischen mehreren Lachanfällen ließen sie sich von ihren Träumen davontragen. Maryse fragte sich, ob sie eines Tages das lange gesuchte Manuskript entdecken würde. Ein Manuskript, dessen Erfolg allein auf seiner literarischen Qualität beruhte und den Autor – wie bekannt er auch sein mochte – in den Hintergrund rückte. Sie hatte mit dem Mann im Sessel darüber gesprochen und er hatte mit einer Parabel auf die Unmöglichkeit des Ideals geantwortet. Dann schweiften ihre Gedanken zu Alexis, den sie an diesem Abend wieder besuchen würde. Bei ihm gab es keine Literatur und auch keine sentimentalen Komplikationen, sondern nur eine klare und nüchterne Abmachung: Sie bezahlte ganz einfach für die Verwirklichung ihrer Phantasien und Wunschvorstellungen, die sich andere nicht einmal eingestehen würden. Sterben, ohne die schamlosen Phantasien ausgelebt zu haben, diesem traurigen Schicksal ihrer Mitmenschen entging sie mit Alexis' Hilfe.

»Mann, das haut rein«, sagte sie verträumt.

Proximus Desaster lachte.

»Acapulco Gold, das beste Gras in ganz Lateinamerika.«

Leicht schwankend stand er auf.

»Ich muss jetzt gehen, Proben für ein Konzert. Wir telefonieren nächste Woche und arbeiten dann weiter.«

Maryse war nicht sicher, ob sie richtig verstanden hatte, auf jeden Fall nickte sie. Als er gegangen war, sah sie, dass er sein Notizbuch auf dem Schreibtisch vergessen hatte. Mit dieser Einstellung würde er die von Jacques gesetzten Fristen nie einhalten können. Doch sie mochte Proximus Desaster, wie er arbeitete beziehungsweise nicht arbeitete, seine sorglose, unaufgeregt lässige Art.

Es war fast acht Uhr und völlig still. Außer Jacques Condorcet, der praktisch in seinem Büro wohnte, waren alle schon gegangen. Sie öffnete das Fenster. Es dämmerte bereits, eine laue, fast schon sommerliche Nacht brach herein. Alexis würde bald auftauchen. Sie wollten in eines der Restaurants in der Rue du Dragon oder in der Rue des Saint-Pères gehen, wo sich der Serienmörder nicht hintraute.

Ein anderer Planet.

Ein Stockwerk höher telefonierte Jacques Condorcet. Man konnte nicht verstehen, was er sagte, aber die Stimme genügte ihr. Nichts ruhte jemals in diesem Verlag, irgendwo wurde immer ein Buch hergestellt. Die Welt war in Bewegung, deshalb und aus anderen Gründen gefiel ihr diese Arbeit.

Nach dem Essen würde sie mit Alexis vielleicht ins Hotel gehen – wahrscheinlich in der Rue Pierre-Charron gegenüber von Cartier – vielleicht wollte er auch lieber zu ihr kommen.

Man würde sehen!

Sie hatte nur das eine im Kopf.

*

Joseph hatte Ernest Ripper zwischen Partagas, Dom Pérignon und Nuit au Cap in der Schwebe zurückgelassen. Marmaduke kümmerte sich um ihn. Seine eifrige Hilfsbereitschaft war durch einen Fünfhundert-Francs-Schein sichtlich gestiegen. Notfalls würde er ihn mit dem Taxi nach Hause schicken.

So waren sie eben, diese Kitsch-Autoren.

Er vertrug weder Alkohol noch die Havanna.

Auch Joseph war betrunken, doch er konnte noch gehen. Er überquerte den Place du Tertre und bog in die

Rue du Mont-Cenis Richtung Basilika ein. Es herrschte ein reges Treiben auf der Straße. Ständig stieß er mit Touristen zusammen, die ihn überhaupt nicht beachteten. Die Frauen trugen tödliche Unbekümmertheit zur Schau.

Er dachte jedoch an sein Projekt mit Ripper.

Der Autor hatte angebissen. Er würde sich sicher widerwillig an die Arbeit machen, aber nach und nach würde er doch Gefallen an der Geschichte finden, die ein zeitloses Gebäude entstehen ließe. Er sah sich als Architekt, verglich sich mit den großen Visionären, die tausendjährige Kathedralen erbaut hatten. Ripper hatte sich gefälligst an seine Weisungen zu halten, denn Joseph Archimboldo hatte das Buch im Kopf und die Parabellum in der Tasche.

Die lange Reihe der großen Architekten.

Er ging ohne Hast die Rue Foyatier hinunter. Am Place Saint-Pierre wandte er sich nach rechts in die Rue Tardieu bis zur Rue Joseph-de-Maistre. Unterwegs begegnete ihm eine Frau, die auf der Straße trödelte, als warte sie auf ihre Stunde. Sie wirkte alt, müde. »Man darf das gar nicht laut sagen«, dachte er, »aber die will doch nicht mal mehr ein Serienmörder.«

Dann ging er links in die Rue Caulaincourt, dort, wo sie als Brücke über den Friedhof führte und blieb eine Weile stehen, um das Mausoleum der Archimboldos zu betrachten. Es überragte die anderen Grabsteine, wirkte arrogant mit dem in Stein gehauenen Wappen, einem riesigen Drachenmaul mit einem menschlichen Gesicht, Zunge und Schwanz mit dem Schlangenkopf am Ende eingerollt. Davon konnten kleine Mädchen nur träumen. Auf beiden Seiten des Wappens standen die Namen: Jean, der Schreckliche, Baron von Grèzes, auf dem Kreuzzug verstorben, seine sterblichen Überreste wurden aus Jerusalem zurückgebracht, und Huguette d'Argenteuil (1461–1481), noch vor der Ankunft in Montmartre an unbekanntem Ort begraben, Gilles de Montgallet, gestorben 1517 (Geburtsdatum in römischen Zahlen nicht mehr lesbar), zuerst im Karmeliter-Kloster von Nantes begraben. Weiter unten stand Robert Archimboldo, genannt der Lasterhafte, Prinz der Freigeister, 1794 auf der Grève hingerichtet. Es folgten andere nicht mehr lesbare Namen und Daten, die auf unvermutete Verbindungen schließen ließen wie die Ehe von Edmond Archimboldo (1871–1918) mit Ginette Levasseur, frühere Kammerzofe, die neben ihm ruhte, darunter war ein gewisser Norbert Archimboldo erwähnt, 1943 in Stalingrad für das Vaterland gefallen, und nach einer weiteren Reihe von Namen kam Adrien Archimboldo, begraben zusammen mit Julien und Cécile, den beiden Rotznasen, alle drei umgekommen bei einem Flugzeugabsturz in Kenia. Und schließlich als Letzte Célestine, geborene Nemours-Guermantes, Witwe von Adrien, verstorben im vergangenen Jahr.

Lange stand Joseph nachdenklich vor dem Grabmal. Eines Nachts, kurz nach der Beerdigung der Witwe, war er über den Zaun geklettert und bis zum frühen Morgen bei ihr geblieben. Er wäre auch in dieser Nacht gerne dort geblieben, doch er fühlte sich zu müde, um über den hohen Zaun zu klettern. Außerdem hörte er in der Ferne eine Polizeistreife, die aus der Straße kam, die zum Place de Clichy führte.

Wozu länger bleiben? Die Witwe wusste ja nun Bescheid. Die Rückkehr der Archimboldos stand bevor. Ein aufrüttelndes Buch würde die Taten ihrer verfluchten Sippe schildern.

Ein Buch, gezeichnet von Joseph Archimboldo.

Die Polizeistreife fuhr an ihm vorbei, ohne ihn zu bemerken. Er hätte ihnen gerne die gute Nachricht überbracht, dass es endlich so weit war, dass es nun losgehen würde, dass sie bald ganz andere Dinge als sonst über den Serienmörder erfahren würden. Doch er war vorsichtig und behielt die gute Nachricht für sich. Er begnügte sich damit, es in aller Stille hinauszuschreien, nur in seinem Innern, damit sie ihn nicht hörten:

SEHT, SEHT, IHR GUTEN LEUT!
EIN BUCH IST IM ENTSTEHEN!

5 *Sebastien, der Mann, den sie liebte, der ihr die Liebe gezeigt hatte, der sie zur Frau gemacht hatte, Sebastien, dem sie alles verdankte, Sebastien liebte eine andere! Als er sie in den Armen hielt, wollte Solange nur ihrer beiden Herzen hören, die im Einklang schlugen und die Worte: »für immer«. Wie oft hatte sie davon geträumt, diese Worte zu hören! Mit aller Macht hatte sie an das Glück geglaubt, doch er liebte eine andere. Sie wollte ihn für seinen Verrat bezahlen lassen, doch sie wusste, dass sie Sebastien nie hassen konnte. Ihre Liebe war einfach stärker.*

Ich glaube an das Glück hatte ihre Jugend verzaubert. Sabine entdeckte darin wieder die Gefühle, die sie damals verdrängt hatte. Ja, Solange liebte Sebastien, mit aller Macht. Und auch sie, Sabine, liebte einen Mann, wie Solange.

Sie liebte Ernest und glaubte an ein Glück mit ihm.

Das Buch lag in ihrem Zimmer auf dem Regal über ihrem Bett. Auf dem Titelbild sah man Solange in Sebastiens Armen. Die Farben waren schon etwas verblasst und eine Ecke war abgerissen. Daneben lag ihr Plüschbär, der über die Jahre so viel erlitten hatte, dass ihm ein Ohr herabbaumelte und ein Auge fehlte. Fast wäre sie in Tränen ausgebrochen, als sie ihn wieder entdeckte. Das Leben hielt manchmal große Überraschungen bereit. Ohne diese Ungerechtigkeit, die für manche Frauen sogar tödlich endete, wäre sie nie zu ihren Eltern zurückgekehrt. Épinay mit den aufgelassenen Fabriken, den Ruinen, den gleichförmigen Strassen und Häusern und der Fußgängerzone in der Innenstadt. Immerhin bot ihr die unerwartete Rückkehr nach Épinay Gelegenheit, in Ruhe über ihre Lage nachzudenken. Erst als sie ihr altes Zimmer wieder sah, konnte sie ermessen, welchen Weg sie inzwischen zurückgelegt hatte. Ernest hatte eine Frau aus ihr gemacht, nicht so wie Sebastien Solange die Liebe gelehrt hatte – das wusste sie bereits, danke –, aber durch ihn war sie fraulicher geworden, war aufgeblüht. Das merkte sie, als sie sich im Spiegel betrachtete und Poetic Lover *Proud of your love* singen hörte.

Vierzehn Tage waren nun vergangen, seit sie die Rue des Martyrs verlassen hatte, und sie freute sich schon, Ernest wieder zu sehen. Doch gerade als sie zu ihm zurückkehren wollte, blühte ihre Dermatose wieder auf. Natürlich hätten ihr die roten Flecken im Gesicht und an den Schenkeln schon früher auffallen müssen, aber aus irgend einem unerfindlichen Grund schob sie den Rückfall auf den schrecklichen Alptraum, den sie in der Nacht zuvor gehabt hatte.

Es war Nacht. Ein Mann mit undefinierbaren Gesichtszügen beobachtete sie. Manchmal glaubte sie, Ernest zu erkennen, manchmal konnte es auch jeder andere sein, einfach ein Gesicht, das ihr in der Rue des Martyrs oder in der Rue des Abbesses schon einmal begegnet war. Der

Mann ließ sie nicht aus den Augen, ging hinter ihr die Straße entlang oder saß auf dem Bett in ihrem Schlafzimmer und beobachtete ihre Bewegungen vor dem Spiegel. Im Nachbarzimmer arbeitete Ernest an einem Roman für Romance. Vielleicht schilderte er, was gerade in diesem Augenblick geschah. Vielleicht gab es sie nur in seinen Sätzen. Er schrieb, dass sie vor dem Spiegel unter den Blicken eines Mannes ohne Gesicht tanzte, während die Musik in dem Lärm, den er beim Schreiben auf der Tastatur machte, fast unterging. Sie tanzte zum Klang der Tasten. Sie bewegte sich vor dem Spiegel mit jener Grazie, die sie zweifellos Ernest zu verdanken hatte. Ihr String passte gut zu den rosaroten, mit Goldquadraten verzierten Strümpfen, ihr Strumpfband blitzte bei jedem Hüftschwung. Ein diamanten glitzerndes Strumpfband, dachte sie, ohne zu wissen, woher sie diesen Ausdruck kannte. Sie verstand nicht, was der Mann ohne Gesicht mit dieser Geschichte zu tun hatte, doch sie überließ es ganz Ernest. Plötzlich befand sie sich in der Rue des Abbesses. Es war dunkel, Nieselregen fiel ihr ins Gesicht, sie trug einen dicken Pelzmantel. Der Mann folgte ihr. Seine Schritte machten auf dem Asphalt dieselben Geräusche wie Ernest auf seiner Tastatur. Manchmal beschleunigte sich der Schritt, wurde dann wieder langsamer und Augenblicke später wieder deutlich schneller.

Sie war nach links in die Rue des Martyrs abgebogen. Und in diesem Augenblick verspürte sie Angst. Warum schrieb Ernest solche Sachen? Der Lärm der Schritte wurde unerträglich, er kam gar nicht von dem Mann, der ihr folgte, sondern aus dem Zimmer, in dem Ernest arbeitete. Sein Fenster war das einzige in der ganzen Straße, in dem noch Licht brannte. Sie blieb genau darunter stehen und wartete auf den Mann. Er lächelte. Zum ersten Mal kam Bewegung in seine Züge. Als er auf ihrer Höhe war, hörte man ein Pfeifen in der Luft, einen schrillen, unerhört hohen Pfeifton. Kaum hatte sie ihn wahrgenommen, kippte die Straße und riss in ihrem Sturz auch die Häuser am Rande mit, die vom Boden abprallten wie groteske Bälle. Sie spürte ihren Aufprall auf dem Pflaster. Dann erstarrte alles zu einem ruhigen, unbewegten Bild. Doch als sie etwas weiter entfernt ihren Körper auf dem Trottoir zusammenbrechen sah, während ein dicker Blutstrom oben aus dem Hals brodelte, wurde ihr klar, dass sich überhaupt nichts bewegt hatte, dass nur ihr Kopf über die Straße gerollt war und dadurch die Welt in Unordnung gebracht hatte. Der Mann hatte den kopflosen Körper gepackt, an den Armen zu sich gezogen und seinen Mund in die blutige Öffnung getaucht. Es sah aus wie Ernest, wenn er beim Liebesspiel ihre Geschlechtsteile küsste.

Und am Morgen war sie aufgewacht, übersät mit roten Flecken, blutigen Krusten und nässenden Bläschen. Der Arzt diagnostizierte eine akute psychosomatisch bedingte Dermatose. Er verschrieb Cortison-Salbe für die Bläschen und Lexomil gegen die Ängste, schrieb sie für zwei Wochen krank und riet ihr, keine synthetische Unterwäsche zu tragen.

Die Heilung dauerte lange. Die roten Flecken, blutigen Krusten und nässenden Bläschen leisteten den Corticoiden erbitterten Widerstand, und das Lexomil konnte die Alpträume, die jede Nacht wiederkamen, nicht verdrängen. Der Arzt ergänzte die Medikation durch Zoloft am Morgen und Anafranil morgens, mittags und abends sowie Fenergan gegen den Juckreiz und Doliphran gegen die Schmerzen. Die Behandlung der Dermatose machte Fortschritte – das Zoloft verstärkte das Aufplatzen der Haut, und gegen den Juckreiz wurde die Cortison-Dosis erhöht –, aber Sabine dämmerte in einer allgemeinen Lethargie dahin, die ihren Träumen den Schrecken nahm. Der Arzt schrieb sie weitere vier Wochen lang krank und verzögerte damit ihre Rückkehr zu Ernest. Das machte sie vollends hoffnungslos.

Als sie durch das Fieber jeden Kontakt zur Außenwelt verlor, glaubte sie, Ernests Gegenwart zu spüren. Er wachte an ihrer Seite. Doch wenn sie die Augen öffnete, sah sie anstelle des so sehr herbeigesehnten Gesichts ihre Mutter, die sich über ihr Bett beugte, und oft auch ihren Vater. Das Leben erschien ihr unerträglich leer. Sie musste Ernest unbedingt wiedersehen. Auf dieses Ziel richtete sie ihre ganze Kraft. Die Wirkung des Cortisons und der Antidepressiva zeigten erste Erfolge, der Juckreiz und die Alpträume hörten auf, sie stand auf und konnte die Fortschritte ihrer Heilung im Spiegel betrachten. Jeder rote Fleck und jedes Bläschen weniger brachte sie dem Geliebten näher. Doch sie war ziemlich beunruhigt: Fast drei Monate war sie nun schon in Épinay, und er hatte nicht ein einziges Mal angerufen. Immer war sie es, die anrief. Und obwohl sie ihm so viel zu erzählen hatte, fertigte er sie entweder mit wenigen Worten ab oder sein Telefon war besetzt oder sie konnte nur eine Nachricht auf dem Anrufbeantworter hinterlassen.

Da dachte sie an Solange, die Sebastiens Untreue spürte. Wie oft hatte sie dieses schreckliche Kapitel gelesen, in dem die Heldin nicht einen Augenblick zögert, sich für Sebastiens Glück zu opfern. Ein letztes Mal ging sie durch seine Wohnung, in der sie so glücklich gewesen war. Jede Stelle, jeder Gegenstand enthielt Erinnerungen. Hier hatte Sebastien sie zum ersten Mal geküsst, dort hatte er ihr einen herrlichen Verlobungsring geschenkt, da hatte er ihr zärtliche und aufregende Worte ins Ohr geflüstert, Worte, die ihr Herz schneller schlagen ließen und ihr Verlangen entfachten. Im Hinterzimmer hatte er sie auf dem großen Bett mit Baldachin, in dem schon seine Vorfahren geschlafen hatten, zur Frau gemacht. Bei dieser Erinnerung brach Solange in Schluchzen aus, doch ihr Entschluss stand fest. Sie schrieb an Adrienne, um ihr zu sagen, dass ihr Platz bei Sebastien war, dass er sie liebte, dass ihr diese Liebe künftig das Recht gab, mit ihm zu leben. Deshalb schickte sie ihr die Wohnungsschlüssel (den großen gelben für den Hauseingang und den flachen für die Wohnungstür), dann warf sie den Brief ein und kehrte zu ihren Eltern zurück.

Sabine war nicht sicher, ob sie diesen Mut hätte, falls sie herausfand, dass Ernest sie betrog, zum Beispiel mit seiner früheren Geliebten, der blöden Ziege, die mit Büchern zu tun hatte. Oft hatte sie sich gefragt, ob er sie nicht gerne wiedersehen würde. Sollte sie in diesem Fall auch nach Épinay zurückkehren? Solanges Eltern waren offen, standen ihr bei, ganz im Gegensatz zu ihren eigenen Eltern. Sie brauchte sich nur die ewige Kritik ihrer Mutter an Ernest anzuhören – Schriftsteller, das ist doch kein Beruf –, an seinem Stadtviertel – Pigalle, ein anständiges Mädchen geht da gar nicht hin. Also sollte sie zu allem Unglück auch noch zu ihren Eltern ziehen? Sie hörte im Geiste schon ihre Mutter, die sich triumphierend über die zusätzliche Arbeit beklagte. An ihren Vater dachte sie lieber nicht. Er verbrachte seine Tage vor dem Fernseher. Es war ein deprimierender Anblick, wie er da in seinem offenen Schlafanzug auf der Couch saß – ein schlaffer weißer Körper, der Inbegriff einer verkrachten Existenz. Noch schlimmer war es, wenn er in ihr Zimmer kam, während sie die Genesungsfortschritte ihrer Dermatose im Spiegel betrachtete. Beim ersten Mal hatte sie geglaubt, er sei irrtümlich hereingekommen. Doch dem war nicht so. Er tauchte aber immer dann auf, wenn sie in ihrem knappen Höschen vor dem Spiegel stand, setzte sich auf ihr Bett und schaute ihr wortlos zu, als säße er vor dem Fernseher. Seine Haltung störte sie, sie erinnerte sie an den Mann mit dem gewöhnlichen Gesicht, der ihre Träume beherrschte. Es blieb ihr nichts anderes übrig, als sich immer im Bad anzuziehen. Dann ließ sich ihr Vater wieder auf seiner Couch nieder, und sie wartete, bis er eingeschlafen war, bevor sie in ihr Zimmer zurückkehrte.

Ihre Mutter nahm sie nicht in Schutz, sondern kritisierte ihr frivoles Benehmen. Doch sie ließ sich nicht täuschen, diese Vorwürfe galten eigentlich nicht der Tochter, sondern der Rivalin. Das verschaffte ihr eine gewisse Befriedigung. Obwohl ihr Gesicht und ihr Körper durch das Cortison aufgedunsen waren, war sie doch immer noch attraktiv, attraktiver jedenfalls als ihre Mutter. Welchen Mann hätte diese durch Wäschewaschen und Lebensüberdruss längst aus der Form geratene Xanthippe auch reizen können? Wer wollte schon sehen, was sich unter ihren Röcken verbarg? Nicht einmal ihr Ehemann. Dass er sich für seine Tochter mehr interessierte als für seine Frau, betrachtete Sabine als Sieg, ein Sieg, der ihrer Eitelkeit schmeichelte und ihre Heilung beschleunigte.

Mehrmals wagte sie sich in die Stadt, verzichtete jedoch auf schillernde Strings und trug lieber Höschen aus Seide oder Baumwolle, weniger schädlich für ihre Gesundheit. Mit jedem Tag fühlte sie sich begehrenswerter. Während der Krankheit hatte sie harmonischere, rundere Formen und eine vollere Brust bekommen. Gleichzeitig stellte sie fest, dass ihre Augen mehr Glanz, mehr Selbstsicherheit ausstrahlten und ihre Bewegungen langsamer und sinnlicher wirkten. Nun im Frühling wurde aus der Raupe ein Schmetterling. So jedenfalls sah sie sich selbst. Ihr Körper demonstrierte Lust, geliebt zu werden, sie dachte daran, wie Ernest sie anschauen würde. Und obwohl sie fürchtete, ihn in den Armen einer anderen zu finden, wuchs ihre Ungeduld mit jedem Tag.

*

Eines Morgens im Juni stand sie auf und war gesund.

Gleich danach war ihr Koffer gepackt.

Sie zog den knallgrünen Minirock an, den sie im Einkaufscenter erstanden hatte, zusammen mit dem Geschenk für Ernest – Krawatte und Brusttaschentuch in fluoreszierendem Grün mit gelben und roten Mustern –, und verabschiedete sich von den Eltern. Die Mutter machte ihr Vorwürfe, dass sie nicht rechtzeitig Bescheid gesagt hatte, dann hätte sie nicht für drei Personen gekocht, und der Vater sah kaum vom Fernseher hoch. Mühsam zog sie den Koffer über das große, unbebaute Grundstück bis zur Haltestelle des Busses 138. Eine Stunde später kam sie an der Porte de Clichy an, nahm die Metro bis Pigalle und zog den Koffer den Boulevard de Rochechouart hinauf.

Das Viertel sah ganz anders aus, wirkte bedrückend. Die Leute hielten sich ängstlich dicht an den Hauswänden. Hatte der Serienmörder wieder zugeschlagen? Im Fernsehen hatten sie nichts darüber berichtet, und doch blieb das fast greifbare Unbehagen, trotz Frühling und Vogelgezwitscher in den Bäumen. Sabine wusste nicht, ob sich ihr das Herz zusammenzog, weil sie an diesem Ort einmal so glücklich gewesen war oder weil von diesem Ort eine ungewöhnliche Spannung ausging. Schon auf dem Weg von Épinay nach Pigalle hatte sie es gefühlt, und um sich Mut zu machen, in der Metro die letzten Seiten von *Ich glaube an das Glück* noch einmal gelesen. Es waren die schönsten Seiten, das schreckliche Missverständnis klärte sich endlich auf, Solange erkannte, dass Sebastien nur sie liebte.

Das Ende war natürlich tröstlich. Doch das beruhigte Sabine nicht. Solange war sehr mutig, doch Adrienne, die Frau, deretwegen Sebastien sie verlassen hatte, war keine andere als seine Tante, die im Sterben lag – jene Tante, die ihn aufgenommen und nach dem schrecklichen Autounfall seiner Eltern wie ihren eigenen Sohn großgezogen hatte. Würde es ihr auch so ergehen? Und wenn Ernest nun wirklich eine Geliebte hatte? Und wenn er wieder etwas mit der Büchertante angefangen hatte? Machte sie es ihnen nicht leichter, wenn sie so schnell das Feld räumte?

Sie zögerte, als sie Ernests Tür erreichte. Ihr Herz schlug zum Zerreißen, so groß war ihre Freude, ihn wieder zu sehen. Ebenso groß wie ihre Befürchtung, ihn mit einer anderen Frau vorzufinden.

Sie läutete.

In diesem Augenblick meinte sie, den Geruch von Tabak wahrzunehmen. Ernest rauchte nicht. Wer also war da?

Die Büchertante? Sie hörte einen Stuhl umfallen, lautes Fluchen, dann Schritte Richtung Tür. Sie klangen müde, störrisch, kamen nur widerwillig näher.

Plötzlich erfasste sie der panische Wunsch davonzulaufen, sich zu verstecken.

Vielleicht hatte Ernest keine Lust, ihr die Tür zu öffnen?

Es waren mehr als zwei Monate vergangen.

Vielleicht war er gerade mit der anderen beschäftigt.

Was hatte er in dieser langen Zeit gemacht?

*

Er hatte sich mehrmals mit Joseph getroffen.

Durch ihn hatte er seine Rechnungen bezahlen, sein überzogenes Konto ausgleichen und den Gerichtsvollziehern die Tür vor der Nase zuschlagen können.

Sie hatten sich in den Cafés und Restaurants am Place Clichy getroffen. Joseph wollte ein Vertrauensverhältnis zu Ernest aufbauen. Er stellte ihm Fragen zu seiner Lebensphilosophie, seinen kulturellen Interessen, seinem täglichen Leben. Er sprach auch von sich selbst, erzählte von seinen mörderischen Vorfahren, von seinem Stadtpalais, das er an John Baltimore verkauft hatte, von dem Geruch der Vergangenheit, der sich dort mit dem des Leders, des Holzes und des Staubs vermischt hatte, besonders in der Bibliothek seiner Familie, die sehr wertvolle Werke enthielt, die er jedoch ebenfalls dem Amerikaner überlassen hatte.

Und natürlich sprach er vom Serienmörder.

Er bedauerte, dass ihm so viel Schmach und Schande entgegenschlug. Höchstens Jack the Ripper wurde ein gewisses Talent zuerkannt. Aber nirgends, in keiner Literatur, keinem Theaterstück und keinem Film wurde ihm die Anerkennung, die Ehre zuteil, auf die er aufgrund seiner Taten Anspruch erheben konnte. Deshalb erwartete er von diesem Buch die Ehrenrettung des Mörders.

Ernest hörte zu, nickte, betrank sich mit Champagner und Cognac, rauchte Havannas, bekam manchmal einen weiteren Vorschuss, kehrte dann schwankend nach Hause zurück und schrieb nicht eine Zeile.

So ging es Tag für Tag.

Nach dem Aufwachen setzte er sich vor den Computer und tippte Sätze, die ihm nicht gefielen. Auf seinem Schreibtisch lag *I Want You*, das ihm Christine Etchigolan zum Übersetzen gegeben hatte. Manchmal läutete das Telefon, er ließ den Anrufbeantworter die Nachrichten aufzeichnen. Es war das Krankenhaus, das mitteilte, dass Samuel auf seinen Besuch wartete, oder Sabine, die ihm sagen wollte, dass sie sich nach ihm sehnte, dass ihre Eltern sie nicht verstanden, dass sie noch unter dem Schock ihrer schrecklichen Entdeckung in der Rue des Martyrs stand, dass sie *Ich glaube an das Glück* in ihrem Zimmer wieder gefunden hatte und mit großer Emotion noch einmal las.

Doch Ernest war für niemanden zu sprechen.

Er wartete auf die Eingebung. Oder er dachte darüber nach, ob es nicht besser wäre, Joseph bei der Polizei anzuzeigen, oder er holte sich ein Bier aus dem Kühlschrank und setzte sich wieder vor seinen Mac. Die Zeit verging, er brachte keine Zeile zu Papier. Dann wurde es Abend und er traf sich mit Joseph. Er kam betrunken zurück, die Taschen voller Zigarren und verschob seinen Zug durch die teuren Bars der Stadt auf eine andere Nacht.

Eines Morgens befiel ihn eine wahre Aufräumwut. Er putzte seine Zweizimmerwohnung gründlich, trug Vorhänge und Bettwäsche zum Bügeln, räumte alles weg, was auf dem Boden lag, Disketten, CDs, Zeitungen und Zeitschriften, schleppte volle Müllsäcke in den Hof. Am späten Nachmittag wirkte die Wohnung zwar noch immer eng und düster, glich aber doch einem bewohnbaren Ort.

Danach duschte er – es war fast neun Uhr abends –, zog sich an und setzte sich an den Mac. Technisch gesehen war dieser Computer längst veraltet, doch genau das verlieh ihm den Mythos der Dinge, denen die Zeit eine gewisse Patina verleiht, Dinge, die Teil der literarischen Tradition waren. Der Startklang ertönte und das kleine Macintosh-Männlein erschien auf dem Bildschirm, darunter der Willkommensgruß.

In diesem Moment ging ihm ein Licht auf.

Joseph konnte warten.

Denn Ernest wusste plötzlich, dass er nun schreiben wollte.

*

Er machte sich an die Arbeit.

Josephs Anfang *Ich bin das Kind der mittelalterlichen Finsternis und der New Yorker Dunkelheit, eine Brücke über dem Abgrund* war ein guter Einstieg. Eine Brücke über dem Abgrund, warum nicht? Es klang nach Nietzsche, und über die mittelalterliche Finsternis konnte er das

Geschlecht der Archimboldos in die Geschichte einbauen, und die Prahlerei der Hauptfigur. Vielleicht lag darin der richtige Gedanke: Schreiben mit Abstand und Ironie. Joseph bekam dabei gehörig viel Kritik, doch nun hatte er wenigstens einen Anfang.

Es lief besser als befürchtet. Die Sätze ordneten sich fast von selbst. Mit verheerenden Folgen, denn aus der Reihenfolge der Sätze entstand ein ebenso arroganter wie lächerlicher Joseph Archimboldo. Ein ängstliches Wesen, immer wieder zurückgewiesen, das in der Nähe einer Frau sofort unüberwindliche Panik befiel. Je mehr er schrieb, umso sicherer fühlte sich Ernest. Diese Figur musste aus dem Blickwinkel der Feigheit geschildert werden, dann kam sie in Bewegung, wurde sogar ergreifend, erschütternd. Es machte ihm Spaß, giftige und paradoxe Formulierungen aneinander zu reihen. Er spürte die Mittelmäßigkeit in den hintersten Winkeln auf und zeigte vor allem, wie sie sich hinter einem eleganten, vor undenklichen Zeiten ausgesprochenen Fluch verbarg.

Später konnte er dann die Ecken und Kanten abrunden.

Schreiben kennt keine Dankbarkeit, dachte er. Es ließ sich weder von Josephs Geld noch von seinen Manieren blenden. Joseph war mit guten Manieren vertraut, weil er andere bedient hatte, nicht weil er es gewohnt war, bedient zu werden. Immer mehr Wörter tauchten auf dem Bildschirm auf, die Joseph zu einem stilechten Butler machten, der irgendwie zu Geld gekommen war – wahrscheinlich hatte er seine Arbeitgeber bestohlen. Auf jeden Fall erschien er als schlechte Imitation sowohl eines Aristokraten als auch eines Serienmörders.

Eine Nachahmung, die Vorstellung gefiel ihm.

Er schrieb bis spät in die Nacht. Mehrmals läutete das Telefon, doch er antwortete nicht, er war zu beschäftigt, den hervorsprudelnden Worten zu folgen. Ein Bild jagte das andere, ihm blieb kaum Zeit, alles aufzuschreiben, schon tauchte die nächste, noch grausamere Formulierung auf. Er hatte die Kraft, die Welt aus den Angeln zu heben, hielt sie mühelos zwischen Daumen und Zeigefinger, hob sie immer wieder hoch, immer schneller.

Dann tanzten die Buchstaben auf der Tastatur. Er komponierte seltsame Wörter, Sätze, deren Sinn er selbst nicht verstand. Seine Hände waren plötzlich tonnenschwer. Da warf er das Handtuch. Schnell noch speichern und schon schlief er neben dem Computer ein. Er träumte, dass der Text in rasender Geschwindigkeit an ihm vorüberlief. Er rannte so schnell er konnte, um ihn einzuholen, denn nach einer alten Weisheit war eine Geschichte erst abgeschlossen, wenn man sie eingeholt hatte.

Er lief und lief, doch die Geschichte war schneller als er.

Gegen Mittag beendete das Läuten des Telefons die Verfolgungsjagd.

Es war Joseph Archimboldo.

»Ich habe den ganzen Abend auf Sie gewartet«, sagte er. »Ich habe Sie auch angerufen, vergeblich. Was ist denn los?«

»Ich habe am ersten Kapitel gearbeitet. Sind Sie nun zufrieden?«

»Doch, doch, natürlich«, antwortete Joseph in versöhnlichem Ton. »Ich wollte nur wissen, wie es Ihnen geht. Ich bin froh, dass Sie angefangen haben. Und? Läuft es gut?«

»Es geht voran. Rufen Sie mich nächste Woche wieder an, dann kann ich Ihnen mehr sagen, aber jetzt entschuldigen Sie mich bitte, ich habe die ganze Nacht nicht geschlafen.«

Er legte auf.

Gleich darauf läutete das Telefon wieder. Doch diesmal antwortete er nicht. Soll er doch zum Teufel gehen, dachte er. Er oder wer es auch war.

Er zog den Stecker heraus und schlief weiter.

Erst um sechs Uhr abends wachte er auf, duschte und ging hinunter, um einen Kaffee zu trinken. Auf dem Rückweg fiel ihm im Vorbeigehen im Spiegel seine fadenscheinige Jacke, seine zerfledderte Kordsamthose und sein zerfetzter Regenmantel auf. Er schämte sich. Wollte er so in der Rue de Tilsitt auftauchen? Er dachte an Samuel. Was würde er wohl sagen, wenn er ihn so sähe, er, der immer wie aus dem Ei gepellt wirkte? In den Taschen hatte er genügend Fünfhundert-Francs-Scheine. Er winkte ein Taxi heran und ließ sich zu einem Herrenausstatter am Place Clichy fahren. Dort kaufte er sich einen Anzug von Yves Saint-Laurent, einen zweiten von Hugo Boss, Hemden, Socken, seidene Unterhosen, mehrere Krawatten und zwei Paar englische Schuhe, schwarz und braun. Während er auf die Änderungen wartete, ging er zu *Wepler*. Aber es ließ ihm keine Ruhe und so kehrte er noch einmal zurück und kaufte noch einen Sommeranzug von Giorgio Armani dazu und, da er nun schon einmal dabei war, auch gleich passende rote Mokassins. Dann ging er wieder zu *Wepler* und wartete bei einem ausgedehnten Frühstück auf seine Anzüge.

Zu Hause betrachtete er sich lange im Spiegel, wechselte von Hugo Boss zu Yves Saint-Laurent und Giorgio Armani, probierte nacheinander die Hemden, Krawatten und Schuhe an. Er fand sich chic und elegant, fast wohl proportioniert, wenn man sich die Speckringe wegdachte. Er war nicht der Schriftsteller vom Format eines Gregory Peck in *Schnee am Kilimandscharo*, aber er war auf dem besten Wege dazu. Er verstand plötzlich, warum sich Sabine so gerne im Spiegel betrachtete. Wenn sie aus Épinay zurückkam, würde er ihr zwei oder drei Kleidchen von Lagerfeld kaufen, wenn möglich sehr teuer und sehr salopp.

Dann machte er sich an seinen Roman.

Hier und da ein paar Korrekturen, aber insgesamt war alles stimmig. Er hatte schon achteinhalb Seiten. Balzac hatte etwa zehn Seiten pro Tag geschrieben, allerdings handschriftlich. Achteinhalb Seiten in der 14-Punkt-Schrift Times entsprachen mindestens zehn Balzac-Seiten. Das gefiel ihm. Genauso viel zu schreiben wie einer der Großen.

Es wurde bereits dunkel, doch es blieb angenehm warm wie am Vorabend. Er holte sich einen Nescafé aus der Küche und machte sich an die Arbeit – bei weit geöffnetem Fenster.

Gegen zwei Uhr morgens fiel ihm auf, dass er Hunger hatte. Die *Pizza Pignatta* unten hatte noch offen. Er aß eine Vierjahreszeiten und einen Salat. Wieder in der Wohnung brachte er es doch nicht fertig, sich noch einmal an den Schreibtisch zu setzen.

Er legte sich lieber schlafen und träumte Minuten später von Sätzen, die vor ihm davonliefen.

Die nächsten Tage vergingen ebenso.

Zwischen Computer und *Pizza Pignatta.*

Schreiben verlieh ihm Flügel. Er glaubte an seine Sätze, obwohl er nicht wusste, wohin sie ihn führen würden. Aber war das denn wichtig? Sie sahen so hübsch aus auf dem Bildschirm. Links ein ordentlicher Rand, rechts ein ordentlicher Rand, eingeschlossen in Absätze mit ordentlichen Rändern bildeten sie ein Konstrukt, das er, der Bauherr, errichtet hatte. Er erinnerte sich an die Zeit, als er noch in Hefte mit schwarzem Deckel schrieb, die ihm Samuel gekauft hatte. Damals konnte ihn nichts aufhalten. Er stürzte sich mit dem Elan des Eroberers auf die Seiten und bedeckte sie mit Sätzen in lila Tinte. Sätze, welche die Abenteuer seines Onkels im Kampf mit seinem verhassten Feind, dem Serial-Killer, beschrieben. Eine Art böser Geist, inspiriert von Rastapopulos in Struppis Abenteuern. Seine Geschichten trugen Titel wie: *Abenteuer, Fakten, gewöhnliche und ungewöhnliche Handlungen und Taten meines Herrn und Meisters, Samuel Ripper, früher Samuel Rappoport genannt, im Kampf gegen den schrecklichen Serial-Killer.*

Diese Geschichten waren Samuels ganzer Stolz. Um seine Phantasie anzuregen, hatte er ihm einen Fernseher gekauft. Sie gehörten zu den Ersten im Haus, die ein solches Gerät besaßen, schwarz-weiß in einem lackierten Holzkasten, natürlich noch ohne Fernbedienung. Wollte man Bild und Ton regeln, musste man auf das Gehäuse klopfen. Stundenlang schauten sie gemeinsam fern. Sobald das Gerät ausgeschaltet war, stürzte sich Ernest auf seine Hefte, um aufzuschreiben, was er gesehen hatte. Daraus entstand seine Berufung zum Schriftsteller, sein eindrucksvoller visueller Stil. »Herr Ripper, Ihr Neffe wird es noch weit bringen«, erklärte die Hausmeisterin, die Ernests Hefte las.

So weit, dass er in Aim'-sur-Meuse an einem ganz miesen Gymnasium unterrichten musste. Später kritzelte er für Romance abgeschmackte Fadheiten. Auf diese Weise hielt er also seine Kindheitsversprechen. Empfand er deshalb diese undefinierbare Freude, wenn er Joseph so abfällig behandelte?

Er gab sich wirklich Mühe, auf ihn hinunterzusehen. Um einen Kontrast zu schaffen, beschrieb er das Entsetzen, das der Mörder hervorrief. Ausgestorbene Straßen, Polizeistreifen in der ganzen Stadt. Das angsterfüllte Paris füllte Seite um Seite seines Romans. Zur Schilderung der Morde nahm er sich die Pressemappe vor, die ihm Joseph überlassen hatte. Doch erfand er noch einiges dazu, um genügend Angst zu erzeugen. Das Auffinden einer Leiche, die Hektik der Polizei, düstere Blaulichter und die Bestürzung der Zeugen lieferten ihm herrliche Momente. Es gefiel ihm, die verängstigte Resignation der Bewohner des Viertels zu beschreiben, das Schweigen und die fatalistische Art, sich trotz der schrecklichen Ereignisse schlafen zu legen. Das beste Beispiel war Sabines kopflose Flucht nach Épinay. Vor diesem Hintergrund setzte er Archimboldo in Szene, *ein kleiner Mann mit altmodischen Manieren*, schrieb er, *der auf der Bugwelle des Todes reitet.* Von Mord zu Mord wurden die Umrisse der Figur immer klarer. In seiner Euphorie übertraf er fast noch sein Modell. Als er das Geschriebene noch einmal las, stellte Ernest überrascht fest, dass er den Mann mit den Haaren in der Nase im Café gegenüber von Romance beschrieben hatte. Um das Porträt seines Auftraggebers abzurunden, dichtete er ihm eine krankhafte Schüchternheit an und ließ durchblicken, dass ihm die häufigen Abfuhren, die er immer wieder hinnehmen musste, keine andere Wahl ließen, als alle Frauen zu vernichten, die ihm in die Hände fielen. Sein Text ließ ihn nicht mehr los. Wo er sich auch befand, überall schrieb er Gedanken und Sätze, die ihm gerade einfielen, in sein Notizheft.

Die Welt entschwand. Er schaltete weder den Fernseher noch das Radio ein, las auch keine Zeitungen mehr. Die Massaker, die auf der ganzen Welt geschahen, der Mörder und seine neuen Opfer, das alles ging spurlos an ihm vorüber. Er mordete an seinem Mac.

Nach der Arbeit ging er aus, meistens im Morgengrauen, wenn die Kabaretts gerade schlossen. Er begegnete Touristen, die lachend zu ihren am Boulevard geparkten Bussen gingen. Die Frauen waren hübsch, wahre Leckerbissen für den Mörder. Ernest nahm sie kaum wahr. Wenn er seine Pizza verschlungen hatte, kehrte er an seinen Computer zurück, las, was er geschrieben hatte, korrigierte, schrieb Sätze und Absätze neu. Mit einer Sicherheit, die ihm sehr gefiel, entstand eine Geschichte. Nichts schien ihn aufhalten zu können, doch er blieb wachsam. Ein furioser Anfang war längst keine Garantie. Davon wusste er ein Lied zu singen. Ein Buch, überlegte er, gewinnt man in der Distanz, ein Buch ist ein Marathonlauf.

Es kam der Tag, an dem er sein erstes Kapitel beendete. Es war früher Nachmittag und ziemlich heiß, vor ihm lagen etwa vierzig Seiten.

Er war zufrieden.

Insbesondere mit dem Abschnitt, in dem er Joseph beschrieb, wie er einem Mädchen im Hause der Archimboldos nachstieg. Ein schmuddeliges Dienstmädchen namens Albertine. Er stellte sich vor, wie sie sich Joseph verweigerte, wie ihr völlig gleichgültig war, ob er aristokratischer Abstammung war oder Dienstbote wie sie selbst, auch wenn es bei den Archimboldos üblich war, dass die Herren mit den Hausmädchen schliefen. Sie ließ sich allenfalls beobachten. Es gefiel ihr sogar, den Blick des Abgewiesenen zu spüren, wenn sie sich bückte, um Staub aufzukehren oder wenn sie auf einer Leiter stand, um eines der oberen Regalfächer zu erreichen. In diesen seltenen Augenblicken erhellte sich ihr Gesicht, *trug eine spöttische Gleichgültigkeit zur Schau*, fügte Ernest niederträchtig hinzu.

Diese Liebschaften hörten erst auf, als Joseph sie nicht mehr ertragen konnte und beschloss, Albertine zu töten. *Dabei entdeckte er, dass ihn das Töten einer Frau mehr befriedigte als die Erfüllung seiner amourösen Wünsche.* Daraus entstand der Serienmörder, der mit seinen Taten von sich reden machte.

Mit diesem Verbrechen, das den Grundstein seiner Laufbahn bildete, endete das Kapitel.

Keineswegs schmeichelhaft für seinen Auftraggeber. Und wenn Joseph sich darüber ärgerte und ihrer Zusammenarbeit ein Ende setzte, was dann? Zurück zu Romance? *I Want You* übersetzen? Vielleicht doch nicht. Es war sehr verlockend weiter zu machen. Aber ohne Joseph, der ihn bezahlte und der seiner Geschichte den Stoff lieferte, kam er wahrscheinlich nicht sehr weit.

Er hielt es daher für angebracht, sein Porträt etwas abzuschwächen.

Zunächst aber war eine Spritztour durch die Rue de Tilsitt angesagt. Schließlich vollendete man nicht jeden Tag ein erstes Kapitel. Er wollte seinen Hugo-Boss-Anzug anziehen (der von Armani musste in die Reinigung, denn er hatte ihn das ganze erste Kapitel über getragen) und mit dem Taxi zu einer der teuren Bars fahren, in der nur Edelnutten verkehrten. Er stopfte zehntausend Francs in die Gesäßtasche seiner Hose. Damit käme er schon ganz schön weit. Plötzlich überkam ihn die Lust, vor dem Weggehen noch eine von Josephs Zigarren zu rauchen.

Er hatte schließlich Zeit.

Was sollte er auch um zwei Uhr nachmittags in der Rue de Tilsitt? Vorsichtig zündete er sich eine Hoyo du Prince an, rauchte in kurzen Zügen, ließ den Rauch eine Weile über den Gaumen streichen, bevor er ihn in Ringen entweichen ließ.

Genüsslich zog er an seiner Puro und dachte an seinen wunderbaren Abend, als es plötzlich an der Tür läutete.

Vor lauter Schreck stieß er seinen Sessel um.

Beinahe hätte er auch noch seine Havanna fallen lassen.

*

Joseph Archimboldo war keineswegs überrascht.

Er hatte die Sache schon seit längerem kommen sehen.

Von seinem Platz aus entging ihm nichts. Panoramablick über das ganze Viertel und Einblick in Rippers Wohnung: Konnte er mehr verlangen? Das war aber auch der einzige Vorteil des Apartments, das er mit John Baltimores Geld gemietet hatte. Es lag auf der anderen Seite der Rue des Martyrs genau gegenüber und etwas höher gelegen als

Rippers Wohnung. Achttausend Francs pro Monat zahlte er für die zwanzig Quadratmeter mit Kochnische und Duschbad. Er hätte aber ohne mit der Wimper zu zucken auch das Doppelte oder Dreifache für den Einbruch in das Universum des Schriftstellers bezahlt.

Wie L. B. Jeffries in *Das Fenster zum Hof* saß er gemütlich in einem ledernen Clubsessel (etwas versetzt hinter dem Fenster, um von den Nachbarn nicht gesehen zu werden) und verbrachte seine Tage damit, Ripper durch ein Fernglas der Marke Canon mit fünfzehnfacher Vergrößerung und Zoom in Großaufnahme vor seinem PowerBook zu beobachten. Zuzuschauen, wie er für ihn arbeitete. Wenn Ripper sein Fenster schloss, was selten vorkam, oder wenn er seinen Platz am Computer verließ, um essen zu gehen oder sich die Beine zu vertreten, nutzte er die Gelegenheit zu einem kleinen Schläfchen, las in der Zeitung die neuesten Schlagzeilen über den Serienmörder oder besuchte die Witwe auf dem Friedhof Montmartre, um sie über den Fortschritt seines Projekts auf dem Laufenden zu halten. Doch meistens verharrte er mit seinem Marinefernglas wie festgeschraubt am Fenster. Er hatte den Eindruck, ganz dicht neben Ripper zu sitzen.

Nichts entging ihm, weder das wütende Aufstampfen noch die bizarren Grimassen des Schriftstellers. Er sah ihn lachen und er sah ihn weinen. Er erlebte seine überschwänglichen Momente und seine depressiven Phasen, die manchmal eine unerwartete Wendung nahmen. Wenn Ripper überschwänglich wurde, kannte seine Freude keine Grenzen, er lachte, sprach mit sich selbst, stand auf, ging auf und ab, kritisierte ein imaginäres Publikum, das an seinen Lippen hing, applaudierte sich selbst, machte ein paar

Tanzschritte – ach, der gute alte Samba für einen gelungenen Satz! –, stellte sich ans Fenster und atmete ein paar Mal tief durch, als hätte er nach dem langen konzentrierten Arbeiten plötzlich das Bedürfnis, aus der Tiefe aufzutauchen.

Kurz darauf tippte er wieder wie ein Verrückter. Dagegen blieb er in den deprimierten Phasen erstarrt und bewegungslos mit ausdruckslosem Gesicht vor seinem Mac sitzen. Manchmal tippten seine Finger zögernd noch ein paar Wörter, vielleicht auch einen Satz, der ihm aber sichtlich nicht gefiel. Stundenlang betrachtete er den Satz. Plötzlich hämmerte er wütend auf die Tastatur ein. Durch die hohe Präzision seines Fernglases konnte Joseph sogar die *Delete*-Taste erkennen. Dann stand Ernest Ripper auf, ging an der Wand hin und her, kehrte zu seinem Laptop zurück, machte noch einen zögerlichen Versuch, las, was er geschrieben hatte, änderte das eine oder andere und stürzte sich dann wieder mit voller Konzentration auf die Tasten. Mehrmals hörte ihn Joseph »Mist!« rufen, dabei war nicht ganz klar, ob er damit den Computer oder seinen Text meinte. Er beobachtete Ernest, wie er wütend seinen Computer ausschaltete – manchmal befürchtete er, dass er ihn früher oder später aus dem Fenster werfen würde –, seine Jacke anzog und mit lautem Türenknallen die Wohnung verließ. Vielleicht hoffte er, dass ihn der Mac zurückrief? Denn kaum war er ein oder zwei Stockwerke hinuntergelaufen, hielt er unversehens auf dem Treppenabsatz inne, schien intensiv nachzudenken und lief dann eilig wieder hinauf, schloss hektisch die Tür auf, ließ die Jacke fallen, schaltete den Computer wieder ein und stürzte sich mit voller Energie wieder auf die Tastatur.

Joseph hätte einem Schriftsteller so viel Bewegungsreichtum gar nicht zugetraut. Mit Hilfe seines Canon-Fernglases fühlte er sich wie im Kino, identifizierte sich ganz mit Ripper, durchlebte die gleichen Höhen und Tiefen. Zu gern hätte er gelesen, was Ripper schrieb, doch er konnte nicht direkt auf den Bildschirm sehen. Also war er auf Vermutungen angewiesen. Die große Aufregung betrachtete er als gutes Zeichen für einen hochliterarischen Text. Aus diesen Seiten, die er so gern selbst geschrieben hätte, würde zweifellos ein glänzendes Porträt des Serienmörders entstehen. Ein Mörder, dessen Abstammung ebenso ausgezeichnet war wie die Grausamkeit seiner Verbrechen. Er musste sich sehr zurückhalten, um Ripper nicht gleich anzurufen, doch er begnügte sich damit, ihm seine stille Ermutigung zuteil werden zu lassen. Als Ripper über seine Tastatur gebeugt arbeitete, murmelte er aus vollem Herzen und mit ganzer Kraft: »Los jetzt!«, und betete, dass nichts seinen Elan stoppen würde.

Als er die erfreute Miene des Autors sah, der seinen Text noch einmal durchlas, und vor allem, als er ihn eine Havanna anzünden sah, wusste er, dass das erste Kapitel fertig war.

»Bald werde ich es wissen«, dachte er.

Sein Fernglas glitt über die Straße, und er entdeckte die Frau, die den Schriftsteller in seiner ganzen Glückseligkeit antreffen würde.

Sie zog einen schweren Koffer hinter sich her.

Er hatte sie gleich bemerkt, als sie in die Straße einbog. Ihr grüner Minirock, die blonden Barbie-Puppen-Haare, dieser tänzelnde Gang, nach dem sich die Männer umdrehten: ganz das naive Gänschen, das die Groschenromane von Romance verschlang.

Er war überzeugt, dass Ripper sie nicht erwartete.

Vor der Wohnung des Schriftstellers hielt sie inne, kramte in ihrer Handtasche nach dem Schlüssel, änderte jedoch ihre Meinung, wartete ein wenig und läutete dann, als wollte sie sich ins kalte Wasser stürzen.

In diesem Moment warf Ripper seinen Sessel um.

Dann schlich er leise zur Tür, um nicht gehört zu werden. Joseph beobachtete, wie sie von beiden Seiten an der dünnen Tür lauschten und überlegten, was wohl auf der anderen Seite vor sich ging.

Sie läutete noch einmal und wieder zuckte Ripper zusammen. Er schien zu überlegen. Sie offenbar auch. Vielleicht fürchtete sie, ihn mit einer anderen Frau zu überraschen.

Er entgeht ihr jedenfalls nicht, dachte Joseph.

Tatsächlich rang sich Ernest schließlich dazu durch, die Tür zu öffnen.

*

Maryse wurde allmählich ungeduldig.

Sie lag auf der Couch und wartete darauf, dass sich Alexis um sie kümmerte. Doch er saß in einem Sessel auf der Terrasse und war ganz in sein Buch vertieft. *Christina Lamparo blickte mutlos an der langen Reihe von Metallpfosten entlang, die die Pleasant Avenue säumten.* Offenbar gefiel ihm *Spanish Harlem* ganz ausgezeichnet. Vor drei Monaten hatte er die ersten Seiten schon einmal gelesen, doch jetzt fing er noch einmal von vorne an. Maryse langweilte sich. Doch das war Teil des Spiels und der Lust, die er verkaufte.

Sie korrigierte das Rapper-Manuskript. Es war nicht so schlimm wie sie befürchtet hatte. Proximus Desaster wusste, wie man Sätze konstruierte. Sein Text wurde von einer rapperartigen Melodie getragen. Doch trotz manch ziemlich obskurer Gedanken, in denen vom »Auftreten des Ursprungs« oder vom Cybersex als »Explosion des Virtuellen« die Rede war, zog sich ein romantischer Faden durch sein Werk: Sie liebten sich, stopften sich mit Ecstasy voll, surften gemeinsam im Web. Kaum ein Unterschied zu seinem ersten Buch, die Kritiker würden sich darüber mokieren. Auf jeden Fall erleichterte es ihnen die Arbeit. Trotz ihrer persönlichen Sympathie für Proximus Desaster hatte Maryse allmählich genug von seiner Prosa. Das hatte sie auch Alexis gesagt, eigentlich nur, um ihn daran zu erinnern, dass sie auch noch da war.

Doch er hatte nicht einmal aufgeblickt.

Interessierte er sich überhaupt noch für sie? Für ihre Arbeit bei Condorcet, ihre verpfuschte Affäre mit Ernest, ihre Psychoanalyse? Das alles war ihm offenbar unendlich gleichgültig. Hatte sie das gewollt? Seine Missachtung? Denn Alexis überließ nichts dem Zufall. Seine Kunst bestand darin, seine Kundinnen die uneingestandenen Winkel ihrer Lüsternheit entdecken zu lassen und daraus unendliche Lust zu gewinnen. Er wusste, dass Entwürdigung und Degradierung bei Maryse phantastische Ekstasen erzeugten. Deshalb behandelte er sie mit einer Nachlässigkeit, die sie wütend machte und im Extremfall zu einer wahren Explosion der Wollust führte. Einmal hatte er sie einfach links liegen lassen und war gegangen. Voller Zorn war sie ihm in den Hausflur nachgelaufen und hatte gefordert, was ihr zustand, wofür sie ihn bezahlte. Mit wilder Brutalität, die sie immer sehr genoss, hatte er es ihr mitten auf dem Treppenabsatz besorgt. Ohne Rücksicht auf die Nachbarn waren sie wie von Sinnen die halbe Treppe hinuntergerollt.

Dieser Morgen gehörte zu ihren besten Erinnerungen.

Als sie genug hatte von den Ergüssen des Rappers und gerade wieder an diesen Morgen dachte, ließ Alexis Gérard de Villiers und Christina Lamparo sinken und kam zur Couch.

Endlich kümmerte er sich um die ernsten Dinge des Lebens.

*

Auf der anderen Seite der Tür stand Sabine.

»Lässt du mich nicht rein?«, stammelte sie.

Den Tränen nahe fügte sie hinzu:

»Es ist so lange her, und du hast nie angerufen. Wenn du jetzt eine andere liebst, brauchst du es nur zu sagen … Damit das klar ist zwischen uns … Ich kann das ertragen, weißt du.«

Ernest verstand überhaupt nichts, nur soviel war klar: dass er sich nun zwischen ihr und der Nobelbar entscheiden musste. ›Hätte sie nicht noch einen Tag warten können?‹, dachte er wütend.

»Ich kann ja auch wieder gehen«, brachte sie hervor. »Ich will dich auf keinen Fall daran hindern, mit deiner großen Liebe zu leben.«

Diesen Satz kannte er doch, er benutzte ihn in fast all seinen Liebesgeschichten. Deshalb verstand er jedoch noch lange nicht, wovon sie eigentlich redete. Hatte er überhaupt jemals verstanden, wovon Sabine redete?

Doch als er sie in ihrem kurzen grünen Röckchen da stehen sah, vergaß er die Bar und warf sie unvermittelt auf die Couch im Wohnzimmer.

Schluchzend ließ sie es geschehen.

Unter ihrem Rock trug sie einen winzigen, zitronengelben String, ein bisschen nüchterner und diskreter als die anderen, die er kannte.

*

Meisterhaft schleuderte Alexis Proximus Desasters Manuskript auf den Boden und umkreiste genüsslich sein Opfer.

Maryse hatte den Eindruck, dass die Hand ihres kostspieligen Liebhabers auf der Innenseite ihrer Schenkel eigentümliche Zeichen schrieb. Dabei kam er seinem Ziel immer näher, entfernte sich jedoch auch wieder. Le Clézios Worte fielen ihr ein: *Wer schreibt, folgt in einer unkontrollierten Bewegung einer unbekannten Straße.*

Alexis kannte die Straße und kontrollierte die Bewegung, deshalb würde er niemals schreiben.

Plötzlich flog ihr teures Spitzenhöschen von La Perla durch das Wohnzimmer.

Im gleichen Augenblick landete auch Sabines String auf Ernests PowerBook.

6 Am nächsten Tag trafen sie sich bei *Wepler*.

Gemeinsam leerten sie zur Feier des ersten Kapitels mehrere Gläser Dom Pérignon, dann ließ Ernest Joseph mit dem Manuskript allein.

Inzwischen schlenderte er über den Boulevard des Batignolles und machte sich Gedanken über die Reaktion seines Auftraggebers. Hatte er die Karikatur nicht doch übertrieben? Was würde Joseph dazu sagen? Solche Gedanken gingen ihm durch den Kopf, während er sich am Boulevard die Zeit vertrieb.

Dann fiel ihm Sabine wieder ein.

Ihre Rückkehr hatte ihn überrascht, und die Eifersuchtsszene ebenfalls. Schließlich brachte er aus ihr heraus, was sie dazu veranlasst hatte: Wie Solange in *Ich glaube an das Glück* (das angeblich er geschrieben hatte), glaubte sie nicht an seine Treue. »Du hast nicht angerufen«, erklärte sie. »Ich hab mir Sorgen gemacht.« Nachdem sie aber zugegeben hatte, dass sie besser auf ihr Herz als auf ihren Verstand gehört hätte, überließ sie sich seiner Umarmung. Ernest hatte das Gefühl, den letzten Satz eines Romans für Romance zu schreiben und plötzlich überkam ihn der unwiderstehliche Wunsch davonzulaufen.

Oder zumindest allein zu sein.

Allein mit seinem Buch auf Helling …

Der Ausdruck gefiel ihm.

Er wiederholte ihn mehrmals, doch niemand hörte es. Trotz der sanften Frühlingsbrise war der Boulevard menschenleer. Die Sonne schien vergeblich auf eine fröstelnde Stadt. Das ist das Werk des Mörders, dachte er, des Mannes, der selbst der Sonne den Krieg erklärt hatte. Diesen Satz notierte er gleich in seinem Heft. Auf einer Bank lag eine Zeitung. Er faltete sie auseinander und sah auf der ersten Seite Fotos von vier jungen Frauen, die verschwunden waren. Ihr Verschwinden schrieb man dem Serienmörder zu und rief gleichzeitig junge Frauen zu mehr Vorsicht auf, sich nicht unbekümmert von blühenden Bäumen und blauem Himmel verführen zu lassen. Die folgenden Seiten zeigten mehrere Phantombilder des Mörders, Gesichter ohne Seele, ohne Inhalt, manche mit Brille, manche ohne, doch sie hoben sich durch die Banalität der Gesichtszüge gegenseitig auf. Zurück blieb nur der Eindruck einer bedrohlichen Trivialität. Ernest dachte, dass dieser Mann die Stadt nach seinem Bilde formte. Vielleicht war es doch richtig, ihn so darzustellen, wie er es getan hatte.

Er wartete noch eine Weile und kehrte dann ins *Wepler* zurück.

Joseph war leichenblass.

»Sie haben sich über mich lustig gemacht!«, brüllte er. »Ein Serienmörder ist ein Mensch, der Angst und Schrecken verbreitet. Das habe ich Ihnen oft genug gesagt, oder etwa nicht? Stattdessen stellen Sie mich als lächerlichen Typen dar, der sich vor Frauen fürchtet und nur Ablehnung erfährt. Glauben Sie etwa, dass man mich ernst nehmen wird nach einem solchen Porträt?«

Ernest wurde plötzlich klar, dass das Gesicht dieses Mannes gelegentlich doch Gefühle zeigen konnte.

»Sie müssen sich schon entscheiden«, antwortete er. »Der Presse werfen Sie ständig vor, sie verbreite nur Unsinn über Sie, und wenn ich Sie als Mörder anders darstelle, passt es Ihnen auch nicht. ›Schreiben Sie über seine

Frustrationen, seine bescheidene Existenz, schreiben Sie spannende Seiten über den Widerspruch zwischen seinem mittelmäßigen Alltag und seinem Leben als Mörder, in dem sich die ganze menschliche Schändlichkeit und Gemeinheit entfaltet.‹ Genau das waren Ihre Worte, haben Sie das vergessen?«

»Keineswegs, aber ich habe Ihnen auch von meiner ausgezeichneten Abstammung und der kriminellen Tradition in meiner Familie erzählt. Und Sie ziehen das alles in Zweifel. Ich stehe ja da wie ein Angeber, der etwas in Anspruch nimmt, was er gar nicht verdient. Ich verlange doch nicht zu viel, ich möchte nur, dass Sie mich ein bisschen hervorheben!«

»Haben Sie mir nun freie Hand gelassen oder nicht? Mir geht es vor allem um den Text, um die Darstellungsweise. Es soll doch schließlich etwas Solides, Wahrhaftiges dabei herauskommen und keine Lobhudelei auf einen Serienmörder. Wenn Ihnen das nicht passt, dann lassen wir es eben!«

Ernest bedauerte seine Worte augenblicklich. Doch zu seiner Überraschung änderte Joseph den Ton.

Er entschuldigte sich für seine heftige Reaktion.

»Aber wer hätte sich da nicht aufgeregt? Wie stehe ich denn da? Haben Sie daran überhaupt gedacht?«

»Ich gebe zu, dass ich manchmal vielleicht ein bisschen zu hart war«, meinte Ernest beschwichtigend. »Damit wollte ich Ihnen aber nicht schaden, ehrlich. Ein Mensch, der Angst und Schrecken verbreitet, wie ihn die Medien darstellen, ist doch nicht interessant. Wichtig ist, dass der Leser staunt. Danach wird man uns beurteilen. Ein solches Thema lässt sich bestimmt auch verkaufen. Aber wenn wir gleichzeitig noch ein literarisches Werk abliefern, ist uns der Erfolg sicher. Ein konventioneller Serienmörder, der einer großen Adelsfamilie angehört, aber durch eine unglückliche Kindheit, einen Fluch, ein gestörtes Liebesleben und die Erinnerung an fürchterliche Prügel auf die schiefe Bahn geraten ist, das Ganze gewürzt mit der Sehnsucht nach dem großen Glück, das wäre doch nur eine Aneinanderreihung von Platitüden wie in meinen Übersetzungen für Romance oder in den banalen Fernsehserien. Solche Geschichten gibt es doch massenhaft. Sie erwarten doch sicher etwas mehr von mir, oder?«

»Natürlich.«

»Mit diesem ersten Kapitel soll ein Überraschungseffekt erzielt werden. Man erwartet einen zynischen Mörder, aber wir bieten einen armseligen Wicht, einen Schlappschwanz, der eine ganze Stadt terrorisiert, der die Menschen von den Straßen fegt. Das finden Sie banal? Gehen Sie doch einmal in Paris spazieren, dann erleben Sie die verängstigten Einwohner. Und wer ängstigt sie? Ein ganz gewöhnlicher Typ« – er zeigte ihm die Phantombilder in der Zeitung, die er gerade aufgelesen hatte. »Wirken diese Gesichter etwa originell? Dieser Typ ist ein Niemand, er ist wie alle. Seine Stärke liegt in seiner Bedeutungslosigkeit. Darauf möchte ich die Geschichte aufbauen. Denn in Wirklichkeit ist er natürlich kein armseliger Wicht, verstehen Sie? Er ist ein Genie der Mittelmäßigkeit. Große Männer sehen oft sehr gewöhnlich aus. Denken Sie nur an Einstein, schneiden Sie ihm die Haare, rasieren Sie ihm den Schnurrbart, vergessen Sie seine Relativitätstheorie, was bleibt dann noch übrig? Nichts. Er sieht aus wie jeder andere, wie Sie und ich.«

»Stimmt, aber über meine Herkunft hätten Sie schon ein bisschen mehr sagen können.«

»Ich wollte doch nicht gleich das ganze Pulver verschießen. Aber keine Sorge, ich habe alles im Griff. Zuerst streue ich Zweifel, lasse durchblicken, dass diese Herkunft vielleicht nur Angeberei ist. Dann weiß der Leser nicht mehr, woran er ist – darauf will ich hinaus. Allmählich klärt sich dann die Lage. Allerdings nur langsam und ganz subtil. Ohne genau zu wissen warum, ist der Leser am Schluss ganz sicher, dass Ihre Vorfahren gemeinste Verbrecher waren. Dann hat er das Gefühl, die Geschichte wirklich verstanden zu haben. Finden Sie das nicht sehr geschickt?«

»Doch, natürlich, aber meine kriminelle Abstammung ist ziemlich kompliziert. Der Leser muss doch erfahren, wie sich die Dinge zugetragen haben.«

»Das werden wir ihm schon erzählen, warten Sie doch einfach ab.«

»Und meine Vorliebe für das Kino?«

»Ist schon in meinem Hinterkopf. Ebenso wie die Zigarren und Ihre Abstammung. Im Laufe der Geschichte wird sich herausstellen, welches Monster sich hinter Ihrer Mittelmäßigkeit verbirgt. Ein Hinweis auf Ihre fluchbelastete Herkunft ergibt sich dann von selbst. Außerdem wurde sie schon in Ihren ersten beiden Sätzen angedeutet. Sie haben sicher bemerkt, dass ich Ihren Anfang beibehalten habe. ›Das Kind der mittelalterlichen Finsternis und der New Yorker Dunkelheit, eine Brücke über dem Abgrund‹, das sagt doch alles. Dieser geniale Einstieg kündigt ja schon an, was folgt, vorausgesetzt, der Leser besitzt etwas Scharfsinn.«

Joseph errötete vor Freude, als er das hörte.

»Trotzdem gibt es da eine Sache, die mir nicht ganz klar ist«, sagte er. »Albertine, das Dienstmädchen ...«

»Ja, und?«

»Dass Sie diese Frau erfunden haben, mag ja noch angehen. Aber dass Sie ein hässliches Entlein aus ihr gemacht haben, das meine Annäherungsversuche ablehnt, ist nicht gerade sehr schmeichelhaft. Es macht mir nichts aus, als Langweiler dazustehen, aber Sie dürfen es nicht übertreiben. Das hat mich vorhin so geärgert. Andererseits ist es eine gute Idee, ihre Ermordung als Grundstein für alle weiteren zu schildern. Aber es wäre schön, wenn Sie die Dinge ein bisschen freundlicher darstellen könnten. Albertine könnte attraktiv sein, Sie könnten durchblicken lassen, dass sie und ich, vielleicht ... Verstehen Sie, was ich meine? Das würde doch den Grundton der Geschichte nicht verändern.«

»Da haben Sie sicher Recht«, erwiderte Ernest. »Wenn ich es mir genau überlege, müsste schon ein gewisser Spielraum für Zweifel bleiben. Ich werde das noch heute Abend regeln. Ein paar Änderungen« – er dachte an die Mac-Funktion ›Ausschneiden–Einfügen‹ –, »und ich liefere Ihnen einen Mörder, für den Sie sich nicht schämen müssen.«

Joseph wirkte erleichtert. Er nahm den Dom Pérignon aus dem Eiskübel, füllte zuerst Ernests Glas, dann seines. Sie stießen wie alte Freunde an, die froh waren, ein Missverständnis aufgeklärt zu haben. Joseph bot Ernest eine Havanna an, die dieser gerne nahm.

»Warten Sie nicht zu lange mit den Morden«, meinte Joseph. »Die Leute kaufen dieses Buch nicht zuletzt auch deshalb. Die Notizen, die ich Ihnen gegeben habe, sind vielleicht nicht immer verständlich.« Er holte einen großen Packpapierumschlag aus seiner Aktentasche. »Hier sind die nächsten. Sie betreffen die verschiedenen Facetten meiner Persönlichkeit. Ich habe einige Fotos von Opfern nach ihrem Tod beigelegt, die Sie für die Beschreibung von Albertine benutzen könnten. Dieses hier wäre sehr gut.«

Er hielt Ernest ein Bild hin, das aus dem *Figaro* ausgeschnitten war. Es zeigte eine junge, etwa dreißigjährige Frau, die vermögend und distinguiert wirkte. ›Es wird nicht leicht sein, diese Dame zu einer ungepflegten Putzfrau zu machen‹, dachte Ernest bei sich.

»Geht in Ordnung«, sagte er laut. »Wir machen sie zu einer Kammerzofe und lassen durchblicken, dass Sie ihr nicht ganz gleichgültig waren.«

»Wunderbar«, sagte Joseph erfreut. »Aber vergessen Sie nicht, dass wir trotz einer gewissen kreativen Freiheit die Wahrheit über den Mörder berichten und ihn nicht der Lächerlichkeit preisgeben wollen. In diesen Notizen finden Sie sicher genügend Stoff. Ich rufe Sie nächste Woche wieder an. Inzwischen können Sie das Kapitel wie vereinbart ändern.«

Er rief den Kellner, bezahlte die Rechnung und ging. Ernest schaute sich noch einmal die Fotos in dem Umschlag an und staunte über die Ähnlichkeit mit den Bildern in *France Soir.* Auf allen waren an Luxus gewöhnte Frauen zu sehen, wie die enthauptete Frau in der Rue des Martyrs. In dieser Hinsicht hatte Joseph schon Recht: Der Serienmörder wiederholte immer denselben Mord. Auch wenn es ihm nicht bewusst war, tötete er im Grunde immer dieselbe Frau.

Immer und immer wieder.

Was für ein Leben!

Neben den mit winzigen Buchstaben beschriebenen Zetteln enthielt der Umschlag zwei weitere Umschläge mit mehreren Fünfhundert-Francs-Scheinen sowie eine Visitenkarte mit dem Namen Joseph Archimboldo und dem Familienwappen, einem Drachen, dessen Zunge und Schwanz am Ende in einen Schlangenkopf mündeten.

Maestro,
Für Ihre künftigen Seiten dieser kleine Vorschuss,
der hoffentlich Ihre Bedürfnisse deckt.
Ihr Joseph Archimboldo

Eine schnelle Rechnung ergab, dass er in den letzten Wochen allein am ersten Kapitel dieses Buches mehr verdient hatte als in einem Jahr mit den Übersetzungen für Romance.

Das brachte ihn aus der Fassung.

Er konnte so viel ausgeben wie er wollte, zum Beispiel Sabine ein teures Kleid kaufen und sie zum Abendessen in ein teures Restaurant wie *Maxim's* oder *Ledoyen* einladen.

Mit diesem Vorsatz verließ er das Lokal.

*

Joseph ging zum Friedhof.

Er liebte die Stille und das Archimboldo-Mausoleum, das die Gräber überragte. Dort unter dem kalten Stein ruhte die ganze Familie, auch Célestine Archimboldo, die ihm einen Platz unter diesen Toten gewährt hatte. Für sie hatte er das Mausoleum renovieren lassen. Ein ganz neuer schwarzer Marmorblock stand nun an der Stelle des alten Steins, an dem die Zeit doch sehr genagt hatte, und das Familienwappen, silberner Drachen auf rotem Grund, war aufpoliert worden. Ein Nachlass in der Form eines Buches sollte diesen Toten die Ehre erweisen, auf leuchtenden Seiten ihre Taten besingen, die von einer Generation zur nächsten weitergegeben wurden bis zu jenem bedeutungslosen Mann, der ganz Paris in Schrecken versetzte und dessen Taten und Ruf Joseph, der noch nie die Hand gegen einen Menschen erhoben hatte und beim Anblick eines Blutstropfens bleich wurde, einfach für sich in Anspruch nahm. Doch mit Hilfe seines Experten für sentimentalen Kitsch, mit Ernest Rippers Unterstützung würde er sich den begehrten Titel des Serienmörders zu eigen machen und dem Namen Archimboldo neuen Glanz verleihen.

Wenn das der Witwe nicht gefiel!

Und wenn diese Geschichte endlich abgeschlossen war, würde er neben ihr ruhen.

Sarg an Sarg.

Er fragte sich, ob der Sarg der Witwe immer noch so stank. Selbst die doppelte Abdeckung hatte den schrecklichen Geruch, den sie mit in den Tod genommen hatte, nicht eindämmen können. Der Priester und die Totengräber – die Einzigen, die bei der Beerdigung anwesend gewesen waren – hatten gebührenden Abstand gehalten. Ihre Ausdünstung war so stark gewesen, dass sie sogar den Weihrauch in der Kirche übertroffen hatte.

Der Gestank war so entsetzlich, dass dein Leben von der Lippe verschwand und fast in Ohnmacht sank.

Als er das Zimmer der Witwe betrat, wäre er fast ohnmächtig geworden. Der Gestank des Urins und die Ausdünstungen des Alters und der Arzneien stürzten sich auf seine Kehle. Langsam ging er zu der Bettstatt, von der diese zweifelhaften Düfte ausgingen. Die Witwe verfolgte seine langsame Bewegung mit den Augen. Weißes Haar und bleiches Gesicht. In ihrer Reglosigkeit sah sie aus wie eine Sterbende.

Eine Sterbende, die keinerlei Weigerung duldete.

Deshalb verweigerte er ihr nichts.

Er schob sich in das Bett dieser schrecklichen Miasmen, bahnte sich einen Weg durch Schorf und Frostbeulen und verschaffte ihr Befriedigung, als gehe es um das letzte Sakrament. Der Ekel verschwand, er fühlte sich wohl in den Säften der Witwe. Dem Blick in ihrem starren Gesicht entnahm er, dass sie seine Zärtlichkeiten ebenso genoss.

Neben dem Bett standen auf einer mächtigen Eichenkommode diverse Antiquitäten, Muscheln und exotische Statuen, die Adrien von seinen Reisen mitgebracht hatte, ein Wasserkrug in einer Porzellanschüssel und mehrere Fotos. Auf manchen war Célestine mit Adrien und ihren dreckigen Kindern, Julien und Cécile, kurz vor ihrem Flugzeugunglück zu sehen.

Unter ihren Augen befriedigte er Célestine.

Im Himmelbett – wie es der Tradition der Archimboldos entsprach –, um seine Zugehörigkeit zur Familie zu besiegeln. Vielleicht war es Inzest mit einer entfernten Verwandten.

So entfernt, dass er sich nicht erinnerte, je anders als Archimboldo geheißen zu haben.

Ein ebenfalls in einem Bett eroberter Name.

Er blieb lange nachdenklich vor dem Mausoleum stehen und überlegte, ob er Ripper wohl von seiner Beziehung zu der Witwe erzählen sollte. Die Geschichte mit Albertine genügte vielleicht schon. Er musste darüber nachdenken.

Langsam wurde es Nacht, ein Friedhofswächter teilte ihm mit, dass der Friedhof nun schließen würde.

Er riss sich vom Grab der Witwe los.

Toilettengestank kratzte in seiner Kehle.

*

Ernest hatte den Computer eingeschaltet, machte sich jedoch nicht sofort ans Werk.

Würde Joseph, wenn ihm seine Überarbeitung nicht gefiele, ihre Zusammenarbeit auflösen? Oder den Vorschuss zurückverlangen? Normalerweise blieb ein Verlag auf seinen Kosten sitzen, wenn er eine Arbeit ablehnte.

Doch Joseph Archimboldo war kein Verleger.

Ernest überlegte, ob es nach Abwägung aller Umstände nicht besser wäre, wieder zu seinen Übersetzungen für Romance zurückzukehren.

Der Anfang von *I Want You* klang ziemlich vielversprechend.

Nothing else mattered for Sara but this embrace. She wished from down deep Nick's hands to seek her in the most secret parts of herself. She clung to him and felt his desire rise along her thigh. This stiff and fiery touch was enough to rouse her senses to passion.

Auf der nächsten Seite kamen die heißen Liebkosungen. Ein echter Aufstieg. Nach zwei Jahren Schwachsinn stand ihm nun das Königreich der Wollust offen. Früher hätte er sich über diese Verbesserung gefreut, doch nun dachte er an sein erstes Kapitel, das er schon geschrieben hatte und das er nun für Joseph überarbeiten musste.

Er wusste nicht recht, wohin dieses Kapitel führen sollte. Begann ein Buch denn auf diese Weise? Aus Unsicherheit und Traum? Abgesehen von Joseph hatte sich niemand eingemischt. Christine Etchigolan hatte lediglich durchblicken lassen, dass sie seine Arbeit wohlwollend prüfen würde. Kein Vertrag, natürlich, keine Frist für die Abgabe des Manuskripts. Es war nichts weiter als ein Text, der im Schatten und durch zwei Wahnsinnige vorangetrieben allmählich Gestalt annahm.

Zwei Wahnsinnige, die, jeder für sich, von einem ganz anderen Buch träumten.

Die eigentlich nicht zusammenpassten.

Konnte man sich einen besseren Anfang vorstellen?

Sabine kam herein.

»Arbeitest du an einer Übersetzung für Romance?«, fragte sie.

Er sagte, ja, so etwas Ähnliches, doch Sabines Miene ließ ihn plötzlich verstummen. Sie wirkte so hilflos, dass er plötzlich nichts zu sagen wusste und Angst hatte, sie könnte wieder von ihrem Herzen anfangen, auf das sie hätte hören sollen.

Sie warf sich in seine Arme.

»Ich habe Angst«, sagte sie schluchzend. »Ich habe Angst, dass es nicht mehr so wird wie früher, dass du genug hast von mir und ich wieder nach Épinay muss. Es ist schrecklich dort. Nur öde Grundstücke und Ruinen, abgesehen vom Einkaufszentrum, wo man aber nur mit einem Auto hinkommt. Und für meine Eltern ist es auch schlimm. Meine Mutter ist eifersüchtig auf unser Glück. Sie sagt dauernd schreckliche Dinge über dich. Mein Vater verbringt sein Leben im Schlafanzug vor dem Fernseher. Und hier ist dieses Ungeheuer, das Frauen umbringt … In Épinay habe ich einmal davon geträumt, da ist mir übel geworden und ich hab am ganzen Körper Ausschlag gekriegt. Ich hab dir das nicht erzählt. Es gibt so viele Dinge, die ich dir lieber nicht sage. Warum ist das Leben so schrecklich? Warum können wir uns nicht einfach lieb haben? Ach, mein Lieber, mein Liebster!«, rief sie in einem unwiderstehlichen Anfall von Leidenschaft. »Wenn du wüsstest, wie sehr ich dich liebe!«

Sie weinte lange an seiner Schulter, hatte Angst ihm zu sagen, dass sie in Wirklichkeit gerade aus dem Supermarkt geflogen war. Der Filialleiter hatte nicht lange gefackelt. »Drei Monate lang sind Sie einfach weggeblieben! Gesundheitliche Probleme hin oder her, das ist mir egal! Wir verlassen uns auf unsere Mitarbeiter. Wenn Ihnen das nicht passt, können Sie ja vors Arbeitsgericht gehen!« Man hatte ihr eine Abfindung bezahlt und schon stand sie auf der Straße und schlenderte den Boulevard zwischen Clichy und Barbès auf und ab, bis es Zeit war, nach Hause zu gehen. Ernest sollte nicht erfahren, dass sie ihren Job verloren hatte. Die unmöglichsten Typen hatten sie auf dem Boulevard angesprochen. Sie war so bekümmert, dass sie schon fast hoffte, dem Serienmörder in die Hände zu fallen und ein für alle Mal Schluss zu machen.

Zu Hause hielt sie es nicht lange aus.

Sie wollte Ernest nicht zur Last fallen. Mit der Abfindung und dem Arbeitslosengeld konnte sie noch eine Zeit lang durchhalten, doch die Vorstellung, entweder einen neuen Arbeitsplatz finden oder nach Épinay zurückkehren zu müssen, machte ihr ziemliche Sorgen. Sie drückte sich an Ernest, der überhaupt nichts verstand. Sie müsste eine Weile verschwinden, dachte er, bevor sie sein Leben in einen schnulzigen Alptraum verwandelte.

Sie schluchzte immer noch. Der Ausschnitt ihres Kleides ließ eine Brustwarze sehen, die er schließlich zu streicheln begann. Das beruhigte sie.

Bei *Maxim's* oder *Ledoyen* zu essen erschien ihm jetzt keine gute Idee mehr.

»Heute Abend gehen wir auf einem Schiff auf der Seine essen«, sagte er tröstend. »Du wirst bestimmt die Schönste sein.«

Und er zeigte ihr das graue Minikleid von Lagerfeld, das er für sie auf dem Heimweg gekauft hatte.

Das Schiff hatte bis zum Einbruch der Nacht gewartet, bevor es von der Pont Bir-Hakeim ablegte. Es fuhr zur Ile Saint-Louis und kehrte dann wieder um, so dass man die herrlichen Gebäude, die der Lautsprecher am Bug des Schiffes kommentierte, noch ein zweites Mal bewundern konnte.

Sabine schwebte im siebten Himmel.

Vergessen war die Kündigung. An diesem Abend speiste sie in einem schicken Restaurant an einem weiß gedeckten Tisch. Von den Ufern der Seine schauten ihnen die Penner zu, die Kellner waren äußerst höflich und füllten ihre Gläser immer wieder nach. Die Gäste waren sehr elegant. Sabine konnte gut mithalten, fühlte sich in dem Kleid, das ihr Ernest geschenkt hatte, sehr distinguiert. Das Kleid war so leicht, dass es ihr vorkam, als sei sie nackt. Schauder liefen ihr über den Rücken, als führe Ernest mit der Hand über ihre nackte Haut. Sie schauten sich wortlos in die Augen, um den Zauber des Augenblicks nicht zu brechen. Ernest dachte an Maryse, an ihre Reaktion, wenn sein Manuskript von Montpensier verlegt werden würde. Sie würde platzen vor Wut. Dieser Gedanke erfüllte ihn mit Schadenfreude. Er schlug Sabine vor, in einen Ferienclub nach Tunesien zu fliegen – oder an einen anderen Ort – und versprach, so bald wie möglich nachzukommen. Er müsse nur noch seine Geschichte für Romance abschließen, eine ganz besondere Geschichte, die zum großen Teil von ihr handle. Mehr könne er im Moment nicht sagen. Sie fühlte sich so geschmeichelt, dass sie sein Angebot ohne Zögern annahm. Ihre Arbeit hielt sie nicht mehr in Paris zurück und Ernest käme bald nach. Sie sah sich schon an einem herrlichen Sandstrand mit ihrer großen Liebe in der Sonne liegen.

Das Orchester spielte etwas altmodische, aber sehnsuchtsvolle südamerikanische Melodien, und sie wartete, bis sie eng umschlungen tanzten, um ihm dann ins Ohr zu flüstern: »Ich liebe dich.«

Und die große gelbe Scheibe des Mondes wurde zum wohlwollenden Zeugen ihrer Liebe.

*

Ernest arbeitet zu viel, dachte Samuel, er muss auf andere Gedanken kommen, dann wird er mich bestimmt auch wieder besuchen. Als er noch klein gewesen war und keine

Lust mehr gehabt hatte, in sein Notizbuch zu schreiben, waren sie sich oft die Schiffe auf der Seine anschauen gegangen.

Von der Poissonnière fuhr die Metro direkt bis zur Pont-Neuf. Sie setzten sich auf die Stufen der *Belle Jardinière*, weil man von dort eine gute Sicht hatte. Nachts warfen die Lichter der Schiffe riesige Schatten auf die Fassaden der Häuser. Elegant gekleidete Gäste speisten und tanzten zu den Klängen eines argentinischen Orchesters. Ernest schaute zu und leckte sein Erdbeereis. »Wenn ich groß bin, gehe ich auf diese Schiffe«, sagte er. Samuel war sich dessen ganz sicher, denn er würde es schaffen, sein Kleiner, er würde ein berühmter und überaus erfolgreicher Schriftsteller werden. Noch berühmter als er selbst, aber das lag in der Natur der Sache. Es gab keine größere Befriedigung als zu erleben, wie die Kinder den eigenen Erfolg noch übertrafen.

Und inzwischen bewunderten sie die Schiffe.

Die schönsten legten im Schein der Lichter von der Pont Bir-Hakeim ab, fuhren um die Ile Saint-Louis herum und kehrten auf der anderen Seite wieder zurück. Wenn sie an Belle Jardinière vorbeikamen, winkten Samuel und Ernest den Fahrgästen zu.

Oft versäumten sie die letzte Metro und mussten zu Fuß nach Hause gehen. Samuel trug Ernest dann auf den Schultern. Die Leute regten sich auf: Erzieht man so ein Kind? Doch Samuel ließ sie reden. Ein glückliches Kind ist zwangsläufig ein schlecht erzogenes Kind. Du kannst ins Bett gehen, wann du willst, mein Kleiner, du kannst essen, wann du willst, mit den Ellbogen auf dem Tisch und den Fingern in der Nase und ein Komikheft vor Augen, du gehst in die Schule, wann es dir gefällt, ruhig auch zu spät, wenn es dir Spaß macht oder überhaupt nicht, wenn du keine Lust hast. Das Gleiche gilt für die Hausaufgaben. Wichtig war nachzugeben. ›Gebt den Kindern nach!‹, pflegte er zu sagen, ›aber bringt ihnen bei, sich klar und deutlich auszudrücken. Sie müssen die Wörter kennen und die Regeln, wie man sie benutzt.‹ Darin war er unnachgiebig. Ernest musste richtig schreiben lernen, nicht nur, weil er ein großer Schriftsteller werden sollte, sondern auch um seine Launen klar formulieren zu können. Wie soll man einem Kind nachgeben, wenn es nicht in der Lage ist zu sagen, was es möchte? Das führt nur zu endlosen Streitereien, zu Weinen und Geschrei. Kleine Füße stampfen auf den Boden, kleine Fäuste schlagen um sich und drücken so das Leid des Lebens aus. Ein Leid und Unglück, das man mit einer Ohrfeige zum Schweigen bringt. Doch Ernest drückte sich verständlich aus. Ergebnis: kein Geschrei, kein Weinen, kein ungeduldiges Zappeln. Sobald der Wunsch formuliert war, wurde er erfüllt.

Die bedingungslosen Kapitulationen vor dem Dreikäsehoch zählten zu den glücklichsten Augenblicken seines Lebens. Wie damals, als er ihm Serial-Killer schilderte, damit er später daraus sein großes Werk erschaffen konnte. Er erzählte es nicht als faktische Realität oder in der zeitlichen Abfolge. Der Erzähler hüte sich vor der Wahrheit. Das war eine Erfindung der Philosophie oder der Justiz. Der Erzähler mache den Menschen blauen Dunst vor, nehme sie mit auf eine Reise, von der niemand wusste – oft nicht einmal er selbst –, wohin sie führen würde. War der Leser erst einmal an Bord, durfte er das Schiff nicht wieder verlassen. Notfalls rief man Stürme und haushohe

Wellen zu Hilfe, um ihn am Aussteigen zu hindern. Man ließ durchblicken, dass man noch längst nicht alles erzählt hatte, dass das Schlimmste noch bevorstand. Das Schlimmste! Nichts hielt den Leser besser bei der Stange. Hörst du, Ernest? Wenn das, was du erzählst, zufällig wahr ist, macht es nichts, erzähl es trotzdem. Du siehst ja an Serial-Killer: wahr oder unwahr, ihm war das wurscht. Darin bestand das Geheimnis seines Erfolgs. Und ich sage dir: Überall hingen Lautsprecher, damit man sein Geschrei besser hören, sich von ihm besser terrorisieren lassen konnte. Auf der Place de l'Opéra versammelten sich die Menschen in Gruppen unter den Lautsprechern, und obwohl sie überhaupt nicht verstanden, was er sagte, machte allein schon seine Stimme ihnen Angst. Eine Stimme aus dem tiefsten Abgrund der Gemeinheit. Eine Stimme, der Schmutz und Unrat unangefochtene Virilität verliehen. Sie klang wie Metall, das ins Publikum schnitt. Allein deshalb nahmen die Menschen eine halbe Stunde Fahrt mit der Metro und mehrfaches Umsteigen in Kauf und begaben sich zur Oper, nicht um Verdi oder Mozart zu hören.

Sondern um den Serial-Killer zu hören.

Denn er wusste, wie man Geschichten erzählt.

Er hatte ein Buch verfasst, das sich sehr gut verkaufte, aber kaum gelesen wurde. Doch als Erzähler hörte man ihm zu. Man brauchte ihn nur an einem größeren Platz abzusetzen und schon ging es los. Seine Anwesenheit allein genügte schon. Er brüllte, fasste sich an den Kopf, fuchtelte mit den Händen. Seine Bewegungen waren so beeindruckend, dass er sagen konnte, was er wollte, die Leute glaubten ihm. Wenn er die Augen schloss und den Kopf in den Nacken warf, dabei die Fäuste ballte und drohend gegen den Himmel erhob, sich dann trommelnd auf die Brust schlug, waren die Zuhörer völlig überzeugt. Und sie unterstützten ihn, indem sie sich ebenfalls auf die Brust trommelten. Das ist Identifikation. Auch wenn Serial-Killer nur ein Niemand war: Das Publikum fand ihn gut. Noch bevor er loslegte, ahnte man schon, dass die Dinge aus dem Ruder laufen würden. Darin lag seine Stärke. Er zeigte den Menschen das Schlimmste und sie waren trotzdem überrascht, als es dann eintrat. Woran das lag? Vielleicht an der Art, wie er seinen Blick über das Publikum schweifen ließ, vielleicht auch an seinem ungewöhnlich intensiven Schweigen. Merke dir, mein Lieber, die Kunst des Erzählens liegt in den Pausen. Serial-Killer hätte ohne ein einziges Wort eine endlose Geschichte erzählen können. Auch die großen Schriftsteller verstehen sich auf die Kunst des Schweigens, verstehen es, auf diese Weise Kontakt herzustellen. Das merkt man schon nach den ersten Zeilen. Mit dem Anfang eines Romans ist es wie mit dem Vorspiel in der Liebe. Darin liegt die ganze Kunst des Erzählers. Vergiss das nie, mein Kleiner, du musst den Leser fesseln, völlig gefangen nehmen, und es dann so anstellen, dass er nach mehr verlangt.

Ernest hörte zu.

Er lutschte sein Eis und wusste nicht, ob er eines Tages Schriftsteller werden würde oder ob er überhaupt Schriftsteller werden wollte.

Doch bei Samuel ging es ihm gut. Er gab ihm die Hand und alles schien leicht und einfach. Die *Belle Jardinière* glänzte in den Lichtern der Schiffe. Er musste nicht früh ins Bett, er musste gar nichts, nur den Abenteuern des Serial-Killers lauschen. Seine Freunde beneideten ihn darum, denn er erzählte ihnen auf seine Weise und mit seinen kleinen Änderungen die Geschichten vom Vorabend. Der Onkel hatte nichts dagegen.

Und nun verfasste er darüber einen großartigen Roman, weshalb er natürlich Besseres zu tun hatte, als einen halbseitig gelähmten alten Mann zu besuchen. Seine Kreuzfahrt auf der Seine hatte er verdient. Sollte er ruhig die ganze Nacht mit den schönsten Frauen von Paris tanzen.

Samuel freute sich darüber. Es erinnerte ihn an seine eigene Jugend, als sich seine Partnerinnen um die Ehre stritten, mit ihm den wiegenden Walzer der Mistinguett zu tanzen. Er drückte sie fest an sich, stieß sie wieder weg, holte sie zurück, stieß sie erneut fort – und das alles zu einem wahnsinnig schnellen Rhythmus.

Ein wahres Fest.

Und danach flüsterten sie ihm wie Ernest leise Versprechen ins Ohr …

*

… die Sehnsüchte wecken.

Das war es wohl auch, was Maryse zur Alma-Brücke getrieben hatte, Worte, die Alexis aus ihren Gedanken vertreiben sollten. Alexis, der sie einfach sitzen ließ. Für ihn war es an der Zeit weiterzuziehen. Von nun an würde sich sein Leben in Balbec abspielen. Dort gab es keinen Serienmörder, der ihm das Geschäft vermieste. In Paris konnte er nichts mehr verdienen.

Sie musste sich damit abfinden, entweder auf seine Rückkehr warten oder einen Ersatzmann suchen.

Nach seiner Abreise war sie an der Alma-Brücke spazieren gegangen. Überall Menschen, unter denen sich vielleicht auch Männer befanden, die Begierde verkauften oder Frauen umbrachten. Die Terrassen waren überfüllt, deshalb ging sie am Ufer entlang. Auf den Schiffen speisten Leute zu den Klängen eines Orchesters.

Schließlich fand sie eine Bank, setzte sich und nahm ein Päckchen Zigaretten aus der Handtasche.

Vor ihr leuchtete ein Feuerzeug auf.

»Bitte sehr.«

Der Mann, der ihr Feuer gab, saß neben ihr. Seine Gegenwart überraschte sie, denn sie hätte nicht sagen können, ob er schon auf der Bank gesessen hatte als sie kam oder ob er sich erst später dazugesetzt hatte.

In der Dunkelheit konnte sie sein Gesicht nicht erkennen, doch er wirkte attraktiv. Das lag an seiner dunklen, etwas rauen Stimme, die sofort ein Gefühl von Nähe entstehen ließ.

Sie nahm das Feuer an.

Und als er ohne Umschweife auf seine einsamen Träume zu sprechen kam, hörte sie ihm zu. Nur wenige Männer verstanden es, so mit einer Frau zu reden. Gleich zu Beginn auf das Wesentliche zu kommen. Wie Alexis, als sie ihn damals im *Mac-Mahon*, dem Lokal im Parterre ihres Hauses, kennen gelernt hatte. Das war kurz nachdem sie mit Ernest Schluss gemacht hatte. Alexis saß allein an einem Tisch und trank einen Martini. Ein Blickwechsel genügte. Sie hatte sofort verstanden, dass es noch am selben Abend passieren würde und dass sie ihn bezahlen musste. Und dass sie diese Erniedrigung brauchte, um ihre Lust zu befriedigen. Sie hatte sich ihm gegenübergesetzt. Schon nach den ersten Sätzen begann Alexis, sie unter dem Rock zu streicheln. Sie ließ es geschehen. Wie in *Le Rouge et le Noir*, als Madame de Rénal Julien gestattet, unter dem Tisch ihre Hand zu halten. Alexis ging noch viel weiter. Am Nachbartisch unterhielt sich ein Mann mit seiner Frau über seine Geschäfte. Er schimpfte über die hohen Steuern, die seine Firma in den Ruin trieben, und über die Gewerkschaften, die ihm das Leben zur Hölle machten. Die Frau langweilte sich, sie interessierte sich nur für das, was Alexis tat. Sicher hätte sie gerne an Maryses Stelle gesessen. Denn Alexis legte eine derartige Virtuosität an den Tag, dass sie alles darum gegeben hätte, nur damit er nicht aufhörte, auch wenn sie für jeden Quadratzentimeter Haut extra bezahlen musste.

Als sie in ihrer Wohnung ankamen, ließ er ihr kaum Zeit, die Tür zu schließen, bevor er sie nahm.

Sie waren die ganze Nacht miteinander beschäftigt gewesen.

Als sie dem Mann auf der Bank zuhörte, hatte sie den Eindruck, dass wieder eine solche Nacht vor ihr lag. Sie schaute einem Schiff Richtung Ile Saint-Louis nach. Auf der Brücke tanzten eng umschlungene Paare.

»Also?«, fragte der Mann.

Auf Alexis warten oder ihn ersetzen, überlegte sie wieder. Sie hatte nicht die geringste Ahnung, wann er zurückkommen würde. Wahrscheinlich war er längere Zeit in der Normandie beschäftigt. Damit er an sie dachte, hatte sie ihm *Er und ich* von Moravia geschenkt. Am Ende des Romans kehrte Rico wieder zu seiner Frau Fausta zurück, die er verlassen hatte, um sein unermüdliches Triebleben zu befriedigen. Das war ihre Art Alexis zu sagen, dass sie ihn sehnsüchtig zurückerwartete. Doch sie machte sich keine Illusionen: Er würde keine einzige Zeile lesen. Monate würden vergehen, bevor sie ein Lebenszeichen von ihm bekäme, und dann eines Tages würde er unvermutet wieder auftauchen.

Sie hatte sich allmählich daran gewöhnt.

»Also?«, fragte der Mann.

»Zu mir«, sagte sie. »Mein Wagen steht ganz in der Nähe.«

Er stand auf und folgte ihr, dabei fiel das Licht voll auf sein Gesicht. Als sie es sah, empfand sie Unbehagen. Er war nicht hässlich oder abstoßend, hatte regelmäßige Züge, so regelmäßig, dass nichts den Blick festhielt. Sie hatte das Gefühl, den Prototyp eines Gesichts zu sehen. Ein Gesicht, das die gesamte Menschheit enthielt und niemandem gehörte. Es war so glatt, dass es unmöglich schien, sich die geringste Leidenschaft darin vorzustellen oder gar einen Ausdruck von geteilter Lust und Befriedigung zu zeigen.

Ein leeres Gesicht.

Je länger sie es betrachtete, umso unbehaglicher wurde ihr.

Sie wünschte sich Alexis zurück, sofort.

7

Doch Alexis dachte nicht an sie.

Er war seit vierzehn Tagen in Balbec und die Geschäfte liefen gut an.

Gerade streichelte er gekonnt Raymondes Schulter.

Er hatte sie abgetrocknet, als sie aus dem Wasser gekommen war und nun flüsterte er ihr sehr gewagte Worte ins Ohr. Sie lachte laut auf und er wusste, dass sie ihn bald in ihr Zimmer im *Grand Hôtel* führen würde. Dort würde er ihr das Paradies zeigen.

Sinnenlust pur, das war sein Fach.

Raymonde war weder besonders hübsch noch besonders blond, aber gebleicht, Gesicht und Körper chirurgisch geformt, Silicon in der Brust, doch sie war die typische Kundin von Balbec. Als geübter Profi ließ sich Alexis Zeit. Bei einem geflickten Körper durfte man nichts überstürzen, musste man die Erregung allmählich steigern, nach jeder Etappe Pausen einlegen, bis man schließlich im Bett landete. Außerdem bestand kein Grund zur Hektik. Ihm ging es gut an diesem Strand. Die Sonne schien von einem makellos blauen Himmel. Es war relativ still, sie fühlten sich fast allein, nur ab und zu verirrte sich der Ball eines ungeschickten Volleyballspielers zu ihnen herüber. Alexis fürchtete, dass diese Unterbrechungen die Lust, die er gerade wecken wollte, beeinträchtigen könnten und er deshalb wieder bei Null anfangen müsste. Doch trotz der Störungen reagierte Raymonde weiterhin spürbar auf seine Bemühungen.

Er hatte sie am Vorabend im Restaurant *Marcel Proust*, das zum *Grand Hôtel* gehörte, kennen gelernt. Sie saß mit ihrem Gatten, ihren drei Kindern und dem Kindermädchen am Nachbartisch. Man spürte, dass sie erst seit kurzem im Geld schwammen. Alexis hatte seine ganz eigene Meinung über finanziellen Erfolg. Für die meisten seiner Kollegen war finanzieller Erfolg eher ein Hindernis für die Liebe. Nichts hielt die Menschen stärker vom Bett fern als die Tatsache, plötzlich die Taschen voller Geld zu haben, vor allem, wenn man auch nach gesellschaftlichem Erfolg strebte. Man musste viel Zeit damit verbringen, sich das richtige gesellschaftliche Verhalten, die Riten und Gepflogenheiten anzueignen. Die Angst, nicht auf der Höhe zu sein, bewirkte einen Konformismus und derart gespreizte Manieren, dass für die Lust, die immer zur Unzeit die Oberhand gewann, kein Raum mehr blieb. Deshalb wandten sich die Profis mit Vorliebe an alteingesessene vermögende Familien, deren Frauen ein so ausgeprägtes Selbstbewusstsein hatten, dass sie die schamlosen Ausrutscher der Liebe nicht fürchteten. Im Gegensatz zu seinen Kollegen verachtete Alexis auch die Neureichen nicht. Er wusste, dass nach dem ersten Taumel des Reichtums die Lust wieder an die Oberfläche drängte, und zwar umso heftiger, je länger sie verdrängt worden war. Den Männern standen für diesen Zweck gut eingespielte und diskrete Dienste zur Verfügung, doch Frauen fühlten sich allein gelassen. Deshalb kam er jedes Jahr ins *Grand Hôtel.* Hier fand er eine Kundschaft, die seine Dienste zu schätzen wusste. Vor allem auch, weil die Ehegatten im nahen Paris ihren Geschäften nachgingen und nur am Wochenende kamen, so dass die ganze Woche für ihn übrig blieb.

Mit Raymonde war es ein Kinderspiel gewesen.

An ihrem Tisch herrschte bleierne Langeweile. Ihr Gatte sprach kaum mit ihr, das Kindermädchen ermahnte mit leiser Stimme die streitenden Kinder. Ein Blickwechsel hatte genügt, um zu vereinbaren, dass sie sich nach der Abreise des Gatten am nächsten Tag treffen würden, sobald die Kinder im Mickymaus-Club untergebracht waren.

Der Preis lag in Alexis' Ermessen.

Sie trafen sich am Strand. Nach einstündiger Vorbereitung war Raymonde reif fürs Bett. Sie folgte ihm in sein Zimmer, wo er ihren Körper durch geschickte Berührungen zum Vibrieren brachte. Diese Qual setzte er noch eine Weile fort, damit die Lust im harten Liebeskampf den Körper in heftigen, anhaltenden Wellen durchströmen würde. Das war es, wonach es die Ehefrau des Neureichen gelüstete. Davon hatte sie die ganze Nacht geträumt, während der Gatte den Terminkalender für den nächsten Tag durchging. Bei Alexis bekam sie Qualität für ihr Geld, denn als erfahrener Callboy verstand er es, die geheimsten Winkel zu erobern, ohne dabei außer Acht zu lassen, dass die Zeit verging und er noch vor der Schließung des Mickymaus-Clubs zum Höhepunkt kommen musste. Er wartete daher nicht länger, sondern ließ der Lust freien Lauf.

Dann zog sie ihr Strandkleid wieder an, legte mehrere Geldscheine auf das Bett und verließ rasch das Zimmer.

Alexis beobachtete am Fenster, wie sei eilig am Strand entlangging und sich genau an der Stelle auf ihr Handtuch legte, an der sie vorher gesessen hatte. Ein paar Minuten später tauchte das Kindermädchen mit den Kindern auf.

Perfektes Timing, gute Arbeit.

Abends ging er ins Spielkasino.

Am Roulette-Tisch drängte sich die Menge. Viele hilflose Frauen versuchten, mit den glänzenden bunten Chips auf dem grünen Velours die Zeit totzuschlagen. Kaum hatte er den Raum betreten, fing Alexis bereits interessierte Blicke auf, vor allem den Blick einer Dame im weißen Kostüm mit platinblondem Haar, das in Locken auf ihre Schultern fiel. Sie verlor mit gleichgültiger Miene. Plötzlich sah sie ihn an. Er glaubte, ein Lächeln in ihrem undurchdringlichen Gesicht zu erkennen und begriff, dass der Mann neben ihr, Gatte oder Geliebter, kein Hindernis darstellte. Letzterer war zu sehr damit beschäftigt, die Kombinationen auszuprobieren, die ständig verloren. Auf Rot, auf Schwarz, auf Zahl, auf zwei Zahlen und Carré oder Linie, er verlor. Sein Arm entspannte sich nur, um einen Chip zu werfen, und seine Augen bewegten sich nur, um den Lauf der Kugel zu verfolgen. Alexis bemerkte erstaunt, wie blass der Mann war. Ein Pärchen ohne Beziehung. Wieder schaute sie zu ihm, zögerte noch zwischen mehreren Zahlen. Alexis wartete, bis der Croupier die Einsätze, die nicht gewonnen hatten, eingesammelt und die Gewinne verteilt hatte, warf dann einen Chip auf die Zweiundzwanzig, eine Einladung, sich am nächsten Tag an diesem Ort um zweiundzwanzig Uhr zu treffen. Die Antwort ließ nicht lange auf sich warten. Sie setzte dreitausend Francs auf die gleiche Zahl: Einverstanden, der Preis spielt keine Rolle. Alexis fiel auf, dass der Gatte sechstausend Francs auf die Zwanzig und Einundzwanzig geschoben hatte. Er wollte sicher darauf aufmerksam machen, dass sein Zug um einundzwanzig Uhr dreißig ging.

Leichten Schrittes verließ er das Kasino.

Die Saison begann vielversprechend.

Die Bar des *Grand Hôtel* war bereits geschlossen. Er ging direkt in sein Zimmer, duschte, legte sich auf das Bett und schaltete den Fernseher ein. Doch schon bald langweilte er sich und nahm das Buch, das ihm Maryse geschenkt hatte, vom Nachttisch. *Er und Ich.* Auf dem Umschlag war eine Teekanne in den Farben der italienischen Flagge abgebildet. Der Deckel der Teekanne hatte die Form eines Gesichts, das mit einem Auge finster auf den wie in einer Erektion aufgerichteten Schnabel blickte. Maryse hatte gesagt, damit könne er gemeint sein, denn es sei die Geschichte eines Mannes, der sich mit seinem Geschlechtsteil unterhalte. Der Gedanke erschien ihm sehr originell, doch bevor er das Buch anfing, musste er erst *Marathon in Spanish Harlem* zu Ende lesen.

Christina Lamparo schaute mutlos auf die lange Reihe von Metallpfosten, die die Pleasant Avenue säumten. Auf jedem Pfosten hätte eine Parkuhr sein müssen, doch längst hatten die kleinen Gangster des Viertels diese …

Doch er sollte nicht erfahren, was die Gangster des Viertels getan hatten. Er legte das Buch beiseite.

Genug gelesen.

Ein arbeitsreicher Tag lag vor ihm: nachmittags Raymonde, abends die Platinblonde aus dem Kasino.

Die Literatur musste warten.

*

Ernest fragte sich, wann Sabine nach Tunesien fahren würde. Sie sträubte sich plötzlich, wollte nur mit ihm gemeinsam fahren oder überhaupt nicht. Sie machte sich wieder Sorgen, dass er sie wegen einer anderen fortschicken wollte.

Um sie zu überzeugen, musste er schwören, spätestens in vierzehn Tagen nachzukommen. Sie würden nebeneinander am Strand liegen, sich gegenseitig mit nach Vanille, Kokosnuss, Banane oder Bergamotte duftendem Sonnenöl einreiben und im blauen, klaren Wasser baden. Und sie wären glücklich.

Schließlich flog sie doch.

Er war wieder allein im sonnigen Paris. Leer stehende Häuser, stille Wohnungen, kaum Autos auf den Straßen: eine Leere, in der sich seine Arbeit entwickeln, er das Viertel für sich haben konnte, ohne sich von außen beeinflussen zu lassen.

Er war allein mit seinem angefangenen Buch.

Wie viele – Dutzende? Hunderte? – vergaßen wie er Arbeit, Freunde, Frauen, Kinder, Gatten, Geliebte, um sich über ein weißes Blatt zu beugen. Die anderen verreisten, standen in langen Staus auf den Autobahnen, die Wettervorhersage kündigte überdurchschnittliche Hitze an, doch sie, die »Asozialen«, die Schreibwütigen, blieben zu Hause, scherten sich nicht um das Wetter, den blauen Himmel, die Sonne. Sie hatten ein Stelldichein mit Wörtern. Sie würden ihre Tage mit ihnen verbringen, in der Augusthitze, die sie kaum spürten. Vielleicht konnten sie später noch ausgehen? Sehr spät, wenn die Touristen längst in ihren Hotelbetten lagen. Manche überließen sich dem Trubel dekadenter Nächte, andere gingen in menschenleeren Straßen, ihre Sätze im Kopf drehend und wendend, spazieren. Sie trugen das Zeichen der Gnade, denn sollte ihnen, Männern oder Frauen, der Serienmörder begegnen, würde er einen Bogen um sie machen. Er würde seinen Blutdurst anderswo stillen. Er hatte sich noch nie an Schriftstellern vergriffen.

Sie waren Unberührbare.

Zu ihnen wollte er gehören.

Sich einen Platz in ihren Reihen schaffen.

Allein aus diesem Grunde schrieb er.

Bevor er anfing, machte er eine Kopie des ersten Kapitels und legte es in einen Ordner, den er erst »Versuche«, dann »Versuchung« nannte – das fand er passender. Dann erst begann er, die ursprüngliche Datei des ersten Kapitels zu bearbeiten. Zuerst Albertine. Das von der Hausarbeit ausgelaugte Mädchen machte einer eleganten Dame mit gepflegten Händen und vornehmen Manieren Platz. Dann kam Joseph an die Reihe. Kein lächerlicher, aufgeblasener und eingebildeter Typ mehr. Auch seine illustren Vorfahren wurden nicht mehr angezweifelt. Er war zwar weniger überzeugend, verlor die Unebenheiten und war nicht mehr so fotogen, doch er bekam, was ihm zustand. Er wollte, dass Albertine seine Annäherungsversuche nicht ablehnte? Kein Problem. Sie wurde schwach, ließ sich von seiner Abstammung und vor allem von seiner Persönlichkeit, die sie hinter seinem faden Äußeren vermutete, betören. Natürlich nur, um ihre Leute zu täuschen, wie Noël-Noël in *Le Père tranquille*, der die Gestapo täuschte, indem er sich als friedfertiger Kartenspieler ausgab. Wie oft hatte ihn Samuel in diesen Film mitgenommen! »Solche Leute waren nötig, um sich gegen den Serial-Killer zu erheben«, pflegte er zu sagen, wenn sie aus dem Kino kamen. Als er diese Korrekturen vorgenommen hatte, hielt es Ernest jedoch nicht für erforderlich, eindeutig klarzustellen, ob Albertine Josephs Annäherungsversuchen nachgegeben hatte oder nicht. Er wusste es selbst nicht, außerdem konnte eine gewisse Vagheit der Geschichte nicht schaden.

Die Überarbeitung fiel ihm leichter als er gedacht hatte. Natürlich hatte die Qualität darunter zu leiden, doch für Joseph dürfte das genügen. Bei Christine Etchigolan wäre es etwas anderes. Diese Frage verschob er lieber auf später. Zuerst sein Auftrag.

Er fing das nächste Kapitel an.

Visuell, hatte Joseph gesagt. Das war kein Problem. Seine Formulierungen wirkten wie laufende Bilder, man konnte sich die Figuren bildlich vorstellen, fast hörte man ihre Schritte auf dem Asphalt. Wie Joseph es gewünscht hatte, stellte er die Irrfahrten des Mörders eher sinnbildlich dar. Seine Church-Schuhe fraßen Kilometer um Kilometer auf dem Gehweg, denn Church verband Tragekomfort mit Tradition. Seine Hände, die in butterfarbenen Old Englands steckten, schlossen sich um Albertines Hals, drückten zu. Die Verbindung zum ersten Mord, dem Grundstein für alle weiteren Morde, bewegte sich zwischen Rückblick und ständiger Wiederholung. Sehr gelungen. Die Church-Schuhe wurden plötzlich älter, das Leder setzte Patina an, dann waren die Sohlen abgelaufen und von einer Alterung zur nächsten entstand eine Figur in respektablem Alter, gesundheitlich angeschlagen, wie man an seinen endlosen Hustenanfällen hören konnte. Ein Serienmörder, dem die Luft ausging, der sich auf öffentlichen Bänken ausruhen musste und dabei Tauben fütterte oder seinen Durst aus einer kleinen Flasche Mineralwasser, die er immer in der Aktentasche mitführte, stillte – sehr ungewöhnlich.

Und erfreulich.

Nach ein paar Seiten wurde ihm klar, dass er noch giftiger war als im ersten Kapitel, das nun im Ordner »Versuchung« lag.

Doch er korrigierte nichts, wollte es lieber darauf ankommen lassen.

In den folgenden zwei Wochen schrieb er noch zwei weitere Kapitel.

Keinen Augenblick dachte er dabei an seinen Auftraggeber. Und keinen Augenblick fiel ihm auf, dass er nichts von ihm hörte.

*

Dieser saß an seinem Fenster und versäumte keine Zeile. Und was er sah, beunruhigte ihn sehr.

Anfangs hatte sich Joseph über Sabines Abreise gefreut. Jetzt konnte er endlich konzentriert arbeiten, dachte er. Doch nun beunruhigte ihn Rippers Arbeitswut.

Das hektische Tippen, der glänzende Blick, das Lächeln, das mit jedem Satz breiter wurde, das alles verhieß nichts Gutes. Er erinnerte sich nur zu deutlich an die Übertreibungen im ersten Kapitel. Nun hatte er den Eindruck, einer Farce beizuwohnen, bei der er das Nachsehen haben würde.

Gelegentlich gab er seinem Zorn nach und richtete seine 9 -mm-Parabellum auf den Schriftsteller.

»Wenn er sich über mich lustig macht, kommt ihn das teuer zu stehen«, dachte er.

Er wartete vierzehn Tage, und als er meinte, Ripper habe genügend geschrieben, rief er ihn an und vereinbarte ein Treffen im *Lapin.*

*

Ripper schien froh, ihn zu sehen.

»Ihr erstes Kapitel«, sagte er und reichte ihm ein etwas dünneres Manuskript als beim letzten Mal. »Diesmal sind

Sie bestimmt zufrieden. Vielleicht noch ein paar Kleinigkeiten hier und da, mehr nicht. Danach können Sie die nächsten zwei Kapitel lesen.«

Zögernd nahm Joseph die Blätter und begann nach einer lächelnden Aufmunterung durch Ripper zu lesen.

Diesmal ging Ernest nicht fort, sondern wartete einfach. Ab und zu zündete er sich eine Havanna an, bestellte einen Nuit au Cap oder ging einmal um den Place du Tertre, um sich die Beine zu vertreten. Doch er blieb in Reichweite für den Fall, dass Joseph eine kritische Anmerkung oder eine Frage hatte.

Als er zu Ende gelesen hatte, strahlte Joseph über das ganze Gesicht.

Ripper hatte sich seiner Aufgabe sehr geschickt entledigt. Es klang zwar ein bisschen gezwungen, aber er hatte ein ordentliches Bild von Albertine und ihm selbst gezeichnet … und es war eine gute Idee, lediglich durchblicken zu lassen, dass die beiden … *Wie ein Leuchten des Glücks in Albertines Augen* … Mehr nicht. Eine gute Geschichte ließ immer einen gewissen Zweifel bestehen. Joseph konnte es kaum fassen, dass mit Worten, die ihm selbst nie eingefallen wären, über ihn geschrieben wurde. Bei seiner Beschreibung hatte sich Ripper an die Phantombilder gehalten, die durch die Presse gingen. Nicht immer schmeichelhaft, aber die Geschichte gewann dadurch sehr an Glaubwürdigkeit. Der Leser wäre umso leichter zu überzeugen, als er das Gesicht vor Augen hätte, das auf den Titelseiten der Zeitungen präsentiert wurde. Außerdem war dieses Gesicht nur augenscheinlich ausdruckslos. Ausgezeichnet auch, an Noël-Noël in *Le Père tranquille* gedacht zu haben. Er selbst hatte den Film mehrmals gesehen. Hinter dem Familienvater verbarg sich eine komplizierte Persönlichkeit. Ripper stellte ihn nun auch als herausragenden Cineasten und als Zigarrenliebhaber dar. Wie sich später herausstellen sollte, brachte er es fertig, eine Frau zu erwürgen und dabei die Vorzüge einer Partagas zu preisen. Diese Darstellung schmeichelte ihm. Die Witwe wäre sicher erfreut.

»Also?«

»Perfekt!«

»Wie ich Ihnen versprochen habe«, triumphierte Ernest.

Marmaduke brachte ihnen wieder einen Eiskübel mit der gewohnten Flasche Dom Pérignon.

»Auf Ihr Wohl«, sagte Joseph und hob sein Glas.

»Trotzdem kann ich Ihnen einen kleinen Vorwurf nicht ersparen«, fuhr er fort. »Manchmal hat man den Eindruck, dass Sie nicht ganz von meiner aristokratischen Abstammung überzeugt sind. Ich darf Ihnen versichern, dass sie echt ist. Das müssen Sie betonen, diese verfluchte Abstammung wirft ein ganz anderes Licht auf den Mörder. Man versteht dann besser, woher er kommt, wohin er geht, was ihn dazu treibt, diese Morde zu begehen. Morde, die eine brutale Tradition haben, die über Jahrhunderte hinweg das Markenzeichen einer Elite war. Und die es in vieler Hinsicht auch heute noch ist.«

»Machen Sie sich keine Sorgen«, meinte Ernest. »Wir arbeiten daran. Dabei gehen wir in kleinen Schritten vor. Ein kleiner Hinweis in jedem Kapitel. Wir demonstrieren Ihre Herkunft in kurzen Rückblenden, die bis ins Mittelalter zurückreichen. Wir lassen den Leser bis zu einem gewissen Grad im Ungewissen, liefern ihm aber alle Fakten, die er braucht, um sich eine eigene Meinung zu bilden. Verstehen Sie?«

»Absolut, Meister! Es wird noch spannender, wenn Sie in Ihrer bildhaften Sprache die ganze Atmosphäre des Mittelalters vor dem Auge des Lesers entstehen lassen.«

Ein paar Minuten lang beschäftigten sie sich damit, ihren Champagner zu trinken und ihre Havanna zu rauchen. Es war fast Mitternacht, im *Lapin* drängten sich die Menschen. Touristen, deren Sprachenvielfalt dem Café einen Hauch von Babel verlieh. Joseph bemerkte die Frau, die auch die letzten Male hier gewesen war. Sie saß wie immer allein an einem Tisch. Wie üblich trug sie ein graues Kostüm und war diesmal in *Anna Karenina* vertieft. Sie schien sich jedoch nicht besonders auf ihre Lektüre zu konzentrieren, sondern wirkte ein bisschen hilflos unter den vielen Leuten, was ihre Einsamkeit noch unterstrich.

»Sie müssten mich einmal auf meinen Ausflügen begleiten«, meinte Joseph. »Dann könnten Sie die Atmosphäre besser erfassen, die meine Notizen nur ungenügend wiedergeben.«

Ernest riss die Augen auf.

»Auf welchen Ausflügen denn?«

Joseph wies auf die Zeitung, die vor ihm lag. Die erste Seite zeigte fünf neue Frauenfotos.

»Glauben Sie etwa, ich hätte nichts zu tun? Wenn Sie mich begleiten, werden Sie sehen, was man für diese Ausflüge braucht: messerscharfe Sinne, einen klaren Verstand und den Instinkt eines Jägers, um unter Tausenden das richtige Opfer auszusuchen, das die Begegnung nicht überleben wird.«

Er warf einen Blick auf seine Uhr.

»Ich muss jetzt gehen, wir treffen uns morgen oder übermorgen. Es wird Sie bestimmt interessieren. Ihre

Arbeit hat mir sehr gefallen. Wenn Sie so weitermachen, werden wir uns bestimmt verstehen.«

Er hielt Ernest einen Umschlag hin.

»Lehnen Sie nicht ab, Sie haben es verdient. Es ist nicht viel, noch ein kleiner Vorschuss, der später vom Verkauf unseres Bestsellers abgezogen wird. Ich habe es eilig, aber ich rufe Sie morgen an, damit wir ein Treffen vereinbaren können.«

Sicher eine Frau, die er umbringen will.

Ernest konnte ihn einfach nicht ernst nehmen. Deshalb war es ihm so leicht gefallen, die Kapitel zu überarbeiten, ihm darin um den Bart zu gehen und die ganzen Verbrechen ordentlich drastisch zu schildern. Er schaute ihm nach, wie er sich zum Ausgang schlängelte, ein dunkler Schatten, der sich zwischen den Tischen einen Weg bahnte, sich unter die Menschen mischte, die ihn umgaben, und in deren Anonymität völlig verschwand. Er hatte das Café schon verlassen, noch bevor er hinausgegangen war. Als wäre er nie da gewesen.

Doch sein Umschlag lag auf dem Tisch, dick und gelb. Er enthielt mindestens dreißigtausend Francs, das fühlte er, und vielleicht auch ein oder zwei Partagas 8-9-8 oder Lonsdales.

Die Havannas des Verrückten.

Ernest wollte gerade den Umschlag öffnen, als er Marmadukes glasige Augen auf sich gerichtet sah. Er steckte den Umschlag ein und ging.

Draußen herrschte drückende Schwüle, ein Gewitter hing in der Luft. Der Umschlag beulte die Innentasche seiner Jacke aus. Nach den Partagas, den Nuits au Cap und dem Champagner fühlte er sich nicht ganz wohl. Eine

Melodie von Nougaro, die er schon lange nicht mehr gehört hatte, ging ihm durch den Kopf.

Ein weinendes kleines Mädchen
In einer verregneten Stadt.

Sie war ihm bei den ersten Regentropfen eingefallen. Doch wozu? Jetzt nach Hause, duschen, umziehen – lieber Yves Saint-Laurent als Armani –, ein Taxi und auf ins Nachtleben der teuersten Bars von Paris.

Diesmal würde er es dorthin schaffen.

Sabine war in Tunesien.

Jetzt oder nie.

*

Mitten in der Nacht stand er am Place de la Concorde. Die Melodie von Nougaro ging ihm noch immer durch den Kopf:

Und ich laufe ihr nach,
Mitten in der Nacht,
Was habe ich ihr nur getan?

Hatte es ihr in Tunesien etwa nicht gefallen?

Ausgerechnet in dem Augenblick zurückzukommen, als er sich gerade zum Ausgehen fertig machen wollte!

Bei ihr hätte er damit rechnen müssen. Als er aus dem *Lapin* zurückgekommen war, hatte sie mit dem Koffer vor seiner Tür gestanden. Wie ein Flüchtling, der gerade in Roissy gelandet war. Ein Flüchtling im Minikleid mit Sonnenbrand. Warum war sie zurückgekehrt? Sie hatte doch alles in Tunesien: Strand, Sand, blaues Meer, Bekanntschaften. Genügte ihr das nicht? In der Hand hielt sie *Ich glaube an das Glück* oder etwas Ähnliches. Es war zu düster im Treppenhaus, aber *Glück* stand in goldenen Buchstaben darauf. Es war nicht zu übersehen.

Er wartete darauf, dass sie ihn ohrfeigen würde, doch sie hämmerte schreiend auf seine Brust:

»Du liebst eine andere! Du liebst eine andere! Hast du mich deshalb dorthin geschickt? Du kommst doch gerade von ihr, oder? Du glaubst wohl, dass ich es nicht merke?«

Er war so verblüfft, dass ihm keine Antwort einfiel. Zu viele Nuits au Cap, Havannas, Dom Pérignons, Mörder und verfluchte Vorfahren.

Schluchzend fügte sie hinzu:

»Ich wollte nur sicher sein. Aber reg dich nicht auf, ich geh ja schon wieder.«

Sie ließ ihr Buch fallen und rannte die Treppe hinunter.

Obwohl er betrunken war, lief er ihr nach.

Auf jedem Treppenabsatz rang er nach Luft. Auf der Straße war kein Mensch mehr, selbst die Touristen schliefen schon. Wie spät mochte es wohl sein? Seine Kelton war stehen geblieben. Von Josephs Geld hätte er sich längst eine neue kaufen können, eine Uhr, die seinem literarischen Rang entsprach.

Doch zuerst musste er das Mädchen einholen.

Er lief schon eine Ewigkeit. Boulevard de Clichy bis zum Place Clichy, dann Rue Amsterdam, im Laufschritt mit schmerzhaften Seitenstichen. Sie waren schon am Bahnhof Saint-Lazare vorbeigelaufen ohne anzuhalten, und er lief, schnaubte, stöhnte, fragte sich ständig warum, warum nur war sie zurückgekommen und hatte ihm den Abend versaut? Was hatte er dem Herrgott getan, zum Teufel? Auf diese Weise liefen sie die Rue du Havre hinunter, überquerten den Boulevard Haussmann, dann die Rue Tronchet Richtung La Madeleine. Dort blieb er stehen, weil er nicht mehr weiterkonnte und erst einmal Luft holen musste.

Im selben Augenblick brach das Gewitter los. Wo ging es hier zur Seine?, fragte er sich.

Sie lebte so sehr in ihren Schnulzenromanen, dass nichts sie hätte aufhalten können. Da ihm nichts Besseres einfiel, wandte er sich Richtung Concorde.

Der Platz war menschenleer.

Plötzlich sah er sie etwa hundert Meter weiter vorne auf dem Brückengeländer stehen, hoch aufgerichtet, den Kopf leicht vorgestreckt, den Oberkörper vornübergebeugt. Diese Haltung der Schönen und Verzweifelten, bereit, sich in die Tiefe zu stürzen. Sie gefiel ihm. Wenn sie dieses Spiel an ihrem Fenster im vierten Stock spielte, hielt er sie in der Regel an der Taille zurück und sie sanken fest aneinander gepresst auf die Wohnzimmercouch. Bestimmt wartete sie nun ebenso darauf, dass er sie zurückhalten würde. Sie hob die Arme über den Kopf, bereit zum Sprung. Durch die Bewegung rutschte ihr Kleid über die Hüften und er konnte ihren String sehen, der sich leuchtend weiß von ihrer braun gebrannten Haut abhob.

Ihm fiel ein, dass sie sich im achten Bezirk befanden, und plötzlich überkam ihn die Angst, weil er soeben den Serienmörder gesehen hatte.

Unglaublich.

Genauso, wie er ihm im *Lapin chasseur* noch vor wenigen Minuten gegenübergestanden hatte.

Es bestand überhaupt kein Zweifel. Dieser Schweinehund war ihnen gefolgt. Es war seine obskure unterwürfige Gestalt. Wehe dem, der sich in sein Revier wagte!

Er schlich näher an sie heran.

Heimlich, ein knallharter Mörder. Ernest bewunderte die Leichtigkeit seiner Bewegung. Sabine ahnte nichts. In der Hand hielt der Mörder einen Gegenstand, den Ernest nicht genau erkennen konnte. Er war zu weit entfernt und der Regen fiel jetzt stärker.

Wasser steht mir in den Augen.

Brummte er eine Melodie von Nougaro?

Joseph bewegte sich geschmeidig auf sein Opfer zu und Ernest erinnerte sich an seine Worte im *Lapin*: »messerscharfe Sinne und den Instinkt eines Jägers, um das richtige Opfer auszusuchen.« Und da war er nun. »Er bringt wirklich Frauen um!«, dachte er. Nur noch zwei, drei Meter trennten den Mörder von dem weinenden jungen Mädchen in der verregneten Stadt. Und Ernest konnte es nicht verhindern. Er war noch viel zu weit entfernt. »Guter Gott!«, dachte er. »Sie ist aus Tunesien zurückgekommen, um sich von diesem Verrückten abschlachten zu lassen!«

Sie warf den Kopf zurück, denn sie war überzeugt, dass es Ernest war, der hinter ihr stand, wie immer bereit, sie aufzufangen, wenn sie sich in die Tiefe stürzen wollte. Doch diesmal war es anders. Mit einer präzisen Bewegung rammte ihr Joseph den Gegenstand zwischen die Schulterblätter. Sie stieß einen Mark erschütternden Schrei aus und kippte in die Tiefe.

Ernest hechtete auf sie zu, doch als er die Stelle erreichte und über das Geländer blickte, konnte er nur das leise Plätschern der Wellen hören.

Und nur der Schatten kannte das Geheimnis der Zuckungen dieser dunklen Form, die im Wasser verschwand.

Mit diesem Satz schloss die Schilderung von Javerts Tod in *Die Elenden*, wenn er sich recht erinnerte.

Fünfter Teil, viertes Buch.

*

Es war dieser Satz, der ihn in dem Augenblick weckte, als er Joseph am Genick packte und brüllte:

»SCHWEINEHUND! MÖRDER! DRECKSTÜCK!«

Doch das hatte keinen Sinn mehr. Das junge Mädchen war in Tunesien und er lag ausgestreckt auf der Wohnzimmercouch in seinem völlig zerknitterten Anzug von Yves Saint-Laurent. Kaum hatte er ihn angezogen, war er auf die Couch gesunken. Die Partagas, die Nuits au Cap, der Champagner, Joseph und seine Abstammung waren einfach zu viel für ihn gewesen.

Seine Kelton zeigte vier Uhr morgens.

Auf dem Tisch lag Josephs Umschlag. Er hatte nicht einmal einen Blick hineingeworfen.

Zu müde.

Jetzt öffnete er ihn. Bündelweise fielen die Fünfhundert-Francs-Scheine auf den Tisch. Er ist nicht geizig, mein Auftraggeber! Genug für eine nette Party in der Rue de Tilsitt.

Er unterdrückte ein Gähnen und schlief wieder ein.

Am nächsten Tag flog er nach Tunesien.

Business-Class, als Entschädigung für den versauten Abend. Während des Flugs dachte er an seinen Traum, an Joseph und an den strahlend weißen String in der Dunkelheit. Vor seinem Abflug hatte er im Sexshop in der Rue Fromentin für Sabine noch genau so einen String gekauft.

Und er hatte auch sein PowerBook nicht vergessen.

8 »In Aim'-sur-Meuse herrschte eine extreme Luftfeuchtigkeit, die einen förmlich verschimmeln ließ. Die einzige Rettung war der Strand.«

Der Mann im Sessel schwieg. Vielleicht schlief er? Maryse erinnerte sich zwar nicht mehr genau, aber sie dachte an eine ähnliche Situation, die in einem Roman oder Film vorkam. Ein Psychiater schlief während einer Sitzung ein. Als er aufwachte, lag seine Patientin erwürgt auf der Couch. Die Vorstellung war wirklich nicht angenehm, doch sie mochte sich nicht umdrehen, um zu sehen, ob er tatsächlich eingenickt war.

»Wir liefen also an den glühend heißen Strand«, fuhr sie fort. »Während ich schwimmen ging, schrieb Ernest. Er konnte sich über den Anfang eines Satzes freuen wie ein Kind. Seine Anfänge waren immer rasant, doch zwanzig Seiten später kam in der Regel der Reinfall. Er erzählte mir einmal, dass ich ihn zu erotischen Gedichten inspirieren würde. Ich als seine nach Sex duftende Muse. Das gefiel mir. Ob er allerdings die Gedichte je geschrieben hat? Das hinderte ihn aber nicht daran, sich wie ein verdammter Schriftsteller aufzuführen. Davon hatte ich bald genug und suchte mir Liebhaber, um mir das Leben halbwegs erträglich zu machen.«

Sie wartete auf eine Frage, die jedoch nicht kam, und meinte dann:

»Männer können ganz schön langweilig sein! Vor etwa einem Monat schlenderte ich über die Alma-Brücke, als mich ein Typ ansprach. Es war schon Abend, und ich konnte in der Dämmerung sein Gesicht nicht sehen, aber er wirkte sehr attraktiv. Groß, gut gekleidet, sehr angenehme Stimme. Mir gefiel, was er sagte. Als ich aber sein Gesicht im vollen Licht sah, hatte ich plötzlich Angst. Es war so fade und banal, dass ich dachte, ich hätte den Serienmörder vor mir. Ich bin dann davongelaufen, aber er hat mich eingeholt. Seine Frau hatte ihn gerade verlassen, und er flehte mich an, ihn jetzt nicht allein zu lassen, auch wenn wir uns nicht liebten, das mache nichts, er wolle nur nicht allein sein. Ich fand das so gemein, dass ich lieber dem Mörder über den Weg gelaufen wäre. Alexis ist anders, er begnügt sich damit, Sinnlichkeit zu verkaufen. Zumindest weiß man dann, woran man ist ... Finden Sie nicht?«

Der Mann im Sessel antwortete nicht.

Wieder dachte sie, er sei eingeschlafen. Oder dachte er vielleicht, er verkaufe Schweigen?

»Ernest war ganz das Gegenteil. Bei ihm war immer alles kompliziert. Ich musste ihm ständig Mut machen, ihm sagen, dass er der Beste sei, dass er Talent habe. Lauter solche Dinge. Als ich bei Condorcet anfing, ließ er mich nicht mehr los. Für ihn saß ich jetzt auf dem Olymp, wählte die Auserwählten aus, die mir zitternd ihre Werke entgegenstreckten. Er zeigte mir *Das Jüngste Gericht*. Es war nicht zu gebrauchen. Natürlich gab es schöne Formulierungen und gute Ansätze, aber das alles führte zu nichts. Das habe ich ihm dann auch gesagt, doch er wollte es nicht hören. Er stürzte sich wieder auf seine Tastatur und schrieb wie ein Wilder. Tagsüber übersetzte er für Romance, nachts arbeitete er an seinem großen Werk. Verrückt. Hätte er mich mit einem anderen Mann im Bett überrascht, hätte er mir zuerst einmal gezeigt, was er gerade geschrieben hatte. So konnte es nicht weitergehen …«

Wieder wartete sie vergeblich auf eine Reaktion des Mannes im Sessel. Enttäuscht blickte sie auf das Bild an der Wand. *Der 24. Tag.* Das Schweigen dauerte eine Weile.

»Man muss sich klar machen, dass ein Verlag keine philantropische Gemeinschaft ist. Wir veröffentlichen ein Buch, weil wir daran glauben, oder weil es um Leute geht, die so bekannt sind, dass sich das Werk bestimmt gut verkauft. Aber Ernest, Sie können sich gar nicht …«

»Gut, Madame.«

Er unterbrach sie so plötzlich, dass sie erschrak. Als sie sich erhob, stand er mit den Händen in den Taschen da und wartete.

Sie legte fünfhundert Francs auf den Schreibtisch, reichte ihm die Hand und ging. Draußen war es heiß. Die Avenue Trudaine war nahezu menschenleer. Sie würde erst im Herbst wieder herkommen. In der kommenden Woche würde ein ziemlich öder Urlaub in Griechenland beginnen.

Ihr Wagen stand vor dem Jacques-Decour-Gymnasium. Sie dachte an Alexis, als sie losfuhr. Er hatte sich noch kein einziges Mal gemeldet.

*

Er hatte keine Zeit, sich zu melden.

Nach Raymonde kam die Platinblonde vom Roulette.

Er traf um Punkt zweiundzwanzig Uhr im Kasino ein, baute sich ihr gegenüber auf der anderen Seite des Tisches auf, doch sie hob nicht einmal den Blick. Es sah aus, als hätte sie sich seit dem Vorabend nicht von der Stelle gerührt. Sie saß auf demselben Platz in demselben weißen Kostüm, ihre platinblonden Haare fielen wie am Abend zuvor über ihre Schultern, und sie verlor mit der gleichen Verbissenheit. Nichts hatte sich geändert, nur dass sie jetzt eine Sonnenbrille trug. Alexis warf zweitausend Francs auf Zero. Sie war offenbar schon lange nicht mehr gekommen, denn niemand riskierte einen Einsatz auf Zero. Nicht so wichtig, er hatte ganz intuitiv gehandelt. Sein Instinkt sagte ihm, dass man bereit sein musste, alles zu verlieren, wenn man gewinnen wollte. Lange blieb er nicht allein. Die Platinblonde hob den Kopf, zögerte, setzte dann ebenfalls zweitausend Francs auf Zero. »Rien ne va plus«, verkündete der Croupier und absolute Stille trat ein. Die Kugel prallte mehrmals gegen den Holzrand und die Fächer der Scheibe, bis sich der Zylinder allmählich langsamer drehte und sie schließlich in das Fach der Null glitt, wo sie ihren Lauf beendete. Die Platinblonde hob ihre Sonnenbrille – sie verbarg von Müdigkeit gerötete Augen – und lächelte ihn triumphierend an. Nun erkannte sie ihn erst.

Er lächelte zurück.

Der Croupier zahlte ihnen jeweils siebzigtausend Francs aus. Alexis warf einen Tausend-Francs-Chip für das Personal auf den Tisch und ließ seine zweitausend Francs auf der Null stehen, doch er wartete das Ergebnis nicht ab, sondern sammelte seinen Gewinn ein und wandte sich in dem sicheren Wissen, dass sie ihm folgen würde, zur Kasse.

Sie traf ihn draußen.

»Ich heiße Jackie«, sagte sie.

Dann hob sie eine lange Zigarettenspitze an die Lippen, er gab ihr Feuer, und sie gingen in sein Zimmer im *Grand Hôtel*.

Dort verbrachten sie die Nacht.

Und dieses eine Mal ließ er sich nicht bezahlen.

*

Sabine erwartete ihn schon am Flughafen.

Sobald sie ihn sah, warf sie sich in seine Arme, und sie küssten sich immer wieder unter den witzelnden Anspielungen der Zöllner und Flughafenangestellten, dann unter den neidischen Sprüchen des Taxifahrers, der sie ins Feriendorf brachte.

Nachdem sie sich im Bungalow geliebt hatten, gingen sie zum Strand. Sabine war nahtlos braun, und er ärgerte sich, dass er einem dummen Traum nachgegeben und zu ihr geflogen war, obwohl sie offenbar auch recht gut ohne ihn zurechtkam. Hier trat der Altersunterschied besonders deutlich zu Tage. Sein weißer, vom Alkohol aufgedunsener Körper machte keinen besonders guten Eindruck neben Sabines harmonischen Formen und den athletischen Muskeln unter der braun gebrannten Haut der Männer am Strand, die weit jünger waren als er.

Eine Woche später war er selbst ebenfalls gebräunt und

stellte fest, dass die anderen Vierziger und Fünfziger im Dorf unter ihrer Bräune auch nicht anders aussahen mit ihren wabbelnden Muskeln, die durch Aperitifs, reichliches Essen und Bewegungsmangel jeden Tag schlaffer wurden. Viele schienen Sabine gut zu kennen. Sie suchte sich immer Männer aus, die Sicherheit ausstrahlten. Ernest sah darin eine Gelegenheit, ihnen näher zu kommen. Sie erinnerten ihn an seine Freunde im *Balto*, Rue des Abbesses. Oft verbrachte er Stunden in ihrer Gesellschaft, er mochte ihre unsicheren Bewegungen und ihr Gestammel im Alkoholdunst. Am Tresen offenbarte die Menschheit ihre besten Exemplare. Diese Menschen mit ihren geröteten Gesichtern waren ihre wahrhaftigen Repräsentanten. Samuel sagte immer, ihnen habe Serial-Killer seinen phänomenalen Aufstieg zu verdanken, und er bat Ernest, ihnen bissige Seiten zu widmen.

In Tunesien war es nicht anders: Anstatt am Tresen zu stehen, ging man nackt zum Strand und profitierte von der Nähe zu denen, die ihre Nacktheit in dem Wissen zur Schau stellten, dass diese Intimität nicht lange anhalten würde.

Ernest ging zum Strand, spielte Boule-Partien mit, witzelte, trank Aperitifs, ging nackt in der Strömung, die ihn aufs Meer hinauszog, schwimmen. Sabine, die gerne erzählt hätte, dass er Übersetzungen für Romance machte, verdonnerte er zu absolutem Schweigen. Er wollte einfach nicht darüber reden. Trotzdem ging bald das Gerücht um, dass er Schriftsteller sei. Aus Angst, als Ignorant zu gelten, fragte niemand, was er schrieb, und er hütete sich, darüber zu reden. Seine Zurückhaltung wurde als Bescheidenheit aufgefasst, ein untrügliches Zeichen für Talent. Man fühlte sich geehrt, einen wahrscheinlich sehr berühmten Mann kennen gelernt zu haben, auch wenn man selbst noch nie von ihm gehört hatte. Ernest bot dieser Ruf, so beschränkt er auch sein mochte, einen Vorgeschmack auf den literarischen Ruhm, von dem er immer schon geträumt hatte.

Das war seine schönste Erinnerung an Tunesien.

Man traf ihn auf Karaoke-Partys, beim Tanztee, und sah ihn mit den anderen zur Begleitung des Orchesters klatschen. Für einen Schriftsteller wirkte er sehr unkompliziert. Wenn keine Band spielte, legte der DJ Hits auf, die Sabine zum Träumen brachten. Man tanzte eng umschlungen zu Céline Dions *Titanic.* Ernest fand es erregend, erhitzte Frauenkörper an sich zu drücken, doch wegen Sabine traute er sich nicht. Die Umarmungen am Strand, die im Sand ausgestreckten Leiber, die Zärtlichkeiten, die aus der Ferne herüberklingenden Gitarrenakkorde, das Plätschern der Wellen, die aufkommende Lust und die Rückkehr zum Bungalow, das alles hätte ihm sehr gefallen. Stattdessen hielt er sich an seinem PowerBook schadlos. Im vierten Kapitel entwarf er Josephs Stammbaum. Er ging bis zu Hans dem Schrecklichen und dem dritten Kreuzzug zurück, erklärte, dass er anstatt das Grab Christi zu befreien zum Islam übergetreten sei und in Akko das laszive Leben eines orientalischen Prinzen führte. Doch Gott strafte ihn. Zu den schrecklichsten Strafen, die er ihm und seinen Nachkommen auferlegte, gehörte, dass alle zwei bis drei Generationen ein Verbrecher geboren wurde, dessen finstere Taten das Haus Archimboldo endgültig entehrten. Ernest machte sich keine Gedanken darüber, ob diese Darstellung Josephs Erwartungen entsprach. Er ließ seiner Phantasie einfach freien Lauf. Sabine schlief nackt neben ihm. Wenn er fertig war, würde er sie liebkosen und dann mit ihr schwimmen gehen. Manchmal dachte er an Maryse, an ihren Urlaub in Griechenland. Er hatte damals geschrieben, während sie im Meer badete. Abends waren sie spazieren gegangen und hatten sich dann in ihrem Hotelzimmer geliebt. Vielleicht war sie mit einem ihrer Gigolos gefahren? Es sei denn, sie arbeitete bereits an ihrem literarischen Herbstprogramm. Damals bedeutete das endlose Telefongespräche mit allen, deren Meinung von Belang war. Sie war in vielen Bereichen tätig, aber das literarische Herbstprogramm war allein ihre Sache. Ernest sagte sich, dass eines Tages auch seine Werke dazugehören würden und hämmerte wild auf seinen Mac ein.

Und er kam gut voran.

Seite um Seite entstand der kriminelle Stammbaum des Joseph Archimboldo. Mit mittelalterlicher Folklore, Geldeintreibungen und kriegerischen Heldentaten. Obwohl ihm sein Text gefiel, fand er ihn doch etwas unzusammenhängend, nur nach der Eingebung des Augenblicks aufgebaut. Doch er spürte die Kraft, die von seinen Formulierungen ausging, sah die Grundzüge des fertigen Buches schon vor sich. Er würde vom Beginn seiner Karriere als Schriftsteller erzählen, die er dem Mann mit dem ausdruckslosen Gesicht zu verdanken hatte. »Genau das müsste ich machen«, dachte er. »Dieses Abenteuer schildern, als würde ich darüber Tagebuch führen.« Die Treffen im *Lapin chasseur*, die angsterfüllte Atmosphäre in Paris, all das müsste er beschreiben. Für Josephs Traumvorstellungen konnte er seine eigenen Kinderträume heranziehen, Phantastereien, deren Stoff ihm Samuel geliefert hatte. Josephs ausgefallene Abstammung stünde im Gegensatz zu jenem Familienstammbaum, von dem ihm der Onkel immer wieder erzählt hatte. Eine Ahnenreihe von Gelehrten, Dichtern, Mathematikern und Ärzten, die ihre Lehre überall in Europa verbreitet hatten. »Du bist der Erbe eines Geschlechts, das viele Talente hervorgebracht hat«, pflegte er zu sagen, »bis es am Serial-Killer zerbrach.«

Hatte er dessen Erzählungen geglaubt? Auf jeden Fall freute er sich, dass sie ihm nun wieder einfielen. Oft bewegten sie ihn derart, dass er sich hinter Joseph verschanzte, um sie zu Papier zu bringen. Allmählich nahm das Ganze Form an. Er war glücklich. Gleich nach seiner Rückkehr würde er Samuel besuchen. Immer wenn er das Gefühl hatte, etwas Gutes zu Papier gebracht zu haben, nahm er es sich fest vor. Der Anblick des halbseitig Gelähmten schockierte ihn nicht mehr. Er spürte vielmehr dessen Zustimmung und Unterstützung. »Diesmal gehe ich ihn besuchen, wirklich.« Damit machte er sich wieder an Hans den Schrecklichen, das Mittelalter, die Spleens des Joseph Archimboldo und seiner eigenen Familie.

Wenn er meinte, genügend vorangekommen zu sein, ging er zu Sabine an den Strand. Sie schwammen, ließen sich auf einem Handtuch eng aneinander geschmiegt bräunen. Er rieb sie mit Sonnenöl ein, das nach Kokosnuss roch, und jeden Abend legte er einen Teil seines schriftstellerischen Glücks zwischen ihre Schenkel.

*

Die Rückkehr nach Paris erschien ihm traurig.

Die Stadt wirkte unfreundlich, überall hing das Phantombild des Mörders. Joseph hatte seinen Anrufbeantworter mit besorgten Nachrichten voll gequatscht. Trotz ihrer Bräune wirkte auch Sabine ziemlich deprimiert. Ernest konnte ihr kein einziges Wort entlocken. Sobald er fragte, was los sei, hüllte sie sich in hartnäckiges Schweigen. Sie entspannte sich weder bei der Liebe noch beim Fernsehen.

Das hinderte Ernest jedoch nicht daran, sein viertes Kapitel abzuschließen und gleich das nächste in Angriff zu nehmen.

Immer stärker betonte er nun Josephs zwiespältigen, Angst einflößenden Charakter: seine guten Manieren, sein trübseliges Butlergehabe, sein Geld – die Fünfhundert-Francs-Bündel, die er überaus großzügig verteilte –, das alles machte ihn zu *einer Gestalt der Nacht, einem Sachwalter der Versuchung, der einen direkten Draht zum Tod besaß.* Diese Tonlage passte zu ihm. Er traute sich endlich auch, über sich selbst zu schreiben, seine Kindheit und Jugend zu schildern, sein Erwachsenwerden, seine Träume und sein Scheitern. Er erzählte von seiner Liebe zu Maryse in Aim'-sur-Meuse, von seiner Rückkehr nach Paris, seiner demütigenden Erfahrung, als sie *Das Jüngste Gericht* abgelehnt hatte, und von seiner Verbitterung, als sie mit ihm Schluss gemacht hatte. Er schrieb auch über Sabine, ihre Vorliebe für String-Tangas, für Stars aus dem Show-Business und für schnulzige Liebesromane. Er stopfte sein PowerBook mit Kilobytes voll, ohne recht zu wissen, wohin ihn seine Ergüsse führen würden. Doch er schrieb. Nur das zählte.

Immer wieder kam er auf Samuel zurück, auf die Liebe, die er ihm entgegengebracht hatte, auf die Krankheit, die ihn ans Krankenbett fesselte und auf ihre Streitereien.

Auf ihre endlosen Streitereien.

Sie hatten begonnen, als Samuel seinen Schulfreunden den Serial-Killer hatte zeigen wollen. Sie wären sicherlich bestürzt, wenn sie diese alptraumhafte Stimme hörten, dachte er. Immer wenn eine Fernsehsendung über ihn kam, organisierte er »Entdeckungsabende« für sie, schrieb ihren Eltern und lud sie ein, ebenfalls daran teilzunehmen, wenn sie an dem Thema interessiert wären. »Denn an dem Tag«, erklärte er, »an dem Serial-Killer niemandem mehr Angst einjagen wird, werden wir wirklich alle tot sein.«

Niemand kam, doch die Einladungen brachten Ernest eine Menge sarkastischer Bemerkungen ein. SERIAL-KILLER! SERIAL-KILLER! riefen seine Freunde zur Begrüßung. Es kam sogar zu Prügeleien, bei denen Ernest nicht immer die Oberhand behielt. Vor allem bei Rangeleien mit Geoffroy, einem kräftigen, einen ganzen Kopf größeren Burschen, den er sehr bewunderte. Sie wälzten sich auf der Straße und schlugen dabei aufeinander ein. Erwachsene trennten sie schließlich. Der Zufall wollte es, dass Ernest als der Bösewicht dastand. Eines Tages drohte ihm ein Polizist sogar mit Gefängnis, um ihn einzuschüchtern. Als er ihn nach seinem Namen fragte, brüllten die Klassenkameraden: SERIAL-KILLER! SERIAL-KILLER! Der Polizist glaubte, er sei damit gemeint und hätte ihn fast mitgenommen, zur großen Freude seiner Peiniger.

Deshalb flehte Ernest seinen Onkel an, mit dem Serial-Killer aufzuhören. »Aufhören?«, brüllte Samuel, »damit würde ich ihm doch nur einen Gefallen tun! Wenn er zurückkommt, müssen wir ihn sofort erkennen, sonst geht es uns an den Kragen. Serial-Killer denkt unentwegt an sein Comeback. Und du möchtest, dass ich aufhöre?« Ernest fand diese Geschichten haarsträubend. Warum sollte der Serial-Killer zurückkommen? »Weil der Mörder immer an den Ort seines Verbrechens zurückkehrt«, erwiderte Samuel. Das überzeugte Ernest nicht. Man brauchte sich doch nur umzusehen. Natürlich gab es hier und da Katastrophen, Lawinen, Überschwemmungen, Erdbeben, aber insgesamt lief doch alles recht gut, die Rückkehr des Serial-Killers stand sicher nicht unmittelbar bevor. Die Welt war friedlich, ordentlich, die Leute gingen ihrer Arbeit nach, besuchten Bars oder Kinos, küssten sich. Überall herrschte Normalität, in dieser Welt wollte er leben.

Als er an dieser Stelle seiner Geschichte angekommen war, konnte Ernest nicht mehr sagen, ob sie wahr oder erfunden war. Doch Samuel hatte oft genug wiederholt, dass der Erzähler auf die Wahrheit keine Rücksicht nehmen müsse. Also befasste er sich nicht weiter mit dieser Frage und tippte eifrig weiter.

Er stellte sich vor, wie Samuel eines Abends, während er noch in der Schule war, die Hefte seines Neffen durchblätterte, vor allem die mit dem schwarzen, weichen Einband. Er entdeckte eine Reihe einzelner oft noch unfertiger Texte, die das Gefühl vermittelten, dass hier jemand furios um eine literarische Ausdrucksweise rang. Es waren zufällig aufs Papier geworfene, in aller Eile niedergekritzelte Zeilen, Gedichte oder Beleidigungen oder Aufrufe zur Revolte. Und auch ein paar Apollinaire'sche Kalligramme waren darunter, die man in jeder Richtung lesen konnte. Da und dort ein paar Verse von Rimbaud, englische Gedichte von Edgar Allan Poe, obszöne Zeichnungen mit noch obszöneren Untertiteln und ein paar Gedichte, die er nicht verstand. Dieses wilde Schlamassel brachte Samuel völlig aus der Fassung. Mit einem derartigen Wutausbruch hatte er nicht gerechnet, und das von einem so bedächtigen Kind, dessen erste Hefte über den Serial-Killer auf eine ausgeprägte Klarheit und Logik schließen ließen, die er hier nun völlig vermisste.

Er suchte das Heft mit dem entzückenden Titel *Abenteuer, Fakten, gewöhnliche und ungewöhnliche Handlungen und Taten meines Herrn und Meisters, Samuel Ripper, früher Samuel Rappoport genannt, im Kampf gegen den schrecklichen Serial-Killer.* Er öffnete es und entdeckte zu seiner Überraschung, dass Ernest den Titel durch eine andere Überschrift ersetzt hatte: *Memoiren eines alten Trottels.* Er legte das Heft wieder zurück und kochte das Abendessen, als sei nichts geschehen.

Doch Ernest kam nicht.

Lange wartete Samuel auf ihn.

Er überwachte das Treppenhaus, ließ die Wohnungstür einen Spalt offen, falls er gerade am Telefon wäre. Dann läutete es endlich.

An das, was dann geschah, konnte er sich nicht mehr erinnern.

Der zerebrale Insult.

Doch im Krankenwagen, der sich mit Rotlicht und Sirene einen Weg bahnte, empfand Samuel keine Verzweiflung. Während eine Hälfte von ihm langsam entschwand, wurde die andere von einer plötzlichen Erleuchtung erfasst. Ernest würde seinem Schicksal nicht entkommen, er würde ein großer Schriftsteller werden. Was er in seinen

Heften gelesen hatte, hatte ihn überzeugt, auch wenn er nicht alles verstand.

Trauer schnürte Ernest die Kehle zu, als er den Vorfall schilderte. Glücklicherweise lenkte ihn die Version für Joseph ein wenig ab, denn dort sparte er nicht mit Pomade, erging sich ausführlich über dessen adlige Herkunft, über Glanz und Elend eines Mörders. Das Ganze schilderte er in jener filmreifen Sprache, die seinem Auftraggeber so gut gefiel.

Und der noch zögerte, ein Lebenszeichen von sich zu geben.

Wie hätte Ernest auch ahnen sollen, dass ihn Joseph von der anderen Straßenseite aus mit seinem Fernglas keinen Augenblick aus den Augen ließ?

Joseph genoss dieses Schauspiel einen ganzen Monat lang, bevor er endlich beschloss, ihn wieder anzurufen.

*

Trotzdem konnte er nicht umhin, ihm im *Lapin* eine Szene zu machen.

»Sie hätten Bescheid sagen können, dass Sie wegfahren! Das wäre das Mindeste gewesen. Ich habe immer wieder angerufen, konnte Sie aber nie erreichen!«

Seine Aufregung wirkte ein bisschen gespielt. Er ärgerte sich vor allem, dass Ernest sich eine schöne Zeit gemacht hatte, während er ihn überall gesucht hatte. Im *Lapin*, in allen Bistros der Rue des Abbesses, er war sogar in Sabines Supermarkt gegangen, hatte jedoch erfahren, dass man ihr gekündigt hatte. Er war zu der Überzeugung gelangt, dass dies das Ende seines Projekts bedeutete, hatte

Ripper von ganzem Herzen gehasst, bis er ihn eines Morgens in dieser wild entschlossenen Konzentration, die er nun schon an ihm kannte, wieder vor seinem Computer hatte sitzen sehen.

»Und wie hätte ich Ihnen Bescheid sagen sollen? Ich habe doch nicht mal Ihre Telefonnummer, und Sie stehen auch nicht im Telefonbuch.«

»Stimmt«, gab Joseph zu. »Sie haben meine Nummer nicht. Vergessen wir das Ganze. Ich hoffe, Sie waren in dieser langen Zeit nicht faul.«

Ernest reichte ihm einen Hefter, der seinem Umfang nach gut hundert Seiten enthielt. Der Beweis, dass das Projekt trotz allem Fortschritte machte.

Marmaduke brachte ihnen Dom Pérignon. Die langen Augustwochen, in denen er nur Touristen bedient hatte, hatten der Qualität seines Service keinen Abbruch getan. Während er die Flasche öffnete, wandte er sich unverbindlich und freundlich an Ernest, bemerkte, dass er gut aussah und erkundigte sich, wo er gewesen war. Tunesien? Eine sehr gute Wahl, er selbst sei vor zwanzig Jahren dort gewesen und hätte nur beste Erinnerungen an seinen Aufenthalt. Dann füllte er die Champagnerflöten, fragte, ob sie noch etwas wünschten, und zog sich diskret zurück. Wenn er so weitermacht, treffen wir ihn bald im *Drouant*, dachte Ernest. Dort schüttet ihm dann François Nourissier sein Herz aus.

Joseph holte sein Zigarrenetui heraus, nahm sich eine Puro, bot Ernest auch eine an und vertiefte sich sogleich in das Manuskript.

Es war Ende September, ein paar Touristen saßen noch an den Tischen. Sie wirkten weniger erschöpft als die Touristen im August, als verliehe der beginnende Herbst ihrem Urlaub eine ruhigere, friedlichere Note. Am Nebentisch saß die Frau, die wie immer las. Sie trug immer dasselbe graue Kostüm, diesmal mit einem blauen Schal. Ernest fand die beiden Farben sehr harmonisch und fragte sich, ob sie die ganzen Ferien in diesem Café zugebracht hatte.

Nun war er wirklich nach Hause zurückgekehrt.

Zwei Stunden später legte Joseph die Blätter mit einem zustimmenden Nicken beiseite.

»Perfekt«, sagte er. »Vor allem die Schilderung des Stammbaums. Ich hatte schon befürchtet, dass Sie die Sache chronologisch angehen und die Mörder aus meinem Geschlecht einfach aufzählen würden. Doch diese Klippe haben Sie gut umschifft. Am Anfang war ich allerdings etwas schockiert über Hans den Schrecklichen, der bei Ihnen darauf verzichtet, das Grab Christi zu befreien, und seinen Glauben und seine Vorhaut für die Freuden des Harems opfert. Das steht zwar nicht in meinen Notizen, aber die Idee ist nicht schlecht.«

»Ich brauchte etwas, um den Fluch zu begründen, der Sie und die Ihren getroffen hat.«

»Es stimmt, auf einem Kreuzzug Sarazenen zu töten ist kein Grund für einen Fluch, aber Christus zu verleugnen, gotteslästerliche Reden zu führen und sich zu einer anderen Religion zu bekennen, das ist schon eine schwerwiegende Verfehlung.«

»Nicht wahr? Vor allem auch deshalb, weil Hans der Schreckliche dort bestraft wird, wo er gesündigt hat: durch Syphilis von einer seiner vielen Kurtisanen. Mir gefällt meine Idee auch.«

»Da haben Sie Recht. Das ist alles wunderbar. Am besten hat mir dieser Satz gefallen: *Ein Beweis, falls ein solcher angetreten werden muss, dass Gott, wenn er straft, wirklich straft.* Das ist hohe Kunst, Meister, das muss ich schon sagen!«

In schon bekannter Manier zog er fünfzigtausend Francs aus seiner Aktentasche und legte sie auf den Tisch.

»Ich habe nicht damit gerechnet, dass Sie so viel schreiben würden«, entschuldigte er sich, »sonst hätte ich mehr Geld mitgebracht.«

Wieder einmal trat eine fast religiöse Stille im Café ein. Marmaduke, der den Vorgang nun schon kannte, wurde puterrot. Er starrte auf den Tisch, bis das letzte Bündel in Ernests Taschen verschwunden war.

»Trotz Ihres Talents«, begann Joseph erneut, »merkt man, dass es Ihnen nicht leicht gefallen ist, die Irrwege des modernen Mörders zu beschreiben. Wahrscheinlich deshalb, weil Sie keine Ahnung haben, was es heißt, wenn einen der Drang zu töten Kilometer um Kilometer durch die Stadt treibt. Deshalb möchte ich Ihnen noch einmal vorschlagen, mich auf meinen Exkursionen zu begleiten. Erinnern Sie sich? Ich habe schon bei unserem letzten Treffen davon gesprochen, dass es Ihnen helfen würde, die spezielle Atmosphäre zu erfassen, in der sich der Mörder bewegt. Eine Atmosphäre, die Sie zugegebenermaßen nicht sehr befriedigend geschildert haben. Es ist mir daher wirklich ein Anliegen, dass sie mich einmal begleiten.«

Ernest fiel keine Antwort ein. Die Aussicht, Joseph mitten in der Nacht zu begleiten und mit ihm eine Frau zu ermorden, gefiel ihm gar nicht.

»Meinen Sie wirklich?«

»Absolut! Sonst können Sie meine Missetaten doch gar nicht richtig darstellen. Ihr Text ist wirklich lebendig und interessant, solange es um meine Vorfahren geht, aber wenn Sie zur Gegenwart kommen, wird er irgendwie schwerfällig. Denken Sie an meinen Anfang: *Ich bin das Kind der mittelalterlichen Finsternis und der New Yorker Dunkelheit.* Das Mittelalter ist in Ordnung, aber was New York betrifft, so müssen Sie noch viel lernen. Es kann nur von Vorteil für Sie sein, mich zu begleiten. Sie werden nicht nur eine genauere Vorstellung, sondern auch Stoff für die nächsten Kapitel bekommen. Glauben Sie mir. Sie müssen den gesamten Prozess von der ersten Begegnung mit dem Opfer bis zu seinem Ende einmal miterleben. Sonst wird es Ihnen ziemlich schwer fallen, sich nicht in irgendwelchen Allgemeinplätzen zu verlieren.«

»Sie haben doch nicht etwa vor, vor meinen Augen eine Frau zu zerstückeln!«, rief Ernest entsetzt.

»Ein Mörder großen Stils ist doch kein Spaziergänger oder Sonntagsjäger, der mit Hund, Gewehr und Umhängetasche loszieht und ohne Beute zurückkehrt, aber froh ist, einen Tag an der frischen Luft verbracht zu haben. Für den Serienmörder ist es eine Niederlage, unverrichteter Dinge nach Hause zu gehen. Natürlich kann ich Ihnen keine erfolgreiche Exkursion garantieren. Vielleicht finden wir niemanden, vielleicht sehe ich mich veranlasst, eine Frau zu zerstückeln, wie Sie sagen, vielleicht mit Ihrer Hilfe, vielleicht ohne, vielleicht muss ich sie entführen und später umbringen. Man weiß nie, welche Wendung die Dinge nehmen. Aber eine Zeitverschwendung ist es keinesfalls. Wenn Sie mich einmal beobachtet haben, wie ich einer Frau bis zum absoluten Höhepunkt auf den Fersen bleibe, haben Sie viel über den Mörder erfahren, viel mehr als in der Zeitung oder in meinen Notizen steht.«

Joseph amüsierte sich über die Verlegenheit des Schriftstellers. Er wand sich auf seinem Stuhl und wusste nicht, wie er sich herausreden sollte. Joseph genoss diese Verlegenheit. Seine Rache für die langen Wochen allein in Paris. Die Idee, mit Ernest auf Tour zu gehen, gefiel ihm, auch wenn er selbst nicht wusste, wie weit er die Sache treiben wollte. Vielleicht würde er die Richtigkeit seiner Theorien über den Serienmörder bestätigen? Vielleicht beging er endlich die Tat, von der er schon so lange träumte und die ihm die Türen zum Archimboldo-Mausoleum öffnen würde? Rippers Anwesenheit war ihm wichtig. Sie würde ihm helfen, den entscheidenden Schritt zu tun.

»Also, kommen Sie nun mit?«

»Für wann hatten Sie denn diese Exkursion geplant?«, fragte Ernest, dem die Stimme fast versagte.

Joseph tat, als überlege er und meinte dann:

»Heute Abend. Je früher, desto besser.«

9 Sie trafen sich um zehn Uhr abends im *Wepler*.

Joseph erwartete Ernest vor einer Platte mit Meeresfrüchten, Austern, Venusmuscheln, Seeigeln, Shrimps, Langusten und Krabben auf einem Bett aus Algen und Eisbruch.

»Meeresfrüchte enthalten Jod und verschiedene Vitamine«, sagte er. »Bedienen Sie sich, es ist für zwei Personen.«

Ernest setzte sich ihm gegenüber. Während er sich

bediente, bedauerte er bereits, Joseph nachgegeben zu haben. Nun konnte er kaum mehr zurück, doch er war fest entschlossen einzugreifen, falls dieser Geistesgestörte tatsächlich Anstalten machen sollte, eine Frau umzubringen.

»Ist Ihnen ein Gewürztraminer recht?«, erkundigte sich Joseph. »Es heißt, er sei zu fruchtig zu Schalentieren, aber ich scheue mich nicht, Meeresaromen durch eine gewisse Süße abzurunden. Wenn Sie das nicht mögen, können wir natürlich gerne einen anderen bestellen.«

Ernest nickte nur, dann griff er mit den Fingerspitzen nach einer Fine de Claire Nummer eins.

»Greifen Sie nur zu«, forderte ihn Joseph in einem Ton auf, der ihn an Samuel erinnerte, wenn sie zusammen im Restaurant gegessen hatten. Allerdings sagte Joseph nicht: »Hast du die Preise gesehen? Also iss auf«, sondern drückte mit seiner Einladung die Freude aus, mit einem Freund zu essen. »Sie müssen sich stärken«, sagte er. »Wir haben einen harten Abend vor uns. Eine ermordete Frau, das bedeutet in erster Linie viele Kilometer Asphalt – es sei denn, ein äußerst seltener Glücksfall tritt ein. Hoffentlich tragen Sie gute Schuhe, an manchen Abenden nimmt die Suche kein Ende.«

»Beschränken Sie sich denn nicht auf die vier Bezirke rund um den Place Clichy?«

»Das ist schon ein ziemlich großes Areal! Ein Serienmörder arbeitet immer innerhalb eines abgesteckten Reviers. Philippe d'Argenteuil ist nie über seine Ländereien im Poitou hinausgekommen. Ich bin ein Stadtmörder, mein Poitou ist der Place Clichy mit seinen angrenzenden Bezirken. Deshalb wollte ich, dass wir uns im *Wepler* treffen, mitten in meinem Revier. Heute Abend, lieber Meister, werden Sie die wahre Ausdehnung dieser Gegend kennen lernen, Sie werden die Innenansichten eines Verbrechers erleben und zu Ihrem eigenen Ruhm sein Wesen in packenden Seiten wiedergeben. Inzwischen tun Sie gut daran zu essen und zu trinken. Sie werden Ihre Kräfte brauchen!«

Ernest war der Appetit vergangen. Bei der zweiten Auster gab er auf, während Joseph die Meeresfrüchte vertilgte, ausgiebig mit Gewürztraminer hinunterspülte, noch einmal Austern bestellte, dann zum Nachtisch Kuchen und zum Abschluss Kaffee und zwei Schnäpse. Gemeinsam verließen sie das Restaurant und wandten sich zum Boulevard des Batignolles.

Es war fast elf Uhr nachts.

Über eine Stunde marschierten sie, folgten dem Boulevard des Batignolles bis zum Place Prospère-Gaubaux und zum Boulevard de Courcelles, gingen am Parc Monceau entlang, am Verlagshaus von Romance vorbei und bogen zum Place des Ternes ein. Das erinnerte Ernest an die Zeit, als er mit Geoffroy – sie standen damals kurz vor dem Abitur – ganze Stadtviertel durchquert und alle jungen Mädchen angequatscht hatte, die ihnen begegnet waren. Geoffroy war zum Flirten geboren, während er, Ernest, darin nicht gerade brilliert hatte. Doch in dieser Nacht waren die Straßen nahezu menschenleer. Ab und zu begegnete ihnen eine Streife der Polizei oder der mobilen Einheiten, die ihnen kaum Beachtung schenkten, und vereinzelt gelangweilt dreinblickende Männer, manchmal auch Paare. Die Frauen warfen ihnen erstaunte Blicke zu und klammerten sich am Arm ihres jeweiligen Begleiters fest.

»Sie wissen, was wir suchen«, erläuterte Joseph. »Wenn sie allein wären, würden sie uns folgen, zumindest einige von ihnen. Mit der Zeit erkennt man das auf den ersten Blick.«

»Warum sind sie in Begleitung, wenn sie so erpicht darauf sind, sich umbringen zu lassen?«

»Nichts wäre ihnen lieber, aber der Ehemann, die Kinder, die Familie, der kranke Vater, was weiß ich, hindern sie daran. Man kann im Leben nicht immer tun, was man will. Das wissen Sie doch. Außerdem lässt sich diese Art von Begegnung nicht planen. Erst im letzten Augenblick, wenn sie ihrem Mörder schon gegenüberstehen, sehen sie den schrecklichen Glanz in seinen Augen und verspüren den unwiderstehlichen Drang, ihm ihre letzten Augenblicke anzuvertrauen. Julia rechnete nicht damit, Romeo zu begegnen. Die Liebe auf den ersten Blick setzte sich über alle Vorurteile gegenüber dem Feind ihrer Familie hinweg. So ist das auch beim Mörder. Wenn das Opfer seine finstere Macht entdeckt, kann es sich ihm nicht mehr entziehen.«

Während Ernest zuhörte, machte er sich ständig Vorwürfe. »Am liebsten würde ich diesen Typen erschlagen«, dachte er, »gleichzeitig möchte ich aber wissen, ob er es *wirklich* tut. Ob er *wirklich* eine Frau umbringt ... Verdammt!«

Am Place des Ternes blieben sie stehen. Joseph schien zu überlegen, ob sie in die Avenue de Wagram einbiegen sollten. Die Rollgitter der Geschäfte und Cafés waren heruntergelassen. In der Ferne war der Arc de Triomphe in vollem Lichterglanz zu sehen.

»Auf den Champs-Élysées klappt es besser«, meinte Joseph. »Wenn Sie wollen, können wir die Metro nehmen.«

»Warum kein Taxi?«

»Der Fahrer könnte sich an uns erinnern. Mir ist das egal, aber Sie könnten auffallen.«

Sie kamen gerade unten an, als eine Bahn abfuhr. Die nächste kam erst zwanzig Minuten später. Mit ihnen stieg eine junge Frau in einem ausgeblichenen Mantel ein. Sie schaute kurz zu ihnen herüber, setzte sich dann ganz in ihrer Nähe auf eine der Bänke und starrte hartnäckig auf den Boden.

Joseph stieß Ernest mit dem Ellbogen an.

»Ich glaube, wir haben unser Opfer«, flüsterte er ihm ins Ohr.

Er beobachtete sie lange.

»Sehr ungewöhnlich!«, rief er dann. »Sie könnte direkt aus einem Gemälde von Toulouse-Lautrec gestiegen sein, dem Bild, das im *Lapin chasseur* hängt.«

Vor Aufregung zitterte seine Stimme.

Ernest antwortete nicht. Er fror.

Am Étoile ging sie Richtung Vincennes.

Sie folgten ihr.

»Wir brauchen uns nicht zu beeilen«, meinte Joseph. »Sie hat uns bemerkt und wird sicher nicht versuchen, uns abzuschütteln.«

Der Korridor zur Anschlussbahn war menschenleer. Gelegentlich begegneten sie jemandem, der sich beeilte, seine Metro noch zu erreichen. Die Frau hatte es nicht eilig. Manchmal drehte sie sich um, als wollte sie nachsehen, ob die beiden Männer ihr immer noch folgten.

»Haben Sie schon viele Morde auf Ihrem Konto?«, fragte Ernest. »Es ist doch sicher nicht einfach, jemanden umzubringen?«

»Da irren Sie sich, Meister«, erwiderte Joseph nach kurzem Nachdenken. »Töten ist das Einfachste von der Welt. Nur beim ersten Mal bedarf es einer gewissen Überwindung. Aber angesichts meiner Vorfahren, Verbrecher bis zurück in die Zeit der Kreuzzüge, ist es wirklich ganz einfach.«

Als sie den Bahnsteig erreichten, informierte sie eine Stimme per Lautsprecher, dass der Dienst auf den anderen Linien nun eingestellt wurde. Die Frau ging bis zum Anfang des Bahnsteigs, dicht gefolgt von den beiden Männern. Joseph wollte, dass sie ihre Unterhaltung mithören konnte.

»Sie haben aber Recht«, erklärte er, als er sicher war, dass sie ihn hörte. »Töten ist eine seltsame Sache. Jedes Mal, wenn ich eine Frau umbringe, überkommt mich ein eigentümliches Gefühl. Ich sehe ihren leblosen Körper zu meinen Füßen und weiß doch, dass ich noch nicht fertig bin mit ihr. Als lebe etwas von ihr weiter ... etwas, das sich nicht mehr in ihrem Körper befindet, sondern an einem anderen Ort, in der Luft, in der Umgebung. Es ist wirklich sehr merkwürdig.«

Die Metro kam, die junge Frau setzte sich dicht neben sie, damit ihr Josephs Worte nicht entgingen. Ernest beobachtete sie aufmerksam. Sie schien jünger als er ursprünglich angenommen hatte. Ungefähr in Sabines Alter, aber anders, wie aus einer anderen Generation. Während Sabine immer sexy und verliebt sein wollte, wies bei dieser jungen Frau nichts darauf hin, dass es ihr Spaß machte, Männer zu verführen. Ihr braunes Haar, das unter der Kappe nach hinten gekämmt war, ließ eine breite Stirn frei, und ihre hervorstehenden Wangenknochen verliehen ihren Zügen eine Art altmodische Würde. Sie erinnerte ihn an die junge Frau, die im *Lapin* immer Romane las, und er war sicher, dass er nichts verhindern konnte.

»Meinen Sie die Seele?«, fragte er.

»Es könnte etwas in dieser Art sein. Die Seele verweilt noch eine Zeitlang in der Nähe des Körpers. Sie beflügelt den Ort, an dem Sie getötet haben. Wenn es auf der Straße passiert, haben Sie den Eindruck, dass die ganze Straße von ihrer Gegenwart erfüllt ist. Man könnte meinen, die Seele brauche Zeit, um mit der neuen Lage zurechtzukommen, dass sie sich nicht von dem Körper lösen kann, an den sie gewöhnt ist. Es könnte sein, dass sie sich in ihrer Not an die einzige anwesende Person wendet, und das ist der Mörder. Als wollte sie eine Erklärung von ihm. Sehr beeindruckend. Jemand, den Sie nicht hören, schreit seine Verwirrung heraus, doch die Straße bleibt unerbittlich still, und die Leiche liegt mitten auf der Fahrbahn. Und doch, es brüllt, das versichere ich Ihnen, es gleicht dem Panik- oder Angstschrei, für den Sie ihr keine Zeit mehr gelassen haben. Sie empfinden ihre Gegenwart, als versuche sie, sich an Sie zu klammern. Sie wissen ja, dass Frauen manchmal ihre Nägel zu scharfen Spitzen feilen. Sie fühlen diese Nägel, die Sie packen, in Ihre Haut eindringen. Nur, an der Stelle ist nichts, kein einziger Kratzer. Sie spüren lediglich ein Brennen. Und die ganze Zeit schreit die Stimme immer noch. Es ist ergreifend und entsetzlich. Verständlich, dass Mörder schleunigst flüchten, nicht weil sie fürchten, erwischt zu werden, sondern wegen der Gegenwart ihres Opfers. Ich für meinen Teil habe mich immer gezwungen zu bleiben. So ist mir klar geworden, dass die Seele bis zu zwei Minuten, manchmal auch noch länger, in der Nähe des Körpers verweilt. Dann erst fliegt sie davon, im wahrsten Sinn des Wortes. Sie verschwindet nach oben, und auf der Straße kehrt wieder Ruhe ein. Schauen Sie nicht so skeptisch, das ist die reine Wahrheit, der Sie brillante Seiten widmen werden. Es ist ein ganz besonderes Gefühl, oft schwer aufrechtzuerhalten. Doch das ist das Los aller Mörder.«

Ernest drehte sich nach der jungen Frau um. Sie lauschte nicht nur, sondern nickte auch noch. Verblüffend. Dieser Abend nahm eine völlig unerwartete Wendung. Die Frau und Joseph. Das Opfer und der Henker, der eine so verrückt wie die andere, unbewusst verbunden durch heimliches Einvernehmen. Vielleicht stärker als die Bande, die das Leben oder die Liebe knüpfte. Zwischen den beiden fühlte sich Ernest wie ein Fremdkörper. Alles, was er bis dahin geschrieben, was sein Ego als angehender Schriftsteller aufgebläht hatte, diese Sätze, die sich in seinem Computer überstürzten, die Ideen, das alles erschien ihm nun lächerlich angesichts dieses einmaligen Beweises: Ein Trottel will eine Verrückte über die Klinge springen lassen, fühlt, wie ihn ihre Seele umflattert, und wenn man in einigen Tagen, Wochen oder Monaten die verwesende, auf die Bedürfnisse einer makabren Inszenierung reduzierte Leiche fand, würde sich die Presse mit einem Foto des Opfers und dem x-ten Phantombild des brutalen Mörders auf dieses Ereignis stürzen.

Und er, Ripper, hatte den Auftrag, für Geld darüber zu schreiben.

Einen Bestseller daraus zu machen.

Gehörte das zum Leben eines Schriftstellers?

Das Durcheinander der Welt in einem Notizheft oder Computer festzuhalten und dafür Applaus zu bekommen?

Sie fuhren an der Station Georges-V vorbei.

Dann an Franklin-Roosevelt.

Schließlich stiegen sie an der Haltestelle Champs-Élysées-Clémenceau aus. Die junge Frau überquerte die Straße auf der Höhe des Grand Palais und ging die Avenue hinauf. Sie hatte es eilig, doch konnte man nicht sagen, ob sie die beiden Männer abschütteln oder so schnell wie möglich an ihr Ziel kommen wollte.

Sie passten sich ihrem Tempo an.

Ernest ließ Joseph nicht aus den Augen. Dieser war ganz bei der Sache wie in seinem Traum vom Place de la Concorde zu jener Melodie von Nougaro. Sein Gang wurde mit jedem Schritt schneller und entschlossener. Seine Absätze knallten mit einer Siegesgewissheit auf den Asphalt, die er diesem unscheinbaren Mann gar nicht zugetraut hätte. Die Geburt eines Jägers, nichts entging seinem Instinkt. Der Lärm einer Polizeistreife in der Ferne veranlasste ihn, die Haltung eines Spaziergängers einzunehmen, der in der sanften Herbstluft über die Champs schlenderte. Entwerfen Sie Bilder, pflegte Joseph immer wieder zu sagen, stellen Sie den Mörder anhand seiner Haltung, seiner Gesten, seiner Art zu gehen, stehenzubleiben, weiterzugehen dar. Ein Mörder bestand aus fieberhafter Ruhelosigkeit. Er hatte Recht. Wer über einen Verbrecher schrieb, konnte immer nur extrem kleine Ausschnitte schildern. Über einen Mörder zu schreiben bedeutete, ein kleines Detail für die Beschreibung des Ganzen auszuwählen, sich auf die würgenden Hände, das zerlegende Messer, den Glanz in den Augen, die durch die Stadt streifenden Beine zu konzentrieren. Auch wenn es nur abgedroschene Phrasen waren, sie würden nicht mehr abgedroschen wirken, wenn man sie in Bewegung versetzte. Durch die Beobachtung der erstaunlichen Veränderung, die mit Joseph Archimboldo vorging, begriff Ernest, dass er den Mörder anhand dieser Veränderung darstellen musste. Sie war der Verwandlung sehr ähnlich, die Samuel ihm im Zusammenhang mit dem Serial-Killer beschrieben hatte, der privat schüchtern und zurückhaltend gewesen war. Wie ein plumper Dobermann, der unbeachtet auf dem Teppich schläft, sich plötzlich aufrichtet und alle mit seinem wilden Gebell in Panik versetzt.

Vor dem *Marignan* blieb die junge Frau stehen, las den Aushang und betrat dann in Begleitung des Mörders und seines Schriftstellers das Café. Es war noch ziemlich voll. Sie ging an die Bar, zündete sich eine Zigarette an, verlangte einen Chartreuse, trank ihn in einem Zug und ging ins Untergeschoss.

»Ich gehe nachschauen, was sie tut«, meinte Joseph. »Man weiß ja nie. Selbst die fest Entschlossenen machen manchmal in letzter Minute einen Rückzieher.«

Er nahm tausend Francs aus der Brieftasche.

»Ich brauche nicht lange. Zahlen Sie das Getränk der Dame und bestellen Sie, was Sie wollen, aber warten Sie unbedingt auf mich: Es ist wichtig, dass Sie meine Eindrücke direkt vor Ort beobachten.«

Ohne auf eine Reaktion zu warten, verlor er sich in der Menschenmenge des Cafés. Ernest zögerte einen Augenblick, hastete dann aber ebenfalls ins Untergeschoss. Weder Joseph noch die junge Frau waren zu sehen. Er lief nach draußen, rannte Richtung Étoile: nichts. Er wandte sich in die Rue Marbœuf, kehrte wieder um, überquerte die Champs-Élysées, lief bis zur Concorde hinunter: wieder nichts. Verzweifelt kehrte er ins *Marignan* zurück, setzte sich an einen Tisch, bestellte sich nun auch einen Chartreuse, den er sofort hinunterstürzte, dann einen Enzian und noch einen Chartreuse, zu dem er sich seine letzte Davidoff Nummer vier anzündete.

Eine Stunde verging zwischen Chartreuse und Enzian.

Mit Geoffroy hatte er in solchen Wartezeiten normalerweise Espresso getrunken, wenn Geoffroy mit dem Mädchen davonzog, das sie gemeinsam angesprochen hatten. Er hatte sich nie getraut, etwas dagegen einzuwenden, außerdem hatte den Mädchen sein Freund immer besser gefallen als er. Also hatte er in einer Bar gewartet. Später hatte sich Geoffroy dann immer mit Dingen gebrüstet, die sie zuvor gemeinsam in Pornozeitschriften gelesen hatten. Vielleicht war Joseph auch so? Vielleicht war er nur einmal um den Block gegangen, um genügend Zeit verstreichen zu lassen, und würde mit einer haarsträubenden Geschichte zurückkehren?

Doch er kam nicht.

Ernest wusste nicht mehr, wie viele Gläser Chartreuse und Enzian er getrunken hatte – sich in einem Café an den Champs-Élysées mit Schnaps aus den Bergen zu betrinken, erschien ihm völlig paradox. Ihm war schwindlig, doch Joseph tauchte noch immer nicht auf.

Die Zeit verging, allmählich leerten sich die Tische. Nur ein paar Typen saßen noch herum, die offenbar nichts anderes vorhatten. Um drei Uhr morgens hatte er schließlich genug. Er winkte dem Kellner, zahlte und schwankte hinaus.

Draußen rief er ein Taxi.

Zu Hause hatte er das Gefühl, von einer Party zurückzukehren. Er tastete sich zum Bett vor, dabei dünstete er süßen Digestif und bitteren Likör aus.

Sabine schlief noch nicht.

»Hast du fleißig gearbeitet?«, fragte sie.

»Mein Gott«, erwiderte er, weil ihm nichts anderes einfiel.

»Warst du im *Lapin*?«

»Nein, im *Wepler*. Es war ziemlich voll, das hat mich auf einen Gedanken gebracht.«

»Stellen sie dir dort auch einen Computer zur Verfügung?«

Ernest blickte sie erstaunt an.

»Was soll das denn heißen?«

»Nichts, nur dass du deinen auf dem Tisch gleich neben der Nachricht für mich vergessen hast.«

Und ohne ein weiteres Wort drehte sie ihm den Rücken zu.

*

In den folgenden Tagen sprach sie kaum ein Wort mit ihm. Vom Wohnzimmer bis in die Küche trug sie die Miene einer verhöhnten Heldin zur Schau. Ernest wusste nicht, was er sagen sollte. Wie konnte er ihr erklären, dass er die Nacht nicht mit einer Frau, sondern mit einem Killer verbracht hatte? Einem Spezialisten für gewaltsamen Tod – oder einem angeblichen Spezialisten –, der vielleicht eine Frau umgebracht hatte, vielleicht aber auch nicht.

Es vergingen mehrere Tage ohne die geringste Nachricht über diese Exkursion. Weder durch Joseph noch durch die Zeitungen. Nirgendwo war von der Frau aus der Metro die Rede, niemand erwähnte auch nur eine Vermisste oder eine neue makabre Inszenierung im Umkreis des Place Clichy.

Doch er war längst nicht beruhigt. Oft sprach er diese Frau im Schlaf an. Am Morgen musterte ihn Sabine dann mit einem traurigen, feindseligen Blick. Vierzehn Tage vergingen, ohne dass Joseph auch nur das Geringste von sich hören ließ. Hatte er sein Ziel verfehlt? Oder hatte er es gar nicht erst versucht? Hatte er es vielleicht noch nie versucht?

Und diese Notizen und Schilderungen und die Fünfhundert-Francs-Scheine? War das alles eine einzige Lüge? Bloß viel Wind um nichts?

Mit wem hatte er es eigentlich zu tun?

Er wusste nicht einmal, wie er mit ihm Kontakt aufnehmen konnte. Joseph Archimboldo war bei Minitel nicht bekannt. Ein Verrückter oder ein Mörder – eine nicht aktenkundige Existenz jedenfalls.

Was tun außer warten und versuchen, dem Computer ein paar neue Seiten zu entlocken? Er wandte sich wieder seinem eigenen Schicksal zu. Ob mit Geoffroy oder mit Joseph, er war immer der Sitzengelassene, Glück hatten immer nur die anderen. Maryse hatte ihren Glückstreffer mit dem Job in einem anspruchsvollen Verlagshaus gelandet, er war in der unteren Abteilung beim Schnulzenroman hängengeblieben. Würden zwei Autoren dasselbe Manuskript einreichen, würde sich der Verleger sicher für den anderen entscheiden. Würden sich zwei für dieselbe Stelle bewerben, der andere bekäme sie. Hofierten zwei dieselbe Frau, würde sie den anderen vorziehen. Unglaublich, dass die Frau in der Metro mit Joseph mitgegangen war. Vielleicht hatte ihn Maryse damals nur genommen, weil in Aim'-sur-Meuse kein anderer Mann verfügbar war? Und Sabine, weil er beim Signieren auf der Messe allein zurückgeblieben war?

Das alles erzählte er anhand von Figuren, die sich zunehmend von ihren Vorbildern entfernten. Joseph trat hinter seinem Double auf Papier zurück. Ernest machte es Spaß, ihn niederzumachen, wie ein Kind, das seinen Turm aus Bausteinen mit wütenden Fußtritten zerstört. Er versuchte eine Zeitbombe in das offenbar so sichere Gebäude seiner Geschichte einzubauen, wollte das bevorstehende Unheil ankündigen. Für ihn lag das entscheidende Moment in der Explosion, die alles zerriss. Alexandre Dumas hatte bei Porthos' Tod geweint, weil er ihn vermisste, aber vor allem deshalb, weil er ihn richtig hatte sterben lassen, und zwar einen von langer Hand vorbereiteten Tod seit dem Augenblick, als sich der Koloss über Schmerzen in den Beinen beklagte. Es wäre verrückt gewesen, ihn zu verschonen, ihm das herrliche Grabmal aus Stein, das ihn unter sich begrub, vorzuenthalten.

Alexandre Dumas hatte vor Glück geweint.

Dieses Glück erhoffte sich auch Ernest Ripper.

Seit dieser mörderischen Tour ließ das Glück allerdings auf sich warten. Als hätte Joseph ihm seine Eingebung entzogen. Ernest verbrachte Tage über einer Seite, manchmal über einem einzigen Absatz. Die Wörter reihten sich nicht mehr aneinander, sondern bildeten eine träge Masse, die er vergeblich zu Sätzen zu formen und umzuformen versuchte. Seit dem *Jüngsten Gericht* hatte er nichts mehr zum Abschluss gebracht. Nach zwanzig Seiten verfing er sich regelmäßig in seiner Geschichte, stolperte, stürzte und gab schließlich auf. Das Werk kündigte ihm. Diesmal hatte er fast zweihundert Seiten lang durchgehalten, doch nun befand er sich wieder in der gleichen Sackgasse.

I Want You lag auf seinem Schreibtisch. Er las noch einmal den Anfang.

He only needed to hug her and she forgot the whole world …

Und plötzlich fiel es ihm wieder ein.

Vielleicht würde es ihm neuen Auftrieb geben, obwohl es im Grunde ohne direkten Bezug zu dem war, was er bereits geschrieben hatte. Die kurzen Prosatexte für Maryse, die nach Sex duftende Muse von Aim'-sur-Meuse. Er hatte sie ihr nicht mehr zeigen können, weil er sie erst geschrieben hatte, als er Sabine kennen lernte.

Sie hatte ihn dazu inspiriert.

Kurz nach ihrer ersten Begegnung hatte er angefangen, ein amouröses Tagebuch zu schreiben. Nach Bukowski hatte er es *Memoiren eines alten Schweinehundes* genannt. Ansonsten hatte es keine Ähnlichkeit mit der Verzweiflung des kalifornischen Dichters, keine mit Bier begossenen Sexpartys kamen darin vor. Er hatte die rohe Sprache vermieden, die seiner Schilderung die Kraft geraubt hätte. Er blieb insofern seiner Strategie des Dynamits treu, als er Derbheiten nur dort benutzte, wo man sie am wenigsten erwartete. Nicht das Wort erzeugte den Schock, sondern die Stelle, an der es auftauchte. Eine Liebesnacht zu schildern, bedeutete in erster Linie in überhöhter Sprache – wie Mallarmé – den Geruch der Leintücher, die Mühsal der

Liebe, die feuchten Körper, die Anstrengung, die ruckartigen Bewegungen sowie die Entmutigung wiederzugeben und schließlich den Augenblick der Gnade in wohl empfundener Obszönität darzustellen. Das gefiel ihm. Diese Arbeit entschädigte ihn für seine schnulzigen Übersetzungen. Die Methode ›Ausschneiden–Einfügen‹ hatte ausgedient. Nun wurde der Satz das Ziel der Reflexion. Es ging darum, dessen wohl überlegtes Konstrukt und geheime Melodie zu erfassen, um die mörderische Schweinerei nicht zu verpassen. Auf diese Weise setzte er den ersten Fuß in die Ruhmeshallen und hatte endlich das Gefühl, ein echter Schriftsteller zu sein.

Natürlich hatte er Sabine einige Passagen daraus vorgelesen. Zuerst hatte sie mit glänzenden Augen zugehört, doch schon bald war ihre Begeisterung verflogen. Nicht aus Prüderie, wie sie sagte. Sie konnte sich einen Porno im Fernsehen anschauen, ohne sich dabei zu erregen, aber seine Texte fand sie unbehaglich. Sie konnte damit nichts anfangen. Es ging darin um Sex, aber nicht um Glück. Sich lächelnd und zwinkernd in die Augen zu sehen, das war für sie Liebe, doch Ernest machte sich darüber nur lustig. Er schilderte die Liebe in einer beängstigenden Art, redete dabei von Wahnsinn, Tod, Finsternis, Zerrissenheit. Sabine mochte das nicht. Da kamen Dinge vor, die sie nicht verstand oder die ihr ekelhaft erschienen, obwohl sie nicht wusste warum. Im Grunde hatte sie den Eindruck, dass diese Texte eher was für die Bücherziege waren, mit der er zuvor zusammen gewesen war, die im Verlag arbeitete und ein seltsames Sexleben hatte, die Männer dafür bezahlte, dass sie ihr ihre Wünsche erfüllten. Sie selbst mochte viel lieber, was er in den Romance-Geschichten schrieb. Das war schöner, gefühlvoller, liebenswerter, ernsthafter. Und außerdem fühlte sie sich davon angesprochen.

Ihre Reaktion hatte Ernest enttäuscht.

Er brauchte ein Publikum, doch Sabine entzog sich ihm. Seine Schreiberei wurde mühselig, er wiederholte sich, verfiel manchmal in pure Obszönität. Da er nicht mehr wusste, was er mit dieser Kurzprosa anfangen sollte, die nicht Fisch noch Fleisch war, war er fast versucht gewesen, sie wegzuwerfen. Doch auch dazu hatte er sich nicht durchringen können, also waren die Texte einfach auf seiner Festplatte geblieben und er hatte sie vergessen.

Diese Geschichte lag nun zwei Jahre zurück, doch als er die Texte wieder auf den Bildschirm holte, stellte er überrascht fest, dass so manches die Zeit überdauert hatte.

Vielleicht konnte er diese Fragmente dazu benutzen, um seine Geschichte wieder in Gang zu bringen. Die Opfer des Mörders mit Verlangen und Tod in Verbindung zu bringen, das war machbar, wenn er sie richtig in seine Geschichte einbaute.

Er setzte sich hin und begann, alles noch einmal zu lesen.

Während der ganzen Zeit umkreiste ihn Sabine.

Wie immer trug sie nur ihre ewigen Baumwollstrings und durchsichtige Nylonhemdchen. Vielleicht arbeitete sie sogar in diesem Aufzug. Wenn sie überhaupt arbeitete. Er wusste es nicht. Wann ging sie in ihren Supermarkt? Früher hatte sie morgens die Wohnung verlassen und war abends zurückgekehrt. Jetzt verschwand sie nicht vor drei oder vier Uhr nachmittags und kam oft erst nach Mitternacht zurück. Nachtschwärmer, sagte sie. Gab es um diese Zeit Kunden im Supermarkt? Er hätte es gerne überprüft, aber er hatte dazu einfach keine Zeit. Er hatte auch keine Zeit oder vielmehr keine Lust, ins *Lapin* zu gehen. Dieser Ort war irgendwie nur für seine Treffen mit Joseph und für seine Romance-Übersetzungen geeignet. Er dachte nicht einen Moment daran, mit seinem PowerBook dorthin zu gehen.

Also ertrug er Sabine mit ihrer verlegenen Miene und ihren rot geweinten Augen. Wenn sie sich dem Computer näherte, verdeckte er seinen Text. Sie ließ sich natürlich nicht täuschen. Die Wut, mit der Ernest auf seine Tastatur einhämmerte, und die langen Pausen dazwischen – das war so ganz anders als die ruhige Zufriedenheit, mit der er normalerweise die Romane für Romance tippte. Sie hatte Ernests Finger schon oft dabei beobachtet: Sie schleppten sich geradezu über die Tastatur, verweilten auf den Buchstaben, als könnten sie sich nur schwer davon lösen, als versuchten sie, sich der Sanftheit der Liebe hinzugeben und so lange wie möglich auf dem gleichen Absatz zu verharren wie eine ihrer Lieblingsheldinnen, die sich wünschte, ihr Glück möge ewig währen. Wenn Ernest auf diese Weise schrieb, fühlte sie sich eins mit ihm. Seine Finger spielten eine Musik, die nichts mit dem wütenden Stakkato zu tun hatte, das er zurzeit gerade produzierte.

Und diese Wut verhieß nichts Gutes.

Ernest war weit davon entfernt, ihre Gedanken zu erahnen.

Es hatte ihn große Mühe gekostet, seine erotischen Fragmente zu integrieren. Doch das war noch gar nichts, verglichen mit dem Unbehagen, das er nun bei der Überarbeitung empfand. Nichts war trügerischer als Eingebung, und auf jeden Schreibrausch folgte ein ernüchternder Kater.

Er fand zwar, dass sich die Sätze ganz natürlich aneinander reihten, dass der Wechsel zwischen Gegenwart und Vergangenheit, die Verbindung der Themen wie die Einsamkeit des Schriftstellers und des Mörders, Samuels Schwärmerei für den Serial-Killer und Josephs Lächerlichkeit, seine enttäuschte Liebe zu Maryse und seine abgehobene Liebe zu Sabine, dass das alles wunderbar zusammenpasste, aber überzeugt war er davon nicht.

Manche Abschnitte gehörten einfach nicht dorthin, wo sie waren. Doch er brachte es einfach nicht fertig, auf Passagen zu verzichten, die für Josephs Fassung bestimmt waren. Genau genommen ergaben sie jedoch wenig Sinn, brachten nur seine Absichten durcheinander, ohne etwas dazu beizutragen. Er dachte an Maryses Kommentar zum *Jüngsten Gericht*: »Deine Sätze führen ins Leere, und du hast geglaubt, du könntest einen Roman schreiben!«

Hatte er wieder denselben Fehler gemacht? Einhundertdreiundneunzig Seiten, nur um sich in dem Glauben zu wiegen, er verfasse einen Roman?

Musste er noch einmal von vorne anfangen?

Unerträgliche Angst überkam ihn. Die Angst eines Mannes, der nicht mehr an seine Worte glaubt.

Es war Mitternacht, Sabine hatte Nachtschicht.

Da läutete das Telefon.

*

Er antwortete nicht.

Aus dem Anrufbeantworter hörte er Josephs Stimme.

›Vierzehn Tage!‹, dachte Ernest. ›Er hat sich vierzehn Tage Zeit gelassen.‹

»Warum sind Sie nicht im *Marignan* geblieben?«, schimpfte Joseph. »Ich wollte Ihnen doch erzählen, was mit dieser Frau passiert ist, das wäre ungeheuer wichtig gewesen. Ich hätte gleich mit Ihnen darüber reden sollen. Dann wäre es so gewesen, als ob Sie mich bei der Arbeit erlebt hätten. Stattdessen fahren Sie einfach nach Hause. Ich habe gesehen, wie Sie ein Taxi genommen haben. Da halten Sie ein phantastisches Thema in den Händen, und Sie gehen einfach schlafen! Verhält sich so ein Schriftsteller? Ich war so enttäuscht, dass ich Sie einfach nicht früher anrufen konnte.«

Ernest wollte gerade den Telefonhörer abheben, um ihm zu sagen, er solle mit seinem Quatsch aufhören. Da folgte ein Satz, der ihn davon abhielt: »Sie brauchen gar nicht erst toter Mann spielen, ich weiß, dass Sie da sind!«

Es war nicht der Satz selbst, der Ernest traf, sondern der Ton, die Gewissheit. Joseph *wusste*, dass er da war. Man hätte meinen können, er befände sich im selben Raum. Seine Stimme folgte ihm, der Ton wurde leiser, wenn er nach hinten ging, und lauter, wenn er zum Fenster trat. Als spräche Joseph von dort. Ernest entfernte sich probehalber Richtung Flur. Die Stimme schien es zu bemerken und sprach schneller, wie um ihn aufzuhalten, ihm zu sagen: »Warte, ich bin noch nicht fertig mit dir.«

Ernest stürzte ans Fenster. Und da sah er ihn.

Er war ganz nah, nur einige Meter lagen zwischen ihnen. Das Fenster auf der anderen Straßenseite. In einer

Hand hielt er das Fernglas, in der anderen das Mobiltelefon. Wie im Theater.

Joseph sah ihn ebenfalls. Überrascht trat er hastig zurück ins Innere der Wohnung und schloss das Fenster. Seine Stimme brach mitten im Satz ab: »... und ich versichere Ihnen, dass ...« Was versicherte er ihm? Dass er ihm seit Monaten auflauerte? Dass er ohne Vorwarnung auftauchte, sich ihm gegenüber niederließ und Stielaugen machte? Auf seine Kosten. Nicht um Sabine in ihren Strings oder seine Auseinandersetzungen mit ihr zu beobachten, sondern um ihm beim Schreiben zuzusehen. Beim intimen Akt des Schreibens! Über jeden perversen Spanner hätte er nur gelacht, aber das fand er nun alles andere als lustig. Joseph war nicht nur ein Mörder, sondern auch ein Voyeur. Er tat denen, die er beobachtete, Gewalt an wie bei einem Mord. So also sah sein Vergnügen aus. Auch wenn es ihm nicht bewusst war, selbst wenn er mit dem besten Gewissen der Welt zuschaute.

Diese Form von Gewalt fand Ernest unerträglich.

Im Handumdrehen hatte er einen Beschluss gefasst.

Auf keinen Fall in der Nähe dieses Menschen bleiben. Er wollte ihm nur noch in seiner Geschichte begegnen.

An der Stelle, die er ihm zuwies.

*

Bevor er ging, hinterließ er eine Nachricht für Sabine.

Er erklärte ihr, dass er sich dringend um seinen schwerkranken Onkel Samuel kümmern müsse, dass sie das sicher verstehen würde. Samuel wäre sein letzter Verwandter, er hätte ihn als Kind bei sich aufgenommen, ihn mit Liebe und Fürsorge aufgezogen. Samuel hätte einen schrecklichen Schlaganfall erlitten und er müsse ihn unbedingt besuchen. Wahrscheinlich bliebe er mehrere Wochen bei ihm am Krankenbett – vielleicht sogar mehrere Monate. Er würde sich jedoch melden. Sie müsse nun stark sein, denn er brauche jetzt ihre Kraft. Das Glück würde sicher warten, bis sie sich wieder in den Armen lägen, bereit, das Leben künftig gemeinsam zu bewältigen.

Er legte den Brief gut sichtbar auf den Schreibtisch, packte seine Sachen in eine Reisetasche, achtete darauf, die einhundertdreiundneunzig Seiten, die er gerade ausgedruckt hatte, nicht zu zerknittern, und wagte sich dann unter zahlreichen Vorsichtsmaßnahmen aus der Wohnung, nachdem er sichergestellt hatte, dass ihn Joseph nicht überwachte.

Am Place Pigalle winkte er ein Taxi heran, dem er die Adresse des Krankenhauses am Boulevard de Picpus nannte.

Er war mit sich zufrieden.

Er hatte Joseph aus seinem Leben gestrichen.

Und viele andere Dinge auch.

Während das Taxi durch die Nacht fuhr, dachte er an Samuel, den er nun endlich wieder sehen würde.

Es war richtig gewesen, ihn einzuweihen.

Jetzt wollte er die Welt in Erstaunen versetzen.

Solo

10 Beflügelt von seiner Glückssträhne am grünen Tisch ließ sich Alexis mit Jackie in der ›Bruno Coquatrix‹-Suite des *Grand Hôtels* nieder. Seit über einem Monat führten sie ein einfaches, luxuriöses Leben.

Was Alexis jedoch nicht daran hinderte, sich um seine anderen Kundinnen zu kümmern, während Jackie im Kasino spielte.

Eines Abends hatte sie ihm erzählt, dass sie ihren gesamten Gewinn auf der Siebzehn verloren hatte. Sie hatte sogar ihren letzten Ring verkauft und das Geld für ihre Rückfahrkarte nach Paris noch gesetzt, ohne Erfolg. »Genau das reizt mich am Spielen so«, hatte sie großspurig bemerkt, »dieses idiotische Leben zwischen Luxus und Armut. Es bleibt nämlich nie lange so, wie es gerade ist. Ich komme immer wieder auf die Beine, vor allem dann, wenn ich am wenigsten damit rechne.«

Dieses Mal begleitete er sie ins Spielkasino.

Sie setzte noch immer auf die Siebzehn, der völlige Ruin stand unmittelbar bevor. Alexis nahm seinen letzten Chip über einhundert Francs und warf ihn in dem Augenblick auf die Sieben, als der Croupier »Nichts geht mehr« rief. Zu Jackies Verblüffung kam die Sieben. Er setzte den erlaubten Höchstbetrag von dreitausend Francs noch einmal auf die Sieben und den Rest auf Rouge, Impair, Manque, erste Spalte und erstes Dutzend.

Wieder fiel die Sieben.

Jackie stieß einen Triumphschrei aus.

Das war der Augenblick, in dem Alexis von einem wahren Glücksrausch übermannt wurde. Mit zwei Einsätzen hatte er mehrere Zehntausend Francs gewonnen. Welcher noch so potente Kerl verdiente auf einer Frau so viel wie er auf einer einzigen Zahl? Er nahm es als ein Zeichen: Es sagte ihm, dass ein Draufgänger seines Kalibers sein Vermögen besser am grünen Tisch als zwischen den Schenkeln einer Kundin machen sollte. Jackie überließ ihm ihren Platz, eine Geste, die ihn endgültig überzeugte: Der Virtuose im Spiel trat nun an die Stelle des Profis in der Liebe.

Er warf zweitausend Francs für das Personal auf den Tisch und bedeutete dem Croupier, ihm die verbliebenen Chips zuzuschieben. Schüchtern schlug Jackie die Siebzehn vor.

»Dreitausend auf die Achtzehn«, befahl er.

»Warum?«, murmelte Jackie.

Er antwortete nicht, sondern erhöhte seinen Einsatz immer wieder bis zum Maximum und setzte auf sämtliche Kombinationen mit Achtzehn. Sechstausend auf die Fünfzehn und Achtzehn, Siebzehn und Achtzehn, Einundzwanzig und Achtzehn; Neuntausend auf die Querverbindung Sechzehn, Siebzehn, Achtzehn; Zwölftausend auf die Quadrate und weitere Zweitausend jeweils auf das zweite Dutzend und die dritte Spalte.

Also sprach der Meister der Zahlen.

Rien ne va plus.

Metallisches Knirschen des Zylinders, das Rollen der Kugel, die von den Zahlen und Stegen des Tellers springt, lastende Stille am Tisch, die Tragödie beginnt. Jackie drückte Alexis' Hand immer stärker, während die Kugel über den Teller rollte.

»Achtzehn, Rouge, Pair und Manque«, verkündete der Croupier.

Verblüfftes Murmeln am Tisch, alle blickten zu Alexis. Jackie war bleich, sprachlos vor Jubel. Ihre Hand krampfte sich um Alexis' Arm, unabsichtlich presste sie ihre Nägel tief in seine Haut. Auch Alexis bemerkte es nicht. Er war wie erstarrt, willenlos, unempfindlich für jeden Schmerz. Völlig gelassen dehnte er seinen Einfluss auf das Königreich der Zahlen aus.

Er gewann mehr als zwei Millionen Francs. Zwanzigtausend ließ er für das Personal liegen, dann erhöhte er die auf der Achtzehn verbliebenen Einsätze und setzte wieder bis zur Höchstgrenze auf sämtliche Kombinationen und zusätzlich auf die einfachen Chancen, Pair, Rouge, Manque, um die Achtzehn systematisch einzukreisen. Fast alle Spieler taten es ihm gleich. Hohe Stöße wurden auf diese Kombinationen geschoben, zum Teil höher als die der Mutigen, die sich weiterhin auf ihre eigene Intuition verließen. Der Croupier setzte die Kugel in Gang. Alexis bemerkte, dass diesmal seine Hand ein wenig zitterte.

Die Kugel sprang über die Fächer und wieder schien die Stille endlos.

»Achtzehn, Rouge, Pair und Manque.«

Donnernder Applaus brach los. Die Neuigkeit verbreitete sich rasch im ganzen Saal. Selbst die Spieler von den Blackjack- und Baccara-Tischen kamen herüber, um dem Ereignis beizuwohnen. Bewundernde Blicke ruhten auf Alexis. Fast hätten sie ihn auf ihre Schultern gehoben.

Der Croupier brauchte viel Zeit, um die Gewinne auszuzahlen. Es kam zu den üblichen Streitereien zwischen den Spielern mit gleich hohen Gewinnen, doch die Kommissare regelten die Angelegenheiten in aller Ruhe. Niemand wagte es jedoch, Alexis seine Gewinne streitig zu machen. Er war zum Unberührbaren geworden, verkörperte nun mehrere Millionen Francs.

Eine finanzielle Macht.

Als alles ausgezahlt war, kündigte die Direktion die Schließung des Tisches an. Sie ließen sich am Nachbartisch nieder, eine Menge Spieler und Neugierige folgten ihnen. Alexis setzte und die Zahlen kamen. Drei Spiele später schloss auch dieser Tisch unter begeistertem Beifall und so zogen sie von Tisch zu Tisch und er sprengte eine Bank nach der anderen.

Sie verließen das Spielkasino mit mehr als fünfzehn Millionen Francs.

Als sie im Bett lagen, sagten sie lange nichts, zu erschöpft von ihrem Glück. Neben ihnen stand ein Koffer aus Schweinsleder – ein Geschenk des Kasinos – voller Geldscheine.

»Das übersteigt mein gesamtes Vorstellungsvermögen«, meinte Jackie. »Ich hab noch nie so viel Glück empfunden. Als ich das erste Mal in ein Kasino gegangen bin, hab ich gedacht, ich würde eine Kirche betreten. Ich hab mich gefragt, ob Gott auch über die Zahlen herrscht. Ich hab gedacht, ich würde ins Kasino gehen, um ihm dort zu begegnen, denn an keinem anderen Ort hab ich ihn je angetroffen. Wenn er irgendwo war, dann hier. Und wem bin ich begegnet? Dir. Nicht Gott herrscht über die Zahlen, sondern ein Mann, der von den Frauen lebt. Der mir Wonnen verschafft hat, die ich so bald nicht vergessen werde …«

Alexis hörte ihr zu, dieser Frau, die sich den Launen der Elfenbeinkugel so bedingungslos unterwarf. Ihre Worte klangen wie eine Huldigung.

Sie schmiegte sich an ihn.

»Mach mir, was Gott mir nicht machen kann«, sagte sie. »Reiß mir die Kleider vom Leib und besorg es mir, wie du es deinen Kundinnen besorgst. Der Preis spielt keine Rolle.«

Das ließ er sich nicht zweimal sagen. Er riss ihr die Kleider vom Körper und schleuderte sie durchs ganze Zimmer, wie bei Maryse.

Mit dem Unterschied, dass er auch diesmal nichts verlangte.

Am nächsten Tag verließen sie Balbec. Zuerst kauften sie ein, was für eine lange Reise notwendig war, erneuerten ihre Garderobe, zahlten einen leuchtend roten Alfa Romeo Spider V6 in bar, ließen überall fürstliche Trinkgelder zurück und machten sich auf den Weg nach Monte Carlo.

Noch am selben Abend bezogen sie dort eine Suite im *Hôtel de Paris.*

Die Nachtluft erschien ihnen für Oktober sehr lau.

Wie im Frühling.

Sie wollten wieder Banken sprengen.

*

»Ihr Manuskript hat mir wie immer gut gefallen. Es liest sich angenehm, Sie haben Sinn für Humor, eine sehr bildliche Sprache, aber das reicht noch lange nicht.«

Die Antwort überraschte Ernest kein bisschen, sie schmeichelte ihm vielmehr. Auch deshalb war er hergekommen. Um Christine Etchigolan sagen zu hören, dass er schreiben konnte.

Er hatte sich über ihre rasche Reaktion gefreut. Kaum eine Woche, nachdem er ihr sein Manuskript geschickt hatte, hatte er schon einen Termin mit ihr. Das Verlagsgebäude von Montpensier lag am Place Saint-Germain-des-Prés, weit entfernt vom verfluchten Revier des Mörders und dem schnulzigen Romance-Verlag. Hier pflegte man wie bei Condorcet das Alte und Kultivierte, in einem Gebäude mit französischen Fenstern, respektabler Deckenhöhe und Achtung gebietender Stille.

Christine Etchigolan hatte sich nicht verändert, doch ihre Haltung zeigte deutlich, dass es ihr gefiel, bei Montpensier zu arbeiten.

Sie zündete sich eine Zigarette an, blies den Rauch zur Decke und fuhr fort:

»Die Qualität, die Sie bei Romance abgeliefert haben, reicht mir nicht. Mir ist schon klar, dass man dort mit dem Grammatiklexikon auf den Knien schreibt, weil man mit der richtigen Syntax die schlechte Geschichte wettmachen muss. Daher auch Ihr etwas schulmeisterhafter Stil. Sie schreiben aber viel besser, wenn Sie sich gehen lassen, wenn Sie die Grammatik vergessen und Ihren Impulsen nachgeben, auch auf die Gefahr hin, dass Sie sich später korrigieren müssen. Es gibt hier Passagen, da heben Sie richtig ab. Zum Beispiel an der Stelle, wo Sie den armen

Archimboldo umbringen ... Komische Vorstellung, diese kriminelle Herkunft, die bis zu den Kreuzzügen zurückreicht. Wie sind Sie denn auf diese Idee gekommen? Und dann, Archimboldo! Warum dieser Name?«

»Wegen des Zeichners, der Köpfe aus Obst und Gemüse zusammensetzt. Ich dachte, er hätte auch das Phantombild des Serienmörders zeichnen können. Und dann gefällt mir der Name auch, weil er nach *Commedia dell'arte* klingt.«

»Es ist also kein Bekannter von Ihnen?«

»Nein, es ist eine Mischung aus mehreren Leuten, die mir in meinem Leben begegnet sind. Wer genau welche Eigenschaft hat, kann ich gar nicht mehr sagen.«

Diese Antwort gefiel ihr. Eine richtige Schriftstellerantwort, wie er sie auch Journalisten geben könnte, falls es dazu kommen sollte.

»Auch die erotischen Passagen sind sehr gut. Haben Sie sich dabei von *I Want You* inspirieren lassen?«

»Davon habe ich noch keine Zeile übersetzt«, erwiderte Ernest, dem dieses Gespräch sehr gefiel. »Sie haben mich dort wahrscheinlich längst vergessen.«

»Glauben Sie nur das nicht, sie werden sich schon wieder melden, ich kenne diese Leute ... Aber, um auf Ihr Manuskript zurückzukommen: Lassen Sie sich nicht durch Fragen der Syntax knebeln, denken Sie daran, dass Sie einen richtigen Roman schreiben, keine Schnulzenstory. Da zählen vor allem Ihre Einfälle und Ihr origineller Stil. Scheuen Sie sich also nicht, ruhig auch einmal ein Risiko einzugehen.«

Ihre Worte vom »richtigen Roman« klangen wie Musik in seinen Ohren.

»Aber Ihre Geschichte ist noch lange nicht gut«, fuhr sie

fort und drückte ihre Zigarette in einem übervollen Aschenbecher ausaus. »Zuerst fragt man sich, was die einzelnen Teile verbindet. Manche sind sehr gelungen, aber das reicht nicht. Eine Handlung ist nicht unbedingt erforderlich, aber ein erkennbarer Faden in der Geschichte. Wichtig finde ich auch, dass ein Text beim Lesen eine gewisse Dynamik entwickelt, dass man das Gefühl hat, voranzukommen. Die Richtung ist nicht ausschlaggebend, die ergibt sich ganz zwangsläufig. Aber Sie dürfen nicht das Gefühl vermitteln, mit jedem Kapitel begänne ein anderer Roman. Man muss sich innerhalb des Buches zurechtfinden. Verstehen Sie, was ich meine?«

Er verstand sie sehr genau. Maryse hatte die gleiche Kritik geäußert, doch Christine Etchigolans Kommentare hatten keinen gehässigen Unterton.

»Vielleicht sollten Sie diese Geschichte auf Archimboldo konzentrieren. Er scheint Sie zu inspirieren, oder auf diesen Alten, der über den Serial-Killer phantasiert. Oder vielleicht sollten Sie eine Verbindung zwischen den beiden herstellen, das tun Sie ja ohnehin schon zwischen dem Operettenkiller und Ihrer Kindheitserinnerung ... Das müssen Sie aber selbst entscheiden. Versuchen Sie, eine Leitlinie zu finden und sich daran zu halten.«

Noch eine Pause, noch eine Zigarette.

»Und noch etwas: Manche Stellen hören sich so an, als würden Sie für einen Auftraggeber schreiben, als hätte man Sie darum gebeten. Dabei spürt man, dass Sie die Höhen und Tiefen des Serienmörders langweilen, dass Sie das gar nicht interessiert. Die besten Passagen sind diejenigen, in denen Sie Ihren Mörder vergessen und dem das Wort überlassen, der in Ihnen selbst steckt. Dann sind Sie wirklich in Ihrem Element. Wenn Sie Ihre Phantasie in Szene setzen, macht das Lesen wirklich Spaß. Ein Auftrag kann zu einer soliden Arbeit führen, aber nicht zu einem Buch. Mir ist ein Buch lieber. Genau aus diesem Grund bin ich zu Montpensier gegangen, und falls ich Ihr Manuskript nehme, dann aus ebendiesem Grund. Ihre Geschichte muss mich überzeugen. Mag sein, dass es sich zunächst nicht so gut verkauft, aber wenn Sie etwas können, schaffen Sie den Durchbruch. Nicht zwangsläufig, aber dieses Risiko nehme ich gerne auf mich. Hier«, fügte sie hinzu und schob ihm das Manuskript über den Tisch, »jetzt liegt es an Ihnen, ob Sie bereit dazu sind.«

Ernest war ein wenig enttäuscht. Als das Gespräch zunehmend sachlicher geworden war, hatte er geglaubt, sie würde ihm nun einen Vertrag anbieten oder zumindest eine Art Vorvertrag für seinen Entwurf.

Obwohl es draußen schon empfindlich kalt war, verzichtete er auf die Metro und beschloss, den ganzen Weg zu Fuß zu gehen.

Zwei Stunden Fußmarsch, in denen er, das Manuskript unter dem Arm, über Christine Etchigolans Kommentare nachdachte.

Ein Text, der sie überzeugte?

Ausrede oder Kriterium?

Warum sollte sie sein Manuskript veröffentlichen, wenn sie nicht überzeugt davon war? Er war nicht berühmt, war weder Politiker noch im Show-Business, er war nicht einmal ein Serienmörder. Was hatte er einem Verlag schon zu bieten? Nichts, höchstens ein Buch, das ihm selbst gefiel. Doch war das eine Garantie für eine Veröffentlichung? Nicht unbedingt, eher ein Risiko.

Das oder *I Want You.*

Achtlos ging er an den Zeitungsständen und Buchhandlungen vorbei, nahm auch die Schlagzeile des *France Soir* nur ganz am Rande wahr: »Wann schlägt der Serienmörder wieder zu?«

Das war seine geringste Sorge.

Er musste schließlich ein Manuskript verfassen, einen Text, der überzeugte. Er brauchte sich nur noch an die Arbeit zu machen oder festzustellen, dass er dazu nicht in der Lage war.

Nun begann es ernst zu werden.

Als er an einer Telefonzelle vorüberkam, überlegte er, ob er Sabine anrufen sollte. Seit seiner Flucht vor Joseph hatte er nichts mehr von sich hören lassen. Doch nun war ihm kalt und seine Telefonkarte war abgelaufen.

»Ich muss eine neue kaufen«, murmelte er, als er die Tür des Hochhauses aufstieß, das den Boulevard de Picpus überragte.

*

Ernests Brief hatte sie tief gerührt.

Natürlich erinnerte sie sich an den alten Onkel und Ernests Weigerung, über ihn zu reden. Aus Scham, wie Sébastien, der Solange nicht sagen wollte, dass er am Sterbebett seiner alten Tante wachte. Als sie es erfuhr, beeilte sich die Heldin aus *Ich glaube an das Glück*, ihm Trost zu spenden und ihre Hilfe anzubieten. Wenn Ernest sie darum gebeten hätte, wäre sie ihm natürlich auch zu Hilfe geeilt.

Doch er hatte sie nicht darum gebeten, und seit zwei Monaten hatte sie nichts von ihm gehört. Sie fühlte sich hilflos. Warum war ihre Beziehung so kompliziert? Hätte sie ihm sagen sollen, dass man ihr im Supermarkt gekündigt hatte? Sie war nicht sicher, ob er ihre Geschichte von den nächtlichen Öffnungszeiten glaubte. Das quälte sie. Ob er sich aus diesem Grund nicht meldete?

Noch etwas anderes beunruhigte sie. Vor einem Monat hatte sie auf dem Anrufbeantworter eine Nachricht vorgefunden. Eine Frau bestätigte den Empfang eines Manuskripts und versprach, es bald zu lesen. Dieser Satz ging ihr nicht aus dem Kopf. War es die Ziege vom Verlag, die mit dem gestörten Geschlechtsleben? Ernest hatte geschworen, dass er sich nicht mehr mit ihr traf. War ihr Verdacht, den sie schon seit ihrer Zeit in Épinay hegte, doch begründet? War Samuel wirklich gelähmt? Saß Ernest wirklich an seinem Krankenbett? Oder nicht vielleicht doch bei dieser Ziege vom Verlag? Mit ihrem Arbeitsplatz hatte Sabine auch ihre Illusionen verloren und musste nun die Grausamkeit der Welt entdecken. Zu allem Unglück musste sie nun auch erkennen, dass Ernest eine dieser Grausamkeiten war.

Zum Glück gab es noch die Umschulungskurse des Arbeitsamts, sonst wäre ihr Leben völlig unerträglich geworden. Dort hörten die Lehrer ihren Schülern wenigstens zu, wussten, wie man sie für ein Thema interessierte. Aus der Reihe der Angebote hatte sie Kurse ausgewählt, die mit Kommunikation zu tun hatten. Dort fühlte sie sich wohl. Sie konnte sich gut vorstellen, als Gesprächsleiterin zu arbeiten, zum Beispiel als Schlichtungsvermittlerin in einem der hochsensiblen Stadtviertel, oder als Hilfsbedienstete in der Verbrechensprävention, als Assistentin in der Erziehungsberatung oder auch als Krankenpflegerin für Behinderte, ältere Menschen oder in der Sterbebegleitung. Im Grund alles, was in der einen oder anderen Weise mit Kommunikation und Verantwortung zu tun hatte. Sie befolgte die Ratschläge ihrer Lehrer, übernahm Verantwortung für ihr Leben, prüfte sämtliche Stellenangebote, verschickte Lebensläufe und stellte sich bei Firmen vor, die befristete Jobs anboten und versprachen, den Kandidaten ihre Entscheidung schriftlich mitzuteilen. Eine Stelle in einer Parfümerie mit anspruchsvoller Kundschaft hätte ihr gefallen, aber es war immer das Gleiche: Dazu brauchte man Beziehungen.

Durch Ernests Kredit im *Lapin* konnte sie ihre Lehrer und einige Mitschüler zu einem ausgiebigen Abendessen mit besten Weinen einladen. Marmaduke fand sie sympathisch, denn sie bestellte immer das Teuerste. Ohne die Regeln des ausgezeichneten Service zu verletzen, erkundigte er sich nach Ernest. Wir haben ihn schon lange nicht mehr gesehen und warten gespannt auf sein nächstes Werk, bitte grüßen Sie ihn von uns, und so weiter. Und das alles in einem sehr gepflegten Ton. Danach ging sie noch zu einem Freund, mit dem sie die Flasche Pétrus oder Chateau-Pichon-Longueville leerte, die sie auf Marmadukes Anraten noch mitgenommen hatte.

An manchen Abenden war sie so betrunken, dass sie keinen Fuß mehr vor den anderen setzen konnte.

Oder nicht bemerkte, dass sich ein ganz unscheinbarer Mann für sie interessierte.

Er lauerte an der Tür des *Lapin.* Alles an seiner Haltung bis hin zu seinem Gang ließ erkennen, dass er es gewohnt war, Frauen zu folgen.

Doch sie bemerkte ihn nicht, zu viel Saint-Emilion und zu sehr mit ihrem derzeitigen Freund beschäftigt.

Und er war viel zu diskret.

Er folgte ihr immer und überall.

*

Ernest ging meist sehr früh aus dem Haus.

Auf leisen Sohlen schlich er aus Samuels Zimmer, nahm die Metro bis Anvers und ging direkt in die Rue Rodier. Dort verbrachte er den ganzen Tag damit, ihr alle Geheimnisse zu entreißen, notierte in seinem Heft jede Einzelheit und die leiseste Erinnerung, die ihm wieder einfiel.

Zuerst blieb er an der Nummer 29 vor dem Gebäude an der Ecke zur Rue de la Tour-d'Auvergne stehen, schaute lange zu den Fenstern im dritten Stock hinauf, wo er mit Samuel gewohnt hatte, und machte sich dann an die Arbeit. Er durchstreifte die Straße wie ein Buch, das auf jeder Seite Bruchstücke seines Lebens enthielt. An der Nummer 58 hing ein Schild mit der Inschrift: *Hier lebte Émile Reynaud, 1844–1918, Pionier des Kino- und Zeichentrickfilms.* »Ein großer Filmemacher«, erinnerte sich Samuel. Als Ernest fragte, was genau Émile Reynaud gemacht hatte, erwiderte er: »Große Filme«. In einem Lexikon erfuhr er, dass Émile Reynaud das optische Theater aus dem Praxinoskop, dem Vorläufer des Zeichentrickfilms, entwickelt hatte. Weiter unten in der Nummer 48 befand sich das *Woodstock Hôtel* mit seiner blaurosa Fassade, an die er sich nicht erinnern konnte. Vielleicht war es früher ein Restaurant oder ein Café gewesen. Vor seinem inneren Auge sah er ein Lokal, in dem Männer im

Zigarettenrauch verschwanden. Diese verräucherte Bude hatte er sich gemerkt. Der Rauch brannte ihm in den Augen, doch den Männern machte das nichts aus. Mit der Zigarette im Mundwinkel laborierten sie an ihren Emphysemen und ihrem Lungenkrebs. Viele wurden von grässlichen Hustenanfällen geschüttelt, räusperten sich und spuckten aus. Ihre Schimpftiraden waren im ganzen Saal zu hören. Ernest war sich nicht ganz sicher, ob dieser Saal im Haus Nummer 48 gewesen war, vielleicht war er ja auch im *Le Coin des amis*, dem Café an dem kleinen, dreieckigen Platz am Ende der Rue Rodier gewesen. Die Entfernung von Samuels Haus bis dorthin entsprach in etwa seiner Erinnerung, nicht aber die Räumlichkeiten. Spuren einer glänzenden Vergangenheit suchte man dort vergeblich. Jedes Mal traf Ernest dort dieselben Männer, die mit einem Crème oder einem kleinen Weißen am Tresen lümmelten, denselben Kellner mit dem schleppenden Gang und dieselben zwei zittrigen Alten, die an dem Tisch ganz hinten einen Diabolo mit Sirup tranken. Sie saßen da, als warteten sie auf das Ende der Welt, und um sich das Warten zu verkürzen, schlürften sie das billige Zeug.

Kein Vergleich mit dem überfüllten Saal von früher, wo Jacket, Domino oder eine Art Skat gespielt wurde, wo man Pistazien knabberte, starken Kaffee trank, ägyptische Zigaretten rauchte und sehr gewählt fluchte. Ernest freute sich über den harten Knall, mit dem die Dominosteine auf den Tisch geklatscht wurden. Der Knall von Profis. Deshalb hatte er immer bedauert, dass sein Onkel lieber Karten spielte, das war ihm zu leise. Dieser laute, verräucherte Saal war einer der wenigen Orte, an denen Samuel den Serial-Killer mal vergessen konnte. Er fühlte sich wohl unter diesen schmerbäuchigen Typen, die, zumindest ihren Anzügen nach, sehr erfolgreiche Geschäftsleute waren. Das hinderte sie jedoch nicht daran, gelegentlich die Weste aufzuknöpfen und oft auch den Gürtel und den ersten Knopf des Hosenbundes, um dem Bauch Platz zu lassen. Wer kein Geld hatte, stand in dem Kreis rings um die gut Gekleideten, verfolgte die Partien, nickte bei geschickten Zügen zustimmend oder grinste bei strategischen Fehlern voller Schadenfreude. Sie selbst spielten nicht, doch sie wussten immer alles besser. Ihre Würde beruhte auf ihrer Fähigkeit, jeden Zug zu kommentieren wie ein Fußballspiel im Fernsehen. So jedenfalls verstand Ernest ihre Mimik. Man erkannte die weniger Betuchten an ihrer nicht ganz so guten Kleidung und ihrer etwas unterwürfigen Art, die Arme manchmal Reichen gegenüber an den Tag legen. Diese wiederum spielten unbeirrbar mit hohen Einsätzen. Die Karten flogen auf die Tische, Samuel konzentrierte sich auf sein Spiel, zählte immer wieder die Punktzahl seiner Hand, und oft begannen die Gegner unvermittelt in einer ganz eigentümlichen Sprache furchtbar zu fluchen. Einer harten und kantigen Sprache, die ebenso heftig knallte wie die Dominosteine auf der Tischplatte. Wegen einer falschen Ansage, einem missglückten Schnitt, einer schlechten Karte explodierte er schier vor Wut. Einmal, es war nach *Die Zehn Gebote* von Cecil B. DeMille im Paramount Opéra, fiel Ernest beim Anblick des wild mit den Karten fuchtelnden und seine Mitspieler anbrüllenden Samuel eine Szene mit Charlton Heston ein, in der er voller Zorn die Gesetzestafeln auf sein Volk schleudert. Diese Explosionen erschreckten jedoch nur Ernest. Alle in der Runde riefen: »Ärgere dich nicht, Samy, so ist das eben!« Mit den Karten in der Hand versuchte Samuel den Grund für seinen Ausbruch zu erklären, doch seine Worte gingen im Rauch und im Lärm anderer Wortgefechte unter. Also setzte er sich schimpfend wieder hin. Wenn jedoch an einem Nachbartisch Streit ausbrach, rief er seinerseits gehässige Sticheleien hinüber. Manchmal bezweifelte Ernest sogar, dass seine Wutanfälle echt waren, denn er kehrte immer gut gelaunt nach Hause zurück, selbst wenn er verloren hatte.

Trotz seiner Angst vor diesen Zornesausbrüchen war Ernest froh, seinen Onkel ins Café begleiten zu dürfen, und stolz, dass er so gut gekleidet unter den Leuten saß, die so laut schimpften, die sich zwischen zwei Partien über die harten Zeiten beklagten, über den Fiskus und ihre Frauen. Alles wäre in bester Ordnung gewesen, wenn Ernest eines Tages nicht hätte befürchten müssen, dass ihn Samuel in seiner liebevollen Fürsorge zu Hause lassen würde. Denn plötzlich stellte man fest, dass ein Ort, an dem gespielt, geraucht, getrunken und geflucht wurde, für ein Kind denkbar ungeeignet war. »Du solltest den Kleinen nicht mitbringen«, sagten sie, »der Rauch ist schlecht für seine Lungen. Du brauchst eine Frau, die sich um ihn kümmert, in deinem Alter findest du schon noch die Richtige.« Dann lachten sie laut. Doch zu Ernests großer Erleichterung vergaßen sie ihn wieder und erzählten sich Witze, die er nicht verstand.

Abends, wenn er meinte, genügend Erinnerungen gesammelt zu haben, kehrte er ins Krankenhaus zurück. Samuel schlief dann meist schon. Ernest setzte sich ans Fußende seines Bettes, blätterte in seinen Notizen oder suchte nach einer dynamischen Handlung, wie Christine Etchigolan sie verlangt hatte.

Er fühlte sich in Samuels Zimmer wohl.

Als er es vor zwei Monaten nach langer Zeit wieder betreten hatte, hatte er den Eindruck gehabt, es erst am Tag zuvor verlassen zu haben. Es herrschte noch immer dieselbe dämmrige Stille und dieser Geruch nach saurer Milch, von dem Maryse übel geworden war. Es war ein Ort, an dem ein Mensch endlos mit seinem Ende rang. Der Fernseher gegenüber dem Bett zeigte ein Standbild des Serial-Killers aus seiner Kindheit, in seinem rednerischen Schwung erstarrt, mit weit geöffnetem Mund, hervortretenden Augen, dem kleinen Schnurrbart dicht unter den Nasenlöchern. Wer hatte ihn erstarren lassen? Als er zum Bett trat, entdeckte er Samuels linke Hand, die krampfhaft die Fernbedienung umschloss. Ohne das leichte Pfeifen seines Atems hätte man ihn für definitiv erstarrt halten können. Ein alter Mann, reglos in seinem Bett, ein verrückter Redner, in seinem Redefluss versteinert.

Zwei stillstehende Bilder, die sich gegenseitig fixierten.

In regelmäßigen Abständen unterbrachen Verdauungsgeräusche Samuels Atmung. Ernest entdeckte, dass sie Wörter bildeten. Diese Wörter ihrerseits bildeten Sätze, und die Sätze erzählten eine Geschichte, die vor langer Zeit begann. In diesem Zimmer ruhte Samuel mit seinem ganzen Leben. Serial-Killer hatte sich zu ihm gesellt, ein treuer, nie verleugneter Begleiter.

Über den halb verwesten Körper seines Onkels gebeugt, ganz dicht an seiner Atmung lernte Ernest die gurgelnden Geräusche, die diesem halb geschlossenen Mund entwichen, zu deuten. Dann hielt er sie in seinem PowerBook fest, um sie später der Welt zurückzugeben.

Auch das gehörte zu seiner Aufgabe als Schriftsteller.

Er zog in dieses Zimmer ein. Man baute ein Feldbett für ihn auf, und er durfte die Annehmlichkeiten nutzen, die ein Krankenhaus der Familie eines Sterbenden bietet. Er lebte von Joseph Archimboldos Geld, schlief hier, nahm seine Mahlzeiten im Krankenhaus ein und verließ es nur, um am Boulevard de Picpus frische Luft zu schöpfen oder in der Rue Rodier neue Erinnerungen zu sammeln.

Er kam schneller voran als er gedacht hatte.

Der Handlungsverlauf wurde zunehmend deutlicher. Er beruhte auf jenem Vertrag, der Joseph mit der Hauptfigur, die er Ernest nannte, verband. Joseph wurde zum Katalysator, der dem Helden seinen lang gehegten Wunsch zu schreiben offenbarte. Der Serienmörder räumte samt seinen illustren Vorfahren die Bühne. Sie spielten nun keine Hauptrollen mehr, denn in diesem Buch sollte es in erster Linie um das Wunder gehen, das einen Menschen dazu brachte, sich von seinesgleichen abzukoppeln, der Welt und denen, die ihm lieb waren, den Rücken zu kehren, und sich in asketischer Weise mit einem Text zu befassen. Eigentlich war der lächerliche Joseph der Zauberer, der das Wunder zustande gebracht hatte. Aber er würde nicht mehr viel davon haben, denn sein Untergang war beschlossene Sache. Die Geschichte war auf dem richtigen Gleis, hatte einen roten Faden und lief flüssig dahin. Manchmal vergaß Ernest, dass er sich in einem Krankenhaus befand, und ließ seiner Freude freien Lauf. Er tanzte um Samuel herum, der seine Begeisterung teilte und mit seiner gesunden Hand den Takt zu seinen Freudentänzen klopfte. Zufällig setzte die Fernbedienung, die er noch immer festhielt, den Serial-Killer wieder in Bewegung.

Auch er nahm an der Fete teil.

*

Noch ziemlich lange pilgerte Ernest immer wieder zur Rue Rodier. Eines Tages, als er auf seinem Weg dorthin die Avenue Trudaine überquerte, sah er Maryse aus einem stattlichen Haus kommen.

Wie angewurzelt blieb er stehen. Hatte sie einen ihrer Autoren besucht oder einen ihrer Gigolos? Hatte sie ihn bemerkt? Auf jeden Fall schien sie vor irgendetwas zu flüchten, stieg eilig in ihren Mini und fuhr mit quietschenden Reifen davon.

Von diesem Tag an mied er die Rue Rodier.

Am nächsten Tag rief er Sabine an und ließ sich dazu überreden, sie zu Samuel mitzunehmen. Als sie ihn sah, wäre sie beinahe in Ohnmacht gefallen. Trotzdem redete sie ihm zu, weiterhin bei seinem Onkel zu bleiben. »Ich werde stark sein«, versprach sie und unterdrückte ihre Tränen. »Du musst zuerst an ihn denken, er braucht dich jetzt. Außerdem kannst du hier an deiner Übersetzung für Romance arbeiten.« Ernest wurde das Gefühl nicht los, dass sie das nicht ernst meinte, obwohl ihr Kummer nicht gespielt wirkte.

Auf jeden Fall kam sie nicht mehr ins Krankenhaus. Stattdessen kam er zu ihr, meist nachts, um Josephs Nachstellungen zu entgehen. Er war ihnen bereits an dem Tag gefolgt, an dem er Sabine ins Krankenhaus mitgenommen hatte. Um ihn abzuschütteln, war er, eine völlig verwirrte

Sabine hinter sich herziehend, bis zur Metro gelaufen und erst im letzten Augenblick, als sich die Türen schon schlossen, in den Zug gesprungen. Wenn er in die Rue des Martyrs kam, bemerkte er jedes Mal Joseph mit seinem Fernglas am Fenster. Er lief so schnell er konnte zur Haustür, drückte hektisch den Code, stieß die Tür auf und stürzte förmlich in den Korridor.

In der Wohnung vermied er es, Licht zu machen, stattdessen tastete er sich im Dunkeln ins Schlafzimmer. Nicht immer traf er dort eine schlafende Sabine an. Die Nachtschichten im Supermarkt boten eine gute Ausrede. Allerdings gelang es ihm auch manchmal, sie im Bett zu überraschen, oft mitten im Schlaf. Er legte sich zu ihr und sie liebten sich. Er hörte sie unzusammenhängende Sätze murmeln, Worte, die er nicht verstand, die sich anhörten wie seine eigenen. Entweder blieb er dann bis zum nächsten Tag oder er verschwand noch in der Nacht, aber immer mit frischer Wäsche, die sie für ihn bereitgelegt hatte.

Und er kehrte wieder zu Samuels gurgelnden Verdauungsgeräuschen zurück.

Diese erzählten eine alte Geschichte, die bis zu seiner Geburt und vielleicht noch weiter zurückreichte. Eine Geschichte, die ihm einen Platz zuwies, vielleicht den Platz des Schriftstellers, der ihm schon in eine sehr behagliche Wiege gelegt worden war und dem er sich nicht entziehen konnte. *Was das Leben aus ihm gemacht hatte, spielte keine Rolle*, schrieb Ernest, *denn die Person, von der Samuel träumte, existierte schon seit einer Ewigkeit. Sie war gezeichnet von Spuren, die weder das Leben noch die Liebe noch ein günstiges oder ungünstiges Schicksal auslöschen konnten. Spuren, die den unauslöschlichen Teil von ihm selbst darstellten. Das war es, was er in diesem nach saurer Milch riechenden Zimmer gesucht hatte: sich selbst.* Solche Gedanken waren es, die Ernest inden erzählerischen Fortgang seiner Geschichte einfließen ließ.

Aufmerksam verfolgte das Krankenhauspersonal seine regelmäßigen Besuche, nachdem er sich so lange Zeit überhaupt nicht blicken lassen hatte. Wollte er Samuels letzte Worte nicht versäumen? Er verbrachte allem Anschein nach Stunde um Stunde damit, nach seinem Diktat zu schreiben. Bis dahin hatten sich die Krankenschwestern nie Gedanken darüber gemacht, dass die seltsamen Geräusche des Kranken einen Sinn ergeben könnten. Außerdem hatten sie kaum Zeit, sich damit aufzuhalten. Sie schalteten ihm den Fernseher ein – mit dem Pausenbild vom Serial-Killer – und ließen ihn ansonsten in Ruhe, kümmerten sich nur um seine Pflege, wechselten die Laken und legten ihm die Flasche an, die er häufig verlangte. Als sie Ernest eifrig schreiben sahen, dachten sie wohl, dass diese unverständlichen Laute vielleicht eine fremde Sprache waren. Sie staunten, dass Samuel so viel zu erzählen hatte, und dass ein Mann, der sicher Besseres zu tun hatte, sich tage- und nächtelang darüber Notizen machte. Doch im Grunde genommen ging sie das nichts an.

Er setzte sich an den Rand des Bettes, ganz nah zu Samuel, wie er es als Kind gerne getan hatte, und ließ sich von den Verdauungsgeräuschen des alten Mannes tragen. Sie bezogen sich auf weit zurückliegende Bilder, Empfindungen und Klänge, die er zu erkennen glaubte. Der Onkel, der auf die Pauke schlug, mit seinen Erfolgen bei Frauen prahlte, mit schulmeisterlicher Miene sein Wissen über den Serial-Killer verbreitete – bewundernd, wenn er an dessen erzählerisches Talent erinnerte, pathetisch, wenn er dessen Schandtaten anprangerte.

Die unmerklichen Bewegungen, die Samuels Gesicht durchzuckten, gaben Ernest die Gewissheit, dass der alte Mann wusste, dass sein Neffe da war, was er tat und wie weit er mit seinem Bericht gekommen war.

Denn aus diesem Grund lebte Samuel noch, wartete immer aufs Neue auf Ernests Besuche. Sein baldiges Ende? Guter Witz! Die Krankenschwestern hatten ihn noch nicht abgeschrieben, er schonte sich. Wie ein Reisender in der Wüste schöpfte er seine Kraft aus seinem halben Leben und seinen halbseitigen Bewegungen. Samuel, das Schiff in der Wüste! Er wusste, dass Ernest sein Buch schreiben würde. Gleichgültig, ob es fertig wurde. Kinder erfüllen nie ganz die Wünsche ihrer Eltern. Sollte er den Serial-Killer ruhig mit den Zügen eines unbedeutenden Menschen ausstatten! Wenn es ihm Spaß machte. War Serial-Killer nicht selbst ein unbedeutender Mensch? Ein durchschnittlicher Typ mit einer Kartoffelnase, der sich auf unappetitlichste Weise in aller Öffentlichkeit in den Zähnen herumstocherte. Ein Mythomane, der sein Geld aus dem Fenster warf, das passte schon. Vielleicht machte Ernest ja einen Hehler aus ihm, der die heiße Ware lieferte, die einen Schriftsteller zum Schreiben brachte? Genau das hatte er ihm immer eingetrichtert. Serial-Killer war so ein Hehler, der der Literatur durch seine Taten den Stoff lieferte. Wie viele Bücher waren über ihn schon geschrieben worden? Wer wusste das schon. Das wars, was Ernest erzählen würde. Wenn der Lektor sein Manuskript las, würde er ihm die Füße küssen, nur um es veröffentlichen zu dürfen. Er konnte ja nicht ahnen, dass er, der alte Samuel, sich alles ausgedacht hatte, dass es eigentlich seine Geschichte war, die er da veröffentlichte.

Und der alte Samuel lachte lautlos über den Schabernack, den er gerade ausheckte.

11 Sabine konnte es nicht fassen.

Seit Monaten hatte sie an den Maßnahmen des Arbeitsamtes teilgenommen, sämtliche Pflege- und Kommunikationskurse besucht, Dutzende von Stellenangeboten durchgehechelt, Lebensläufe verschickt, war zu Vorstellungsgesprächen gegangen, hatte sich immer im besten Licht präsentiert, immer gelächelt, kurz, hatte sich immer so professionell verhalten, wie man es ihr beigebracht hatte. Doch alles vergeblich. Nicht der Hauch eines winzigen Vertrags, einer Probezeit, in der sie sich hätte bewähren können, kaum ein Wort des Dankes, nur haufenweise »Sie hören von uns«, um dann nichts mehr zu hören. Mehr als einmal war sie kurz davor, alles hinzuwerfen, als plötzlich – sie glaubte schon nicht mehr daran – zwei Tage nach Neujahr das Unglaubliche passierte: Endlich hatte sie einen Arbeitsplatz! Zwei Tage nach dem herrlichen Abend mit Ernest, als sie gemeinsam in einem Couscous-Mechoui am Boulevard Barbès und später allein das neue Jahr gefeiert hatten. Hieß es nicht, ein Glück käme niemals allein?

Als Ernest gegangen war, ging sie zu *Crazy-Sexy*, dem Sexshop in der Rue Fromentin, der so viel Werbung für Strings machte. Es müsste doch mit dem Teufel zugehen, hatte sie gedacht, wenn sie dort nichts Interessantes für ihre Ersparnisse fände. Nicht zu teuer und aus einem naturbelassenen Stoff, Baumwolle oder Seide, um keine erneute Dermatose zu riskieren.

Nach einigen Anproben fand sie ein Modell in strahlendem Blau mit Silberfäden, das weich auf der Haut lag. »Naturfaser«, erklärte der Verkäufer. Der String-Tanga schmiegte sich so harmonisch um ihre Formen, als wäre er eigens für sie hergestellt. »Genau das, was Sie brauchen«, meinte der Verkäufer, »unsere Tänzerinnen tragen alle dieses Modell.« Er drehte die Musik lauter: *If You Can't Dance* von den Spice Girls, ein schnelles, mitreißendes Stück. Die Hände hinter dem Nacken – wie Lou Reed in *Walk on the Wild Side* –, etwas erhitzt ... und schon ging es los. Fäuste über dem Kopf, Augen halb geschlossen, Lippen zusammengepresst und ein ekstatischer Blick an die Decke. Der String passte sich wunderbar an, folgte ihren Bewegungen, spannte sich in silbernem Schillern, und der Spiegel warf das Bild eines Mädchens zurück, das sich in seiner Haut wohl fühlte. Ernest fände sicher Gefallen daran, wenn er wieder zu Besuch käme.

»Bravo!«, rief der Verkäufer, »Sie sind ja ein echtes Talent.«

Sie hatte sich auch Kosmetika ausgesucht, aber als sie den Preis hörte, war ihre Freude sofort verflogen.

»Zu teuer«, meinte sie leise, »ich muss sparen, ich bin arbeitslos.«

Der Verkäufer hatte sie abschätzend gemustert.

»Sie könnten eine sehr gute Tänzerin werden«, meinte er. »Das wird gut bezahlt und ist nicht so anstrengend.«

Und er fügte hinzu:

»Wenn Sie annehmen, ist der String ein Geschenk des Hauses.«

Anfangs war es nicht ganz einfach.

Aber der Verkäufer machte ihr Mut. Er hieß Raymond und kaum hatte sie angenommen, duzte er sie schon, was sie zuerst ein bisschen störte, aber mit der Zeit gewöhnte sie sich daran.

»Du musst jeden Kontakt zur Kundschaft vermeiden«, hatte er ihr erklärt. »Das wird als Prostitution angesehen. In der Privatvorstellung werden sie dir Geld anbieten, du darfst es aber nicht annehmen. Du bist der Ersatz für ein Mädchen, das sich von einem Kunden bezahlen lassen hat. Pech gehabt, so sind nun mal die Regeln in der Einzelkabine. Sie wollte mich austricksen. Du hältst dich an die Vorschrift, sonst fliegst du raus, kapiert?«

Wie um die Härte seiner Worte abzuschwächen, fuhr er fort:

»Aber ich glaube, dass du ein braves Mädchen bist. Wenn du ordentlich arbeitest, bist du bestimmt zufrieden.«

Und sie war wirklich zufrieden.

Doch es hatte Mühe gekostet.

Sie musste im ziemlich schmutzigen Untergeschoss arbeiten. Niedrige Decke, grob verputzte, schlecht gekalkte Wände, die sie an die schmierigen Cafés an der Porte de Clignancourt erinnerten. Ihr Job bestand darin, auf einer Art Drehscheibe zu tanzen, um die enge Kabinen mit Oneway-Spiegeln angeordnet waren. An den Wänden klebten Fotos von Mädchen in eindeutigen Posen. Raymond hatte ihr angeboten, einen Künstlernamen unter ihr Bild zu setzen, doch das wollte sie nicht.

Das tat ihrer Nummer aber keinen Abbruch.

Sie gab ihr Bestes, ließ sich ganz von der Musik inspirieren. Whitney Houston, Risquee, Proximus Desaster, Spice Girls, Allan Théo und Body Building untermalten ihre Beckenschwünge, von den One-way-Spiegeln hundertfach zurückgeworfen. Sie nahm auch gewagte Posen ein und war so sehr in ihr Tun vertieft, dass sie die Typen auf der anderen Seite der verspiegelten Scheiben völlig vergaß. Nur die Freude an der Bewegung zählte, sich zu betrachten, sich so wohl zu fühlen wie in den Videos im Fernsehen.

Heikler erwies sich die Arbeit in der Privatvorstellung. »Da kommt das Geld herein«, sagte Raymond. »Der Kunde muss Lust bekommen, in die Privatvorstellung zu gehen.« Doch beim intimen Tête-à-Tête fühlte sie sich völlig hilflos. Obwohl der Kunde durch ein Gitter von ihr getrennt war, eingezwängt in einen Verschlag, in dem er sich kaum bewegen konnte. Anfangs machten ihr diese Männer das Leben schwer. Da kein körperlicher Kontakt möglich war, wollten sie schweinische Wörter hören. Einfache Dinge, niemand verlangte von ihr, neue aufgeilende Obszönitäten zu erfinden. Nicht Poesie war gefragt, nur primitivste Schlüpfrigkeiten. Doch das konnte sie nicht. Langsam wurden die Kunden unruhig, zogen zu wenig Befriedigung aus dem schluchzend hervorgestoßenen Gestammel. Sie hatte Angst, dass sie sich bei Raymond beschweren würden und sie ihren Job verlieren könnte.

Eines Tages aber – sie wusste selbst nicht genau wie es kam – gab sie die richtige Antwort, die sie sogar selbst überraschte und den Kunden begeisterte. Sicher hatten ihre vielen Kommunikations- und Pflegekurse dazu beigetragen. Private Stimmungsgehilfin, das gefiel ihr. Raymond bedauerte nicht, sie eingestellt zu haben. Die Privatvorstellung war nie leer. Sie nutzte auch ihre in der Weiterbildung erworbene Fähigkeit des Zuhörens. Auch dem Verlangen der weniger Betuchten schenkte sie Aufmerksamkeit, half ihnen, dreckige Wörter auszusprechen und sich dadurch zu erleichtern. Sie war glücklich, wenn sie zufrieden wieder gingen, und sie erkannte, dass sie wirklich Talent besaß, wenn es um Trost und Beistand ging.

Schon nach wenigen Monaten hatte sie ihre Stammkundschaft. Ältere Männer, mit denen sie sich gut verstand und deren Leben dem ihrer Eltern in Épinay glich. Sie konnte sie sich ohne Weiteres im Schlafanzug vor dem Fernseher vorstellen. Sie erzählte ihnen von ihrer Kindheit, ihrer früheren Arbeit im Supermarkt, ihren Kursen vom Arbeitsamt, ihrem Leben mit Ernest. Es gelang ihr sogar, einige ihrer Kunden für die Romance-Geschichten zu interessieren, die er schrieb. Den Kunden mit der Goldrandbrille etwa. Ein Baron, dessen Vorfahren an den Kreuzzügen teilgenommen hatten, der aber eher wie ein Büroangestellter wirkte. Obwohl er sich sehr gewählt ausdrückte und fast alle Bücher von Ernest gelesen hatte. Sie redete viel mit ihm, obwohl sie nicht immer auf alle seine Fragen eine Antwort hatte. So konnte sie ihm beispielsweise auch nicht sagen, in welchem Hospital sich der kranke Verwandte von Ernest behandeln ließ. Sie hatte ihn ja nur einmal spät abends besucht. Der Baron hatte nicht weiter darauf bestanden.

Alles stand also zum Besten. Sie verdiente ihren Lebensunterhalt, musste nicht mehr auf den Preis achten, wenn sie sich ein Kleid kaufen wollte und konnte sogar Ernests Wohnung renovieren. Sie kaufte einen Fernseher mit Super-Bildschirm, ersetzte den alten Gasherd und den Kühlschrank durch neuere Modelle und leistete sich sogar einen Geschirrspüler, der ihr Leben verändern sollte. Sie träumte auch davon, ein paar ziemlich abgenutzte Möbel zu ersetzen. Auf jeden Fall würden sie in eine größere Wohnung umziehen, wenn sie einmal Kinder hätten. Jetzt, da sie ihren Lebensunterhalt verdiente, machte sie sich keine Sorgen mehr um eine Familie oder eine höhere Miete. Sie hatte zwar noch nicht mit Ernest darüber gesprochen, er war zu sehr mit dem Gesundheitszustand seines Onkels und mit seiner Arbeit beschäftigt. Doch der Onkel würde nicht ewig leben, und eines Tages würde Ernest auch mit seinem Buch fertig werden. Inzwischen passte es ihr ganz gut, dass er im Krankenhaus war. So konnte sie sich ganz ihrer Arbeit widmen, von der sie ohnehin oft erst spät nachts nach Hause kam.

Manchmal fragte Raymond, ob sie nach der Arbeit nicht noch ein wenig bleiben könnte. Das lehnte sie nur ab, wenn Ernest kam. Sie mochte Raymond. Trotz seines ungepflegten Äußeren war er ein sanfter Mensch. Wenn sie Überstunden machte, durfte sie sich am nächsten Tag freinehmen.

*

Ernest schrieb. Nichts konnte ihn aufhalten. Er drehte und wendete jeden Satz, reihte ein Paradoxon ans andere, kombinierte seltene Wendungen, ließ sich die Sätze auf der Zunge zergehen und schlug plötzlich zu. Dort, wo man es am wenigsten erwartete, dort, wo es ins Schwarze traf. Dem Leser durfte als Ausweg nur das Weiterlesen bleiben. Er musste so auf die Fortsetzung gespannt sein, dass er bereit war, alles andere stehen und liegen zu lassen.

Zur Entspannung ging er auf ein Gläschen ins *Canon de la Nation* oder auf dem Boulevard de Picpus spazieren. Oder er besuchte Sabine. Er staunte nicht schlecht über das neue Ambiente der Zweizimmerwohnung. Das neue Sofa von Knoll musste mehrere Monatslöhne ihres Supermarktsalärs gekostet haben, der neue Fernseher, ein Bang & Olufsen, war sicher auch nicht gerade billig gewesen, ganz zu schweigen von der Mikrowelle, dem Geschirrspüler und der Kühl-Gefrierkombination, alles von Miele. Hatte sie im Lotto gewonnen oder ließ sie sich aushalten? Sabines wirres Gefasel von Ersparnissen und der Aussicht auf eine bessere Stelle überzeugte ihn nicht. Doch er war so sehr mit seiner Schreiberei beschäftigt, dass er sich sowieso für nichts anderes mehr interessierte. Außerdem ging ihm Sabine mit ihren Hausfrauenallüren auf die Nerven. Mit der Zeit kam er immer seltener.

Auch sein Viertel wurde ihm fremd. Als er Richtung Pigalle ging, fiel ihm die bedrückte Atmosphäre auf. Die Polizei schaute jeden argwöhnisch an, die Prostituierten gingen mit ängstlichen Blicken am Straßenrand auf und ab. Und dann war da noch Joseph, der ihm mit seinem Fernglas auflauerte. Sobald er in die Rue des Martyrs einbog, hatte er nur ein Bestreben: so schnell wie möglich zu Samuel zurückzukehren. Dort erwarteten ihn der Tod und die Literatur. Er fühlte sich wohl, ließ sich vor seinem Mac nieder, schaltete das magische Viereck ein, las noch einmal die letzten Zeilen und legte los.

Manchmal legte er einen rasanten Start hin. Er selbst

nannte es Inspiration, obwohl er sich von diesem Wort nicht täuschen ließ. Angeblich erzeugte sie turbulente Augenblicke, wahre Stürme, die den begnadeten Schriftsteller heimsuchten – den Schriftsteller, den Erwählten der Erwählten, den Mann mit dem fiebrigen Blick, dem bleichen Gesicht, den Schwärmer – *erhebt euch, geliebte Gewitter!* –, Turbulenzen, die ihm Arbeitsfieber bescherten und manchen Abend zunichte machten.

Doch Ernest schrieb, und wenn er genug hatte, schlenderte er durchs Viertel.

Eines Abends trank er im *Canon de la Nation* ein Bier. Das Café war nahezu leer und er wollte gerade eine Idee in seinem Heft notieren, als ihn eine junge, dunkelhaarige Frau mit traurigen Augen ansprach. Sie hielt Eugène Sues *Geheimnisse von Paris* in der Hand.

»Erkennen Sie mich wieder?«, fragte sie.

Erstaunt sah er sie an.

»Sie haben mich vielleicht nie bemerkt«, meinte sie. »Sie saßen immer ganz hinten mit Ihrem Computer, unter dem Bild von Toulouse-Lautrec.«

»Tatsächlich!«, rief Ernest, »Sie waren öfter im …«

»Im *Lapin chasseur.* Ich wohne dort ganz in der Nähe. In Cafés kann man am besten lesen.«

»Und was führt Sie in diese Gegend hier?«, fragte Ernest.

»Ich arbeite im Picpus als Krankenschwester. Ich konnte es kaum glauben, als ich Sie mit Ihrem Computer dort gesehen habe. Allerdings sehen Sie jetzt eher so aus, als ob Ihnen das Schreiben Spaß machen würde. Im Gegensatz zu damals im *Lapin.* Es gibt allerdings Leute, die Ihnen vorwerfen, das Krankenhaus als Schriftstellerklause zu missbrauchen. Die würden Sie gerne hinauswerfen, wenn sie könnten.«

»Würden Sie mich auch gern hinauswerfen?«

»Nein, ich finde, man muss Schriftsteller in Ruhe arbeiten lassen, auch in einem Krankenhaus. Mir gefällt es, wenn Sie am Bett Ihres Onkels sitzen und sein Diktat aufnehmen. Sie halten in Worten fest, was andere nicht einmal hören, das finde ich phantastisch.«

Plötzlich stand sie auf.

»Ich muss jetzt gehen«, fügte sie verlegen hinzu.

»Wollen Sie nicht noch bleiben?«

»Das geht leider nicht, sonst komme ich zu spät.«

»Sehen wir uns wieder?«

»Ich arbeite auf der Station, in der Ihr Onkel liegt.«

Im Hinausgehen murmelte sie noch:

»Ich heiße Denise.«

Er schaute ihr nach. Sie war hübsch. Verse aus *Die Einladung zur Reise* fielen ihm ein.

Dort wird alles
geheimnisvoll zur Seele sprechen
in ihrer süßen Himmelssprache.

Als er wieder bei Samuel saß, fiel es ihm schwer, sich zu konzentrieren. Seine Finger zitterten ein wenig auf der Tastatur. Er dachte an diese Frau.

*

Sein Canon-Fernrohr mit fünfzehnfacher Vergrößerung war direkt auf das Fenster gegenüber gerichtet.

Nun lauerte er schon seit drei Monaten.

An Stelle des Schriftstellers bei der Arbeit bot sich ihm

die Königin des String. Sie probte mit durchgedrücktem Kreuz, schwingendem Becken, die Arme über den Kopf gereckt, und hörte dabei ihre Lieblingssänger. Missmutig legte er das Fernglas weg. Leer erschien ihm die Welt ohne Ripper. Als er seine Beobachtung wieder aufnahm, war sie immer noch da. Vom *Crazy-Sexy* bis zum Fenster gegenüber schien sein Leben nur noch aus einer einzigen Peepshow zu bestehen.

Die Kleine im String erzählte ihm in der Privatvorstellung oft von Ripper, aber was wusste sie schon! Er kümmerte sich angeblich um einen sterbenden Onkel. Dort im Krankenhaus schrieb er auch. In welchem Krankenhaus? Wo genau? Keine Ahnung, diese Kuh! Mehrfach war er ihr in der Hoffnung gefolgt, sie würde ihn zu Ripper führen. Vergeblich. Einmal hätte er es fast geschafft. Doch der Schriftsteller hatte ihn bemerkt und in der Metro abgehängt. Und er blieb wieder einmal zurück.

Diese Situation machte ihm Angst. Wollte ihm Ripper seine Geschichte stehlen? Doch was wusste er schon vom Innenleben eines Serienmörders? Wie sollte er auch, der Schnulzenschreiber? Wie sollte er wissen, worin genau das Wesen eines Mordes bestand? In welche Worte würde er das alles fassen ohne ihn, Joseph Archimboldo?

Er hoffte, dass Ripper das früher oder später erkennen und darum betteln würde, die Zusammenarbeit wieder aufzunehmen. Aber das war ziemlich ungewiss. Wenn die Zweifel unerträglich wurden, suchte er Trost auf dem Friedhof. Mit dem Rücken gegen das Mausoleum aus schwarzem Marmor gelehnt, dachte er an den Platz, der ihn dort erwartete, erinnerte sich an die parfümierten Liebesspiele mit der Witwe. Allmählich wurde er wieder ruhiger und erkannte, dass sein Abenteuer mit Ernest zwangsläufig tragisch enden musste.

Während er da am Fenster auf der Lauer lag, hörte er *Don Giovanni.*

Ferruccio Furlanetto sang die Arie des Mörders, und er selbst trällerte mit:

In Courcella seicento e quaranta,
in Batagnolla duecento e trentuna,
cento in Clicia, in Blancia novantuna,

bis zu der Stelle, wo es um das Wesentliche ging:

Ma nel corpo de Ripperi
Saranno mille e tre
Mille e tre
Pallottole di Parabellum P-08
Mille e tre pallottole
Mille e tre …
La lali … lali la la!

*

Manchmal öffnete sich hinter ihm die Tür und Denise trat ein. Sie blieb einen Augenblick stehen, um ihm beim Schreiben zuzusehen, berührte wortlos seine Schulter oder seine Wange. Doch ihr war es zu verdanken, dessen war er sicher, dass sich der literarische Akt vollzog.

Dann kümmerte sie sich um Samuel, fand die richtigen Worte für ihn und legte ihm die Flasche an. Dann kam sie meist noch zu ihm und schaute zu, wie der Text über den Bildschirm wanderte. Ihre Diskretheit irritierte ihn. Sie war kein Ausdruck der Bescheidenheit. In ihrem Schweigen entdeckte er vielmehr den Wunsch zu leben und erkannte, warum er schrieb. Sie machte seine Texte begehrenswert, unter ihren Augen wurden sie lebendig.

Und doch kannte sie nur Fragmente seines Manuskripts, Teile, deren Melodie sie vernahm, wenn sie über seine Schulter schaute und las.

Sie wohnte in einem Apartment in der Rue Lepic. Doch sie lud ihn nie zu sich ein, als wolle sie noch eine gewisse Distanz zwischen ihnen wahren. Sie hätten sich schreiben können wie Liebende in früherer Zeit – das gefiel ihm –, eine Locke in einem Brief, eine Träne auf dem Papier, Worte, die sie immer wieder gelesen hätten. Für sie waren Worte das Wichtigste. Und er war ihr im *Lapin* begegnet und hatte sie nicht wahrgenommen. Manchmal hielt er im Schreiben inne und träumte davon, sie in den Armen zu halten. Allmählich verstand er Sabine, ihren Wunsch nach Liebe und nach idiotischen Worten. Sie hatte Recht, Liebe machte die Menschen besser. Dank Denise wurde ihm dies klar.

Sie trafen sich im *Canon*. Im Lärm der Gespräche und der Musik, der Flipperautomaten und des Fernsehers über der Bar hörte er nur ihre Stimme. »Sie möchte ihre Einsamkeit vergessen. Ein Mörder würde dieser Verlorenheit ein Ende setzen«, hatte Joseph gesagt. Diese Worte erschienen ihm sinnlos. Er erzählte ihr von seiner Arbeit, seinen Fortschritten, seinen Erkenntnissen und der Schwierigkeit, einen Titel zu finden.

Ein Platz unter den Lebenden schlug sie ihm vor.

»Genau danach sucht Ihr Protagonist«, sagte sie. »Aus keinem anderen Grund schreibt er.«

Er versprach darüber nachzudenken. Sie insistierte nicht, sie insistierte nie, fragte nie. Weder was er im Leben tat, noch ob er verheiratet war, nicht einmal wer der Mann mit dem unbedeutenden Gesicht war, der im *Lapin* die vielen Geldbündel auf den Tisch gelegt hatte.

Endlich durfte er sie besuchen. Ihr Apartment stand voller Bücher. Man konnte keinen Schritt gehen, ohne darüber zu stolpern. Keine Fläche war ausgespart, die Möbel schienen nur zum Abstellen der Bücher da zu sein.

»Deshalb lade ich nur selten Leute zu mir ein«, erklärte sie. »Ohne diese Unordnung könnte ich hier nicht leben. Nur in der Unordnung können Bücher bestehen. Deshalb berühren sie mich. Sobald ich eine Buchhandlung betrete, möchte ich am liebsten alle Bücher kaufen.«

»Um sie vor dem Waisenhaus zu bewahren?«

»Glauben Sie das nicht. Sie sind es, die mich adoptieren. Manche öffnen sich gleich, andere verweigern sich. Man muss sich in Geduld fassen. Das Wunder passiert vielleicht erst Jahre später, dann öffnen sich diejenigen, die Ihnen bis dahin widerstanden haben, einfach nur, weil Sie Ihr Zögern, Ihre Zurückhaltung überwunden haben.«

Sie bahnten sich einen Weg zu ihrem Bett, das unter Balzacs vollständigem Werk begraben war. Dort entdeckte er ihren weichen Körper, ihre Sinnlichkeit und Ansprüche, die ihn mehr als befriedigten.

Er wollte nichts anderes.

Seine Zeit verbrachte er nun zwischen Samuel und Denise.

Er dachte an die Frauen, die er begehrt hatte und die sich anderen Männern zugewandt hatten, während er im Café auf sie gewartet hatte. Denise heilte diese Wunden. In ihr fand er diese Frauen wieder, sie versöhnte ihn mit der Welt.

Sabine war ebenso weit weg wie die Albernheiten, in denen er seine Verbitterung vergraben hatte. Sie bemerkte es und verschloss sich in einem Schweigen, dessen unausgesprochenen Vorwürfe ihre Begegnungen bald unerträglich machten. Er kam immer seltener, brachte seine Wäsche in die Wäscherei und traf sich bald überhaupt nicht mehr mit ihr.

Gleichzeitig gedieh seine Arbeit wie nie zuvor. Seine Liebe zu Denise lieferte ihm Inspirationen für die Liebesaffären seines Helden. Doch sie mussten düster sein, sollten in die verderbliche Logik seiner Geschichte passen. In der Nähe des Boulevard de Picpus lief in einem Kino *Im Reich der Sinne*. Er prägte sich die Atmosphäre des Films ein, das Delirium von Kichi und Sada Abe. Ihre erotische Unersättlichkeit diente ihm als Modell für die Inszenierung der *Sexualität der Finsternis*, wie er es nannte, eine Formulierung, die er sehr literarisch fand.

Die Wochen vergingen, der Lärm der Welt drang nur gedämpft zu ihm durch. Er lebte in einer besonderen Zeit, in der die einzigen Akzente in seinem Leben sein PowerBook und Denise setzten. Er setzte sich um drei Uhr morgens an seinen Computer, wenn er einen guten Einfall hatte, und ging am Nachmittag zu Denise, wenn sie nicht arbeitete oder wenn sein Manuskript ihm Zeit dazu ließ.

Danach kehrte er zu Samuel zurück, der reglos dalag und schon auf ihn wartete, der wusste, woher er kam. Ein breites, halbseitiges Lächeln der Billigung erhellte seine Miene. Ihm gegenüber schien auch das Standbild des Serial-Killers fast zu lächeln.

Und Ernest fühlte sich wohl in ihrer Gesellschaft.

*

Alexis zog, die platinblonde Frau an seiner Seite, durch die Kasinos.

Manchmal dachte er an Maryse.

Ein Jahr war vergangen, seit er sie verlassen hatte, und kein einziges Mal hatte er sich bei ihr gemeldet. Die Platinblonde ließ ihm keine Zeit dazu. Sie wartete schon im nächsten Kasino auf ihn. Zuerst jedoch nahm er ein Bad, ließ gerade seinen Morgenmantel aus Seide über seine Schultern gleiten. Eine fast weibliche Bewegung, die ihn an die Zeit seiner käuflichen Liebesaffären erinnerte. Dann glitt er in ein mit teuersten Essenzen parfümiertes Bad. Danach würde er seinen neuen Smalto-Smoking anziehen, den Schlüssel an der Rezeption des *Noga Hilton* abgeben – leise wünschte man ihm einen angenehmen Abend –, und die hundert Meter zum *Carlton* zu Fuß gehen. Falls er es sich anders überlegte, würde der Page ihm seinen nagelneuen zitronengelben Lamborghini Roadster aus der Garage holen oder er könnte eine Limousine mit Chauffeur kommen lassen, falls er weder Lust zum Fahren noch zum Gehen hatte.

Das war Reichtum für ihn: diese Nebensächlichkeiten, die keinen interessierten, die aber unermesslich teuer waren. Im *Carlton* spielte er Trente-et-Quarante, nur weil es ihm Spaß machte, dem Croupier beim Legen der beiden Kartenreihen zuzusehen und ihn dann ankündigen zu hören »Farbe gewinnt« oder »Invers gewinnt« oder irgendetwas »gewinnt«, wichtig war nur, dass er gewann.

Denn es gab keinen Spieltisch, der vor ihm sicher war. In den vornehmsten Kasinos der Côte d'Azur begegnete man dem wahren Reichtum der internationalen Hochfinanz, setzte sich über Zeitzonen und politische Veränderungen hinweg. Doch vor allem begegnete man dort den wahren Sklaven des grünen Tischs, Spielern, die mit ihrem Blut und ihren Tränen die Bank am Leben erhielten, denen die Spielkasinos ihre Existenz verdankten. »Die Kristalllüster im *Carlton* habe ich bezahlt«, sagten diese stolzen Ritter des Glücksspiels. Der Glanz der Kasinos färbte auf sie ab, sie arbeiteten dort für die gesegneten Augenblicke, in denen sie einmal Glück hatten. Nur ihnen war die Tragik des Spiels zu verdanken und der Tod lauerte schon und mit ihm Gott und der ganze Kram. Das war mehr als für Geld normalerweise zu haben war.

Jackie war auch so eine Sklavin des grünen Tischs. Die Spielsäle, das gepflegte Personal, die Kommissare, die Chefs de Table, die Physiognomisten, die leicht näselnden Croupiers, das war ihre Welt.

Alexis sicherte ihr diese Welt, mit Kost und Logis. In Nizza im *Negresco*, in Cannes im *Carlton* oder *Noga*, in Monte Carlo im *Hôtel de Paris* oder im *Hermitage*. Ein dem Spiel gewidmetes Leben, nur dazu diente das Geld. Es lag aufgeräumt in den Schränken ihrer Suite oder unordentlich auf dem Fußboden, dem Nachttisch, in den Schubladen einer Kommode, manchmal sogar auf den Fliesen im Bad. Sobald das Kasino öffnete, füllte Jackie ihre Handtasche und verschwand. Er wartete bis zum Abend, um wieder zu gewinnen, was sie verloren hatte.

So ging es Tag für Tag.

Bevor er ihr ins Kasino folgte, blieb er bis spät abends im Bett, Geldscheine und Chips um sich herum ausgebreitet. Für Jackie durfte Geld nicht in die Welt hinausgetragen werden, es durfte nur auf grünen Tischen zirkulieren.

Draußen würde es sterben. Sie gab es der Bank zurück, während Alexis es in Kleidung und Maßschuhe umsetzte, in augenfällige Rolex-Uhren, Krawatten, Krawattennadeln, Manschettenknöpfe und Ringe aus Massivgold, Sportwagen in auffälligen Farben. Er schenkte Jackie kostspieligen Schmuck, teure Parfums, extravagante Abendkleider. Nach dem Kasino gingen sie in die besten Bars, tranken den besten Champagner, den teuersten Whisky, leisteten sich immer nur das Beste und unterhielten eine Schar Schmarotzer, die sich an ihre Fersen geheftet hatten. Alexis' Kapital bestand weder aus Investitionen noch Portfolios, Aktien oder Anlagefonds. Er wandelte es auch nicht in Immobilien um. Es war kein Kapital, es war Geld. Der moderne Reichtum mit seinen Nummernkonten, Netzwerken, Kapitalströmen und ausgefeilten Anlagetechniken war ihm fremd. Sein Vermögen verschwand am Tag und entstand in der Nacht, in einer ständigen und einfachen Bewegung. Er warf das Geld mit vollen Händen hinaus, wie im Mittelalter, als man Straßenräubern Börsen voller Goldstücke zuwarf.

Und trotzdem langweilte er sich.

Vielleicht hätte er Jackie doch nicht heiraten sollen?

Es war in Las Vegas im letzten Winter passiert.

Die Kasinos an der Côte d'Azur leerten sich, Jackie konnte die verlassenen und stillen Säle nicht länger ertragen. Er hatte vorgeschlagen, nach Enghien zu gehen, doch sie hatte dort Hausverbot. Also entschieden sie sich für Las Vegas, ein plötzlicher Entschluss, wie beim Black-Jack, wenn man eine Karte umdrehte. In einer Dezembernacht landeten sie bei Temperaturen von nahezu vierzig Grad am Sunset Strip inmitten der unzähligen Neonlichter, die den Boulevard, die pharaonischen Hotels und Kasinos, die billig wirkenden Vergnügungsparks in gleißendes Licht tauchten. Die dahindriftende Menge, die unaufhörliche Musik, der ständige Lärm, das Licht, die Pailletten, die Attrappen, der ganze wahnsinnige und megalomane Kitsch traf sie wie ein Stromschlag. Barock und vulgär bis zum Anschlag. Kaum hatten sie ihre Koffer in ihrer Fünfhundert-Quadratmeter-Suite im *Glamour* in der neunundzwanzigsten Etage des *MGM Grand* abgestellt, gingen sie schnell in einen Spielsaal, dann in den nächsten und noch in einen anderen. Sie waren ganz wild auf dieses Kasino-Hopping, nahmen sich kaum die Zeit, im *Caesar's Palace* oder im *Harras* am Roulette-Tisch zu gewinnen, ihren Einsatz im Punto-Banco oder Black-Jack zu verdoppeln, Craps, Pai Gow Poker, Stud-Poker, Caribbean Stud oder Keno in einem der zahlreichen Spielsäle entlang des Strip auszuprobieren und am frühen Morgen – mit kurzem Zwischenstopp an jeder *slot machine* – durch die Flut der Dollars fast zu Boden gedrückt, für einige Stunden schlafen zu gehen, bevor sie sich wieder in die Mühle stürzten. Auch auf dieser Seite des Atlantik blieb Alexis der Unwiderstehliche. Sie täuschten sich nicht, die Direktoren der Hotels, der Spielsäle, Banken, Restaurants, die Pagen, Croupiers und Kellner, die ihnen mit Ehrerbietung und Achtung begegneten. Auf amerikanische Weise grüßten sie mit einem energischen *Hi* und nannten sie beim Vornamen, schließlich war man in den Staaten und liebte »Gewinner«.

Sie blieben in Las Vegas, bis es in Monte Carlo wieder Frühling wurde. Während sich Alexis ausruhte, nutzte Jackie die Gelegenheit, die Gewinne des Vortages zu verspielen. An einem dieser untätigen Nachmittage schleppte sie Alexis nach Little Church of the West – und dort heirateten sie. Die Feierlichkeit dauerte eine halbe Stunde und kostete alles in allem (Kapelle, Limousine mit Chauffeur, Reis, reichlich Blumen, Harmonium, Trauzeugen, Gäste, Eheringe in Rotgold, Hochzeitskleid, Anzug, pompöses Buffet, Geschenke und fürstliche Trinkgelder) etwas mehr als dreihunderttausend Dollar.

Dann kehrten sie nach Europa zurück. Als sie von Bord gingen, stellte Jackie fest, dass sie im *MGM* – oder war es im Taxi, das sie zum Flughafen gebracht hatte? – ihre Koffer vergessen hatte, jeder mit einer Million Dollar. Alexis bemerkte, dass er in einem Restaurant *Ich und Er*, das Buch von Maryse, liegen gelassen hatte. Sein Lieblingsbuch, *Marathon in Spanish Harlem*, hatte er noch.

Jackie war glücklich, wieder in den Kasinos an der Côte d'Azur zu sein. Alexis dagegen kam nicht so gut zurecht. Nicht dass er aus der Übung gekommen wäre – er gewann immer noch mühelos –, aber an manchen Abenden – wie an jenem Abend, als er gerade in das duftende Bad steigen wollte – war er nicht so recht bei der Sache. Dieses Leben bedrückte ihn mehr und mehr. Las Vegas hatte den krönenden Abschluss gebildet, die Blume, die bei ihrer Rückkehr nach Nizza verwelkt war. Er langweilte sich so sehr, dass er nicht einmal Zeit gefunden hatte, an Christina Lamparo zu denken und noch immer nicht wusste, was mit den Parkuhren an der Pleasant Avenue geschehen war. Jackie verlor, er gewann. Ein Eheleben wie jedes andere. Einem Profi wie ihm bereitete die Heirat, auch wenn sie in Las Vegas stattgefunden hatte, Kopfzerbrechen. Vor allem, da es der Profi war, der für den ehelichen Unterhalt sorgte.

Eines Tages würde er alles hinwerfen, mit dem Geld verschwinden und seinen alten Job wieder aufnehmen. Darauf verstand er sich am besten.

Der Bademantel glitt zu Boden.

Er betrachtete sich im Spiegel. Seine Figur war immer noch ohne jeden Makel. Die Haut war glatt, die Brustmuskulatur trat hervor, die muskulösen Arme ließen Kraft erkennen, der vorteilhafte flache Bauch über der Behaarung, die wie eine weiche Borte bis zum Bauchnabel führte, feste Schenkel, der gewölbte Hüftbogen, der einen besseren Hosenwurf erzeugte, der sehnig-muskulöse Po. Immer noch erste Sahne.

Sein Anblick gab ihm seine gute Laune zurück, und er stieg pfeifend in sein duftendes Badewasser.

Als er aus dem Bad stieg, schlug seine Laune wieder um.

Zuerst dachte er, das Zimmermädchen sei da gewesen. Doch das Bett war nicht gemacht, die Kleider lagen noch am Boden und der Stuhl, über den er gestern schon gestolpert war, lag immer noch vor dem Schrank. Er lief hastig ins Wohnzimmer. Auch dort war nicht aufgeräumt. Die Tür zur Bar stand offen, auf dem kleinen Tischchen immer noch der Scotch, den sich Jackie vor dem Schlafengehen eingegossen hatte, doch auf dem Teppich lag kein einziger Sou. Er öffnete die Schränke und stellte erleichtert fest, dass Jackie ihre Kleider nicht mitgenommen hatte. Also wollte sie zurückkommen. Doch seine Hoffnung schwand wieder, als er merkte, dass sein ganzes Geld aus dem Zimmersafe verschwunden war.

An seiner Stelle lag ein Brief.

Mein lieber Alexis,

Ich verdanke dir die herrlichsten Augenblicke meines Lebens, aber auch die schlimmsten.

An den Spieltischen habe ich weiß Gott vieles gesehen, aber nie, niemals habe ich jemanden erlebt, der mit dieser meisterhaften Leichtigkeit so viel gewonnen hat wie du. Du verkörperst den absoluten Traum jedes Spielers. Aus diesem Grund war ich glücklich, deine Frau zu sein, mit dir vereint durch die Bande des Spiels. Du kannst dir nicht vorstellen, wie glücklich du mich gemacht hast mit deinen Gewinnen und all den gesprengten Banken. Du hast mich gerächt für alles, was mir das Spiel genommen hat, für mein verschwendetes Leben. Es tat gut, deine Unbarmherzigkeit in dieser Hinsicht zu erleben.

Doch so kann es nicht weitergehen.

Ich sagte dir, dass das Spiel mein Leben zerstört hat. Wegen des Spiels habe ich wer weiß wie viele Männer abblitzen lassen, ich habe mich drei Mal scheiden lassen, und ich weiß nicht, ob sich meine Kinder überhaupt noch an mich erinnern. Aber mit dir ist es noch schlimmer. Du bist dabei, mein Spielerleben zu ruinieren. Es ist dir gelungen, mir das Spiel zu vermiesen, ohne mich davon zu heilen. Das ist der Gipfel! Hast du dich je gefragt, welchen Spaß es noch macht, wenn das Ergebnis schon im Voraus feststeht? Du hast dem Spiel die Seele geraubt, die ein richtiger Spieler bewahrt und eifersüchtig bewacht. Ich habe versucht, diesen Fluch zu brechen und auf eigene Rechnung zu spielen. Dir gehörten die Nächte des Gewinnens, mir die Nachmittage des Verlierens. Aber wo bleibt der Spaß daran, eine Million zu verlieren, wenn du sie innerhalb einer Stunde zurückgewinnst? Ich hätte dein Glück im Spiel als Einsatz nehmen sollen. Das wäre eine echte Wette gewesen. Leider ist es kein Chip, den man dir wegnehmen und setzen kann.

Ich muss mich also mit dem Geld aus dem Safe zufrieden geben. Es ist nicht so viel drin wie in unserem Safe in Las Vegas, doch es wird reichen. Nicht zuletzt deshalb, weil eine innere Stimme mir sagt, dass du nun, da ich dich verlasse, nicht wieder gewinnen kannst, was ich dir genommen habe, denn ich bin überzeugt, dass du ohne eine Frau ein Nichts bist. Ich habe dich genau beobachtet: Du spielst nicht wie ein Spieler, der auf eine Zahl oder eine Karte setzt und dabei betet, dass ihm das Schicksal wohl gesonnen sein möge. Du willst lediglich deine meisterhafte Leichtigkeit im Spiel zur Schau stellen, wie du auch in der Liebe deine Virtuosität demonstrierst. Die Logik der Spieltische entspricht nicht der Logik des Betts. Du hast gedacht, du hättest mich mit deinen Gewinnspielen glücklich gemacht, doch du hast mich schließlich nur gelangweilt, und du hast es nicht einmal bemerkt. Außerdem hast du dich gelangweilt. Glaubst du, ich hätte das nicht gemerkt?

Deshalb müssen wir unseren Bund lösen. Ich erspare dir unsere Ehe, schenke du mir dein Geld. Es bleibt dir noch genug, um das Loch beim Roulette wieder aufzufüllen. Doch ich empfehle es dir nicht. Wer immer nur gewinnt, ist nicht für das Spiel geschaffen. Geh wieder nach Hause, schreibe einen Roman, wenn es dir Spaß macht, vergeude weiter dein Leben, wenn es dir gefällt. Oder kümmere dich um Frauen, denn das ist etwas, was du wirklich kannst. Die wenigen Male, die ich mich von dir hab verführen lassen, haben mich voll und ganz überzeugt.

Es wäre sinnlos, mich wiedersehen zu wollen. Wünsche mir einfach viel Glück, denn mit deinem bisschen Geld werde ich sowieso nicht alt.

Und du wirst nicht da sein, um es zurückzugewinnen.

So läuft das Spiel.

Jackie

*

Dieser Bruch berührte ihn nur wenig, und der Verlust seines Geldes weniger, als er gedacht hatte.

Als er seine Taschen durchsuchte, im Bad auf den Fliesen und ganz hinten in den Schubladen nachsah, fand er gerade noch genug, um sich am Spieltisch wieder zu sanieren, doch Jackie hatte Recht: Spielen war nichts für ihn. Er zog seinen Smoking an, als ginge er ins Kasino, bat den Pagen, seinen zitronengelben Lamborghini Roadster vorzufahren, beglich die Hotelrechnung nicht, hinterließ kein Trinkgeld, gab Gas und raste über die Autobahn nach Paris.

In der Nähe von Dijon fand er eine Frau, die ihn zum Essen und zu einer Nacht im *Novotel* einlud und das Benzin für sein Auto bezahlte. Der Neuanfang war geschafft. Er war bester Laune, als er am nächsten Abend gegen neun vor dem Mac-Mahon-Kino parkte, direkt vor Maryses Haus.

Sie war nicht zu Hause, doch er hatte ja noch die Schlüssel. Ohne Licht zu machen ging er ins Schlafzimmer, um sich in gewohnter Profimanier hinzulegen. Als er seinen Slip auszog, hörte er die Wohnungstür leise knarren. Er zögerte. Hatte er vergessen, die Tür zu schließen? Nicht eine Sekunde lang dachte er an einen Einbruch. Eher vermutete er eine schüchterne Putzfrau, die Angst hatte zu stören und deshalb wieder leise gehen wollte. Aber um diese Uhrzeit? Ohne seinen Slip wieder anzuziehen, lief er zum Eingang.

Er konnte gerade noch ein blondes Mädchen in einem ganz kurzen Kleid sehen. Als sie ihn sah, stieß sie einen Schrei aus, kehrte auf dem Absatz um und schlug die Tür hinter sich zu. Er ging ans Wohnzimmerfenster und sah sie zum Place de l'Étoile rennen. Bei jedem Schritt gab ihr Minikleid den Blick auf einen glitzernden String frei.

Er sah nach, ob sie etwas mitgenommen hatte, kehrte ins Schlafzimmer zurück, legte sich auf das Bett, schlug *Marathon in Spanish Harlem* auf und wartete auf Maryse. Als ihm die Zeit zu lang wurde, raffte er sich zu ein paar Liegestützen auf, um sich in Form zu bringen. Und eins und zwei, und eins und zwei …

12

»Die ganze Welt sagt: eins und zwei!
Die ganze Welt sagt: Serial-Killer!«, summte Samuel in seinem Bett.

Er freute sich über Ernests Anwesenheit. Endlich konnten sie sich dem Serial-Killer widmen, dem monumentalen Buch über sein Leben, sein Werk, seine Liebschaften. Ernest war von morgens bis abends da, mit seiner Schreibmaschine, seinen Kugelschreibern, Bleistiften, seinem Papier, Radiergummi und seinem Notizheft. Ohne den alten Samuel, ohne das phänomenale Wissen, das er über den Serial-Killer angehäuft hatte, ohne die kleinen humorvollen Spitzen, die seine Schilderungen ausschmückten, hätte er es nie geschafft. Eine wahre Perle, der Alte, an dem sich das Krankenhauspersonal ein Beispiel nehmen konnte. Manchmal standen sie reihenweise im Zimmer. Der Chefarzt stellte ihm Fragen, ohne eine Antwort zu erwarten – Samuel war ein ganz zäher Bursche –, und schon ging es los. Ganz nebenbei klaute jemand die Fernbedienung. Was konnte er schon dagegen tun, der arme Kranke? Der Chef bedachte ihn mit einem breiten Grinsen, als wolle er sich über ihn lustig machen. Bis später! rief er ihm beim Hinausgehen zu. Das wars, bis später! Wenn man ihn weiter derart bestahl, würde er am Ende ohne Schlafanzug daliegen. Wenn man eines Tages die Schränke der Pfleger durchsuchen würde, würde man dort eine wahre Fundgrube entdecken.

Die Verseuchung der Welt durch Plünderung, Untreue und organisierte Passivität – das war das beispiellose Werk vom Serial-Killer.

Samuel erwartete von Ernest, dass er dieses Genie in seinem Text schilderte, es in seiner erschreckendsten Form wieder aufleben ließ. Die Gurgelgeräusche aus seinem Mund besagten genau das. Sie bildeten deformierte Bilder, ein Karussell der Erinnerungen, die durch die Zeit und die Krankheit zu steinharten zusammengebackenen Blöcken geworden waren. Geduldig kratzte Ernest sie frei, um zur ersten unveränderlichen Schicht vorzudringen, die die Grundstruktur seines Buches enthielt. Dort fand er praktisch unbeschädigt die düsteren Verwünschungen des Serial-Killers: Gestik, Mimik und schändliche Äußerungen. Unbeschädigt geblieben waren auch die von Samuel organisierten Serial-Killer-Gedenkfeiern, die Serial-Killer-

Diskussionen, die Serial-Killer-Kaffeenachmittage, die Serial-Killer-Fernsehabende. Ein erstaunliches Material, das dazu dienen sollte, die Dynamik zu erzeugen, die Christine Etchigolan so wichtig war.

Zum Schluss machte er sich an die Herkunft der Hauptfigur. Er wollte zwischen ihr und dem alten Mann, der im Krankenhaus dahinsiechte, eine mehrdeutige Beziehung herstellen. Zu diesem Zweck nutzte er die Erzählstrukturen der Romance-Geschichten, die er ganz genau kannte.

Er brachte Samuel in der Vierzimmerwohnung in der Rue Rodier unter, machte ihn zu einem Versicherungsmakler, der die Kunst beherrschte, Policen abzuschließen und seine Erträge im *Coin des amis* beim Bridge wieder verlor. Er beschrieb ganz genau die Atmosphäre im Café. Dort wurde laut gesprochen, viel geraucht, und die Asche fiel auf die Kleidung. Samuel spielte mit hohen Einsätzen. Bald folgte ihm der schmeichelhafte Ruf eines echten Spielers. »Du hast Recht«, sagte sein Schwager. »Auf diese Weise habe ich deine Schwester geheiratet, an einem Abend habe ich verloren, was andere in einem Monat verdienen. Dem können Frauen nicht widerstehen. Einmal verheiratet, ist es etwas anderes, man legt Geld für das Haus, die Kinder, die Notfälle beiseite. Aber bis dahin sollte man möglichst viel ausgeben. Das ist der Rat eines Freundes.«

Samuel befolgte diesen Rat. Er klopfte Karten bis spät in die Nacht. Danach ging er ins *La Coupole* am Montmartre, ins *Petit Moulin* oder *Tire-Bouchon*, doch er blieb vor allem dem *Apollo Dancing* in der Rue de Clichy treu. Als die bekannteste Jazzband des neunten Arrondissements, die American Five, den Saal mit unglaublichen

Swings zum Kochen brachten, ließ er die Jacke fallen, schwang sich mit seiner Partnerin auf die Piste und tanzte zum begeisterten Beifall der anderen, die am Rand des Parketts standen.

Auf diese Weise lernte er Esther kennen, eine Freundin seiner Schwester Sarah. Er verliebte sich sofort in sie. Leider war Esther schon Simon Blochmann versprochen. Kurz nach ihrer Heirat marschierte Serial-Killer in Paris ein. Doch Blochmann machte sich nur Gedanken darüber, wie sehr sich seine Frau für Samuel interessierte. Eines Abends ging er halb wahnsinnig vor Eifersucht in die Rue Rodier. Als er Samuel gerade aus dem Fenster stürzen wollte, hämmerten die Schergen des Serial-Killers an die Tür. Überrascht ließ er Samuel los, der in die Rue de la Tour-d'Auvergne fiel. Wenige Augenblicke später traten die Männer die Tür ein und nahmen Blochmann mit. Samuel holte sich nur eine Knöchelverstauchung, die ihn nicht daran hinderte, zu Esther in die Rue des Poissonniers zu laufen, wo sie bis zur Niederlage des Serial-Killers glücklich miteinander lebten. Wenig später erfuhren sie, dass Blochmann befreit worden war und nach Paris zurückkehren wollte.

Gerade zu diesem Zeitpunkt stellte Esther fest, dass sie von Samuel schwanger war. Sie verheimlichte es ihm, erzählte es nur Sarah, Samuels Schwester, ohne jedoch den Namen des Vaters preiszugeben. Sarah selbst konnte keine Kinder bekommen, und als Esther vorschlug, ihr Kind zu adoptieren, zögerte sie nicht und ließ ihren Gatten glauben, sie sei endlich von ihm schwanger. Kurz bevor Blochmann zurückkehrte, brachte Esther heimlich einen Sohn zur Welt, den sie Sarah anvertraute. Der Gatte glaubte ihr. Er war sowieso dem Wahnsinn nahe, glaubte überall

Serial-Killer zu sehen, seine Stimme aus der Hölle zu hören. Wenig später starb er an Verzweiflung. Sarah zog zu ihrem Bruder in die Rue Rodier, mit ihrem Sohn Ernest. Doch sie überlebte ihren Gatten nicht lange, folgte ihm schon ein Jahr später. So kam es, dass Ernest von Samuel aufgezogen wurde, der ihn erzog und ihm seinen Namen gab, ohne zu wissen, dass er der Vater war.

Onkel und Vater zugleich.

Eine echte Romance-Schnulze.

Je näher er dem Ende kam, umso mehr gewann die Begeisterung die Oberhand. Es war August, draußen herrschte erdrückende Hitze. Die meiste Zeit blieb er absolut unbeweglich am Computer sitzen. Er schrieb wie er atmete, um nicht zu ersticken. Es war sein Glück, einen Verwandten mit einem Schlaganfall zu haben. Nur ihm hatte er es zu verdanken, wenn er bald einen Schlusspunkt ans Ende seines Manuskripts setzen konnte.

Was er schließlich auch tat.

Dann las er seinen Text wieder und wieder, änderte, kürzte, schrieb um.

Am meisten freute er sich über den Schluss, die Auflösung der Handlungsstränge. Nach vielen Hindernissen wurde der Held Schriftsteller, erzielte aber damit weder den erwarteten Ruhm noch Reichtum. Das pessimistische Ende sollte den Leser überraschen und ihn zwingen, die Geschichte wieder und wieder zu lesen. So wie ein guter Wein seine Blume nach dem letzten Schluck noch lange am Gaumen entfaltet.

Nun wollte er es so schnell wie möglich gedruckt sehen, wollte wissen, wie sich sein Werk auf Papier ausnehmen würde und es dann Christine Etchigolan bringen. Er hatte es Denise gewidmet und stellte sich ihre Freude vor, wenn sie ihren Namen zusammen mit dem Titel, den sie vorgeschlagen hatte, auf der ersten Seite lesen würde: *Ein Platz unter den Lebenden.* Trotzdem zwang er sich zu einer letzten Überarbeitung, verbrachte eine Woche mit der Korrektur von übersehenen Fehlern. Vom abgeschlossenen Manuskript stellte er eine Sicherheitsdiskette her, die er in Samuels Nachttisch deponierte.

Bevor er das Zimmer verließ, beugte er sich noch einmal über das Bett des alten Mannes. Er hatte seinen größten Wunsch erfüllt: Er hatte ein Buch geschrieben. Vielleicht nicht ganz so, wie Samuel es sich vorgestellt hatte, aber er hatte es geschrieben. Er dachte zurück an das Notizheft mit dem boshaften Titel *Memoiren eines alten Trottels* und bedauerte nun seine Grausamkeit. Doch auf Samuels schlafendem, auf der gelähmten Seite etwas schlaffem Gesicht fand er keine Spur von Groll. Er drückte einen Kuss auf seine Stirn, legte ihm einen Film über Serial-Killer ein, spulte ihn genau bis zu jener Stelle vor, wo er am schrecklichsten aussah, und verließ das Zimmer auf Zehenspitzen, um den Schlaf des alten Mannes nicht zu stören.

Draußen herrschte brütende Hitze.

Er hatte den Eindruck, aus einem langen Schlaf zu erwachen, und dachte an seinen Urlaub in Tunesien im vergangenen Jahr. Dieses Jahr hielt wahrscheinlich ganz andere Überraschungen für ihn bereit. Vor dem Eingang zur Metro fiel ihm die Schlagzeile des *Figaro* auf:

»Serienmörder schlägt wieder zu.«

Darunter zeigte ein Foto eine verträumte Frau auf einem mit Stoffen und Kissen bedeckten Stein, die rechte Hand auf dem linken Knie und die andere auf dem Mund. Sie war bis auf schwarze Strümpfe nackt, hatte das Haar zu einem Knoten aufgesteckt. Er erkannte darin das Gemälde, von dem eine Reproduktion im *Lapin chasseur* an der Wand hing. Der Artikel berichtete, dass die junge Frau in der Rue Toulouse-Lautrec unter der Umgehungsstraße der Porte de Saint-Ouen aufgefunden worden war. Die Inszenierung bezog sich auf ein Werk des Malers: *Frau auf einem Diwan.* Man hätte meinen können, der Mörder habe sich bemüht, die Gefügigkeit des Modells dem Künstler gegenüber zu betonen. Eine Gefügigkeit, die hier verhängnisvolle Züge annahm. Die Zeitung unterstrich die gelungene Inszenierung und perfekte Konservierung des Opfers, was auf das Können des Mörders auf diesem Gebiet hindeutete.

Als Ernest das Foto genauer betrachtete, sah er, dass es nicht die junge Frau mit der Kappe war, die er zusammen mit Joseph verfolgt hatte. Trotzdem spürte er ein ungutes Gefühl, als er die Treppen zur Metro hinunterging. Um es loszuwerden, dachte er an Denise, die er im *Lapin* treffen wollte, sobald er sein Manuskript bei Christine Etchigolan abgeliefert hatte. Sie wollten das Ereignis in einem guten Restaurant feiern und dann zu ihr gehen.

Zum ersten Mal seit Monaten würde er nicht ins Krankenhaus zurückkehren.

Am Place Pigalle stieg er aus und ging die menschenleere Rue des Martyrs hinauf. Er hatte das Gefühl, seit einer Ewigkeit nicht mehr hier gewesen zu sein. Bei Joseph waren die Vorhänge zugezogen. Vielleicht beobachtete er ihn durch die vorgezogenen Gardinen. Noch schlimmer.

Sabine war nicht zu Hause. Erleichtert dachte er, dass sie wahrscheinlich erst spät heimkommen würde – wahrscheinlich hatte sie wieder mal Nachtschicht – und er ihr nicht zu begegnen brauchte.

Auf dem Schreibtisch stand der Drucker bereit, daneben lag *I Want You* und wartete auf seine Übersetzung.

Eilig schloss er das PowerBook an den Drucker an. Es war ein altes Gerät, das nur zwei Seiten pro Minute schaffte. Er brauchte also mindestens drei Stunden einschließlich der Zwangspausen, um eine Überhitzung des Gerätes zu vermeiden. Er betrachtete die ersten Seiten, die sich vor ihm stapelten. Erstaunlich echte Buchseiten. Einmal veröffentlicht, würde es sehr gut aussehen. Man würde erfahren, dass ein Mann einem anderen seine Geschichte gestohlen hatte und dadurch zum Schriftsteller wurde. Eine grausame Farce. Man würde umblättern, schwarz auf weiß würde die Geschichte da stehen. Es war wie ein Wunder. Er könnte in eine Buchhandlung gehen, in einem Exemplar auf einem der Tische blättern und dort bis auf das letzte Komma genau dasselbe in allen Exemplaren vorfinden. Kaum zu glauben: Was er geschrieben hatte, konnten alle lesen. Dabei enthielt es Geheimnisse, die nur er allein kannte. Der Leser würde weiterlesen, doch nur er wusste, wie diese oder jene Episode zustande gekommen war.

Zwei Stunden vergingen, die Seiten kamen gleichmäßig aus dem Drucker. Plötzlich merkte er, dass er Hunger hatte. Ein Blick zum Fenster. Von Joseph war nichts zu sehen. Bestimmt hatte er aufgegeben. Ernest legte hundert Blatt Papier in die Kassette, schaltete den Drucker wieder ein und ging hinunter zur *Pizza Pignatta*.

Draußen herrschte noch immer drückende Hitze. Der Gehweg und die Mauern der Häuser glühten, fast alle Läden hatten die Jalousien heruntergelassen. Das Restaurant kam ihm wie ein kühler Hafen vor. Es war fast vier Uhr nachmittags und abgesehen von einem Touristenpaar in Shorts war die Pizzeria leer. Während er auf seine Pizza wartete, ging er ins Untergeschoss, um Christine Etchigolan anzurufen. Sie war nicht in ihrem Büro. Er ging wieder nach oben, aß und rief nach dem Kaffee noch einmal an. Christine hatte eine Besprechung, er solle es gegen Abend noch einmal versuchen. Vorsichtshalber hinterließ er die Nachricht, dass sein Manuskript fertig war und er vorbeikommen wollte, um es abzuliefern.

Dann zahlte er und kehrte nach Hause zurück.

Als er vor der Tür stand, stellte er fest, dass er seine Schlüssel im Restaurant gelassen hatte. Er wollte schon wieder umkehren, als er dachte, er hätte in der Wohnung ein Geräusch gehört. War Sabine schon zurück? Doch niemand antwortete auf sein Läuten. Er versuchte es noch einmal, ging dann hinunter, um seine Schlüssel zu holen. Er musste sich gedulden. Der Kellner, der sie gefunden hatte, war gerade fortgegangen, um etwas zu erledigen, und niemand wusste, wo er sie hingelegt hatte.

Eine Viertelstunde später hielt er sie endlich in den Händen und ging zurück in die Wohnung. Als er jedoch seinen Schreibtisch sah, entglitt ihm der Boden unter den Füßen.

Der Drucker war eingeschaltet, in der Papierkassette war kein einziges Blatt mehr.

Und das Manuskript war verschwunden.

*

Alles konnte man stehlen: Geld, Ruhm, Liebe, Leben, aber doch kein Manuskript. Das nicht! brüllte er.

Sein erster Gedanke galt sofort Joseph.

Niemals den Gegner unterschätzen. Joseph war sicher nicht untätig geblieben, während er bei Samuel gearbeitet hatte. Wahrscheinlich hatte er ihn nicht einen Augenblick aus den Augen gelassen, war ihm ständig gefolgt, vielleicht sogar bis ins Krankenhaus. Und jetzt hatte er ihn bestohlen.

Wie war er in die Wohnung gekommen? Mit den Schlüsseln, die er im Restaurant vergessen hatte? Jetzt fiel es ihm wieder ein. Er hatte sie nicht beim Weggehen auf dem Tisch liegen lassen, sondern als er zum Telefonieren nach unten gegangen war. Joseph hatte ihn beobachtet, den Kellner überredet, ihm die Schlüssel zu geben, war in die Wohnung eingedrungen, hatte das Manuskript mitgenommen und dann die Schlüssel zurückgebracht.

Eine Niederlage auf der ganzen Linie! Und er hatte nicht einmal daran gedacht, seinen Namen auf das Titelblatt zu setzen!

Zu seiner Erleichterung stellte er fest, dass sein Text nicht gelöscht war. Das hätte Joseph, der keine Ahnung von Computern hatte, nicht gekonnt.

Er legte wieder Papier ein und begann zu drucken. In drei bis vier Stunden wäre er fertig. Zu spät, um damit zu Montpensier zu fahren, doch er konnte Christine Etchigolan anrufen und ihr erklären, dass er das Manuskript gleich am nächsten Morgen vorbeibringen wollte.

Gerade als er zum Telefon griff, läutete es an der Tür.

Er öffnete und stand Joseph Archimboldo gegenüber.

»Du schuldest mir etwas«, sagte er und sah ihn hasserfüllt an.

*

Einem ersten Reflex folgend, wollte Ernest den Drucker ausschalten. Doch Joseph folgte ihm, riss ihm die erste Seite aus der Hand und las:

Ich bin das Kind der mittelalterlichen Finsternis und der New Yorker Dunkelheit, eine Brücke über dem Abgrund.

»Mein Anfang! Schweinehund! Du wolltest mir gerade meine Geschichte stehlen!«

»Was redest du für einen Quatsch!«, erwiderte Ernest verblüfft und ohne zu merken, dass er Joseph ebenfalls duzte.

»Hör auf, mich für dumm zu verkaufen! Verschwindest monatelang, ich suche dich überall und inzwischen klaust du meine Geschichte.«

»Ich habe überhaupt nichts geklaut. Und falls du dir Sorgen um dein Geld machst: Du bekommst es von mir zurück.«

»Fragt sich, wie du das machen willst. Außerdem ist mir das Geld völlig egal. Viel schlimmer ist die Tatsache, dass du mir etwas gestohlen hast. Man kann anderen alles stehlen: ihr Geld, ihre Illusionen, ihr Leben, alles, aber nicht ihre Geschichte. Das nicht, niemals! Das ist das schlimmste Verbrechen, das es gibt. Selbst ein Serienmörder würde so etwas nicht tun.«

Ernest wurde wütend.

»Die Geschichte gehört dem, der sie geschrieben hat! Du hast mir vielleicht das Rohmaterial geliefert. Na und? Rohmaterial gibt es überall, das Leben ist voll davon. Was ich geschrieben habe, gehört mir bis zum letzten Komma. Ich habe die Geschichte erfunden! Niemand sonst. Und wenn du eine eigene Geschichte haben willst, dann schreib sie gefälligst selbst. Und lass mich jetzt in Ruhe, ich habe zu tun.«

Anstelle einer Antwort zog Joseph Archimboldo plötzlich eine Waffe aus der Tasche und richtete sie auf Ernest.

»Gib mir meine Geschichte zurück, und zwar jetzt, sofort.«

Weniger überrascht von der Waffe als von Josephs Ansinnen erwiderte Ernest:

»Wie kann ich dir eine Geschichte zurückgeben, die du mir gerade gestohlen hast?«

»Was redest du da? Wenn ich das getan hätte, wäre ich nicht hier.«

Die Antwort erschien Ernest so plausibel, dass er nicht wußte, was er sagen sollte.

»Treib mich nicht zum Äußersten«, sagte Joseph. Du druckst mir jetzt die Geschichte aus und ich rate dir, keine Tricks zu versuchen.«

»Warum druckst du sie dir nicht selbst aus?«

»Tu, was ich sage!«

Ernest setzte sich vor das PowerBook. Joseph hatte Recht. Warum sollte er zurückkommen, wenn er das Manuskript schon hatte? Wer aber hatte es dann? Er verstand die Welt nicht mehr, aber zwei Dinge standen fest: Erstens: Joseph konnte nicht mit einem Computer umgehen, und zweitens: In Samuels Nachttisch lag eine Diskette, auf der das gesamte Manuskript gespeichert war. Ohne an die Parabellum zu denken, die auf ihn gerichtet war, klickte er auf die Anweisung »Papierkorb leeren« und bestätigte sofort mit OK.

Joseph blickte dümmlich auf den Computer.

»Was hast du jetzt gemacht?«, fragte er.

»Ich habe soeben versehentlich den Text gelöscht«, erwiderte Ernest.

»Versehentlich? Halt mich nicht zum Narren!«, brüllte Joseph. »Ich habe dich gewarnt!«

Ein Schuss ertönte. Ernest spürte, wie sein Kopf in Stücke zerfetzt wurde. Es dauerte unheimlich lang. Das Innere seines Schädels ging in Flammen auf. Er konnte die Zerstörungen der Kugel sehen, konnte ihre Fluglinie verfolgen. Es überraschte ihn daher nicht, dass sie wieder aus seinem Kopf austrat und hinter ihm in die Wand einschlug. Das war kein literarischer Tod à la Hemingway, der sich in den Mund geschossen hatte, doch er musste sich damit zufrieden geben. Die Welt wurde rot wie das Blut, das ihm über die Augen floss. Er wollte Denise zu Hilfe rufen. Sie erwartete ihn im *Lapin*. Joseph stand so dicht vor ihm, dass Ernest an der Art, wie er ihn ansah, erkannte, dass er soeben zum ersten Mal einen Menschen getötet hatte. Er wollte ihn etwas fragen, doch aus seinem Mund kam kein einziger Ton. Außerdem wusste er nicht mehr genau, was er ihn fragen wollte. Vielleicht ob er wirklich der Serienmörder war. Diese Neugier erschien ihm lächerlich. Es wurde dunkel im Zimmer, und die Welt rückte in immer weitere Ferne.

Verdammt, dachte er, hätte ich doch nur nicht meine Schlüssel im Restaurant vergessen!

*

Hätte sie ahnen können, dass ihnen das Leben ein anderes Schicksal beschieden hätte, wenn Ernest seine Schlüssel nicht in der *Pizza Pignatta* vergessen hätte?

Jetzt fuhr sie mit dem Bus Nummer 138 durch die Nacht.

Es war ein endlos langer Tag gewesen. Raymond hatte darauf bestanden, dass sie bis weit in den Nachmittag hinein bei ihm blieb. Sie hatte nicht nein sagen können. Wenn Raymond Lust hatte, bekundete er sie mit Worten, die sie nicht einmal in der Privatvorstellung zu benutzen gewagt hätte. Und doch konnte Raymond trotz seiner Brutalität so zärtlich mit Frauen umgehen, dass es ihr beinahe gelang, Ernest darüber zu vergessen. Und das musste sie ganz dringend. Aus den Augen, aus dem Sinn, was für ein Blödsinn!, dachte sie, als der Bus über die Pont de Gennevilliers fuhr und in die Avenue Laurent-Cély einbog. So selten hatte sie Ernest bisher nie gesehen, und so oft hatte sie nie an ihn gedacht. Wie Solange in *Ich glaube an das Glück*, die Sebastien nie so sehr geliebt hatte wie in der Zeit, die er am Bett seiner kranken Tante verbrachte. Allerdings saß Sebastien wirklich am Krankenbett, während Ernest der Onkel ziemlich gleichgültig war. Obwohl sie ihn selbst dazu überredet hatte, ihm Beistand zu leisten. Wie naiv sie doch gewesen war! Aus ein paar Tagen waren Wochen, dann Monate geworden. Im Gegensatz zu Solange, die ihre Liebe wieder entdeckte, als ihr Sebastien die wahren Gründe seiner Abwesenheit erklärte, hatte ihr Ernest überhaupt nichts erklärt, aus dem einfachen Grund, weil er überhaupt nicht mehr nach Hause gekommen war.

Sie hatte Baron Joseph davon erzählt. Er hatte versucht sie zu beruhigen, doch sie hatte schon bald gemerkt, dass er selbst nicht an seine Worte glaubte.

Armer Baron, wie zuvorkommend er war!

Sie hatte die letzten Worte mit versonnener Miene laut

ausgesprochen. Ein Mann, der gerade an der Haltestelle Grésillons einstieg, sah sie lange an und setzte sich dann ganz hinten auf eine Bank. Es war schon elf Uhr vorbei. Außer ihr, dem Mann, dem Fahrer und einer jungen Frau in ihrem Alter war der Bus leer. Doch Sabine achtete nicht darauf. Nichts interessierte sie, weder der Mann noch die junge Frau noch die dunkle Landschaft aus unbebauten Grundstücken, Supermärkten, Wohnsilos und Bungalows, die auf beiden Seiten vorüberglitt.

Sie dachte daran, wie der Baron schließlich auch an Ernest Untreue geglaubt hatte. »Mein liebes Kind«, hatte er gesagt, was ihr immer gut gefallen hatte, »es wäre so schön, wenn das Leben so wäre wie in diesen wunderbaren Büchern Ihres Gatten (auch das hatte ihr immer sehr gefallen), so optimistisch und hoffnungsvoll, eine wunderbare Lektion in Sachen Lebensmut. Doch leider ist das Leben manchmal anders.« Daraufhin hatte er ihr erklärt, dass Ernest sie wahrscheinlich zum Narren halte. Jeden Abend im Krankenhaus? Er hielte sie wohl für ziemlich dämlich. Sie sei doch viel zu realistisch und intelligent, um diese Ausrede zu glauben. Damals war ihr klar geworden, dass sie Ernest nie geglaubt, sondern nur die Augen verschlossen hatte in der Hoffnung, die Dinge kämen von allein wieder ins Lot.

Nur war das nicht geschehen.

Deshalb hatte sie alles hinter sich gelassen: Ernest, die Zweizimmerwohnung, die Möbel und Haushaltsgeräte, die sie aus eigener Tasche bezahlt hatte, und ihre Karriere bei Raymond. Und Raymond auch. Jetzt bedauerte sie, ihm nicht Bescheid gesagt zu haben. Doch sie konnte ihm ja schreiben, wenn sie erst bei ihren Eltern war, er würde sie schon verstehen. Sie wollte auch Ernest schreiben, nur zur

Klarstellung, ganz kühl. Sie würde ihm sagen, dass sie von der anderen Frau wusste, dass es endgültig aus war zwischen ihnen. Doch sie wäre ihm nicht böse. Zum Beweis räumte sie ihren Platz für die andere und wünschte ihnen beiden alles Glück der Welt. Doch niemals würde ihn eine Frau so sehr lieben wie sie.

Daraufhin brach sie in Schluchzen aus.

Der Fahrer wandte sich kurz um, schaute dann wieder aufmerksam auf die Straße. Die junge Frau lächelte ihr mitfühlend zu. Sie wusste sicher, was es hieß, betrogen zu werden. Genau das hatte sie empfunden, als sie Ernests Manuskript gelesen hatte. Allein schon die Widmung: *Für Denise*. Die Ziege vom Verlag, klar, ihr Vorname endete auf »ise« oder so ähnlich. Der Baron hatte sie gewarnt. »Ich bin sicher, mein armes Kind«, hatte er erklärt, »dass dieses Buch für eine andere bestimmt ist. Wenn er damit fertig ist, bringen Sie es mir. Ich werde Ihnen anhand des Manuskripts seinen Betrug nachweisen. Vertrauen Sie mir, ich kenne mich in solchen Dingen aus.«

Er war sogar so weit gegangen, ihr seine Handynummer zu geben. Aufmerksame Kunden dieser Art hatte man nicht oft. Er hatte nicht nur Unsummen ausgegeben, um sie zu sehen, sondern ihre Beziehung hatte sich in einem Klima des gegenseitigen Vertrauens und der Wertschätzung zu etwas ganz Besonderem entwickelt. Insgeheim war er wohl verliebt in sie, was ihr umso mehr schmeichelte als er sich wie ein treuer Begleiter benahm, der sie achtete und in dessen Gegenwart sie es für überflüssig hielt, ihren String auszuziehen.

Als sie nach ihrer Nacht mit Raymond dann das Manuskript entdeckt hatte, das aus dem Drucker kam, hatte sie zuerst den Baron anrufen wollen. Doch ihre Neugier war stärker gewesen und sie konnte dem Reiz es durchzublättern nicht widerstehen, obwohl Ernest jeden Augenblick zurückkommen konnte. Sie merkte sehr schnell, dass nichts darin an die wunderbaren Seiten herankam, die er für sie in seinen Romance-Übersetzungen geschrieben hatte. Schon der Anfang: *Ich bin das Kind der mittelalterlichen Finsternis und der New Yorker Dunkelheit, eine Brücke über dem Abgrund.* Was sollte das denn heißen? Die Fortsetzung bestätigte ihren Eindruck. Was Ernest darin schilderte, hatte nichts mit ihrer Liebe zu tun. Auch wenn sie nicht alles verstand, erkannte sie doch bestimmte Orte und Personen wieder. Ein Teil der Handlung spielte in ihrem Viertel, die Hauptfigur hieß Ernest. Doch es war offensichtlich keine Autobiographie, wie das in der Schule genannt wurde. Der Ernest des Buches war ein gescheiterter Schriftsteller, eine traurige Figur mit einer ziemlich dummen Freundin, die zwar nichts mit ihr zu tun hatte, aber trotzdem. Er hatte einen Verwandten im Krankenhaus, einen armen, halbseitig gelähmten und verkalkten Mann, der unsinniges Zeug von einem Serial-Killer faselte. War das Ernests Familiensinn? Diejenigen, die ihn liebten, so grässlich darzustellen und sich über sie lustig zu machen? Es überkam sie ein unwiderstehlicher Drang, dieses verfluchte Manuskript zu vernichten, nichts davon übrig zu lassen, egal wie viel Zeit Ernest dazu gebraucht hatte.

Sie wollte gerade die Streichhölzer aus der Küche holen, als sie Schritte auf der Treppe hörte. Vor der Tür blieb jemand stehen. Ihr Herz klopfte. War es Ernest? Wie würde er reagieren, wenn er sie dabei ertappte, wie sie gerade sein Manuskript verbrannte?

Wenige Augenblicke später läutete es. Sie rührte sich nicht. Auf der anderen Seite der Tür nahm sie ein Zögern wahr, dann erneutes Läuten. Schließlich entfernten sich die Schritte Richtung Treppe und wurden leiser.

Sie blickte aus dem Fenster und sah Ernest zur *Pizza Pignatta* laufen. Vielleicht hatte er dort seine Schlüssel vergessen. Sie durfte keine Sekunde Zeit verlieren. Sie stopfte das Manuskript in ihren Rucksack und verließ ganz schnell die Wohnung.

Es war kurz nach halb fünf.

*

Sie ging ins *Lapin chasseur*.

Vor ihr lag ein Päckchen Zigaretten.

Ihre Nerven mussten wirklich bloß liegen! Sie, die eiserne Nichtraucherin, rauchte eine Marlboro nach der anderen. Sie las ein Manuskript, rauchte und trank dazu einen Château-Lafite-Rothschild, Grand Cru, 1974, den sie auf Ernests Rechnung setzen ließ. Marmaduke füllte ihr Glas regelmäßig nach. Er wusste, dass sie Kummer hatte. Als Kellner mit Stil hielt er sich diskret zurück, achtete nur darauf, dass ihr Glas immer gefüllt war. Ohne Fragen zu stellen, zeigte er ihr sein Mitgefühl.

Doch nichts konnte Sabine von ihrer Lektüre ablenken, vor allem an den Stellen, wo es um die andere Frau ging. Diese erotischen Abschnitte, die ihr Ernest eines Abends vorgelesen und die sie so abstoßend gefunden hatte. Auch jetzt packte sie wieder der Ekel – gemischt mit dem Geschmack des Weins und des Tabaks. Es waren merkwürdige Abschnitte in wirklich schönen Worten – das musste man ihm lassen –, die plötzlich in einer ordinären Derbheit endeten, die eines Raymond würdig gewesen wäre. Während es bei Raymond aber ganz natürlich klang, konnte man hier die provozierende Absicht nicht übersehen. Es sah beinahe so aus, als interessiere Ernest nur die schmutzige Seite der Dinge. Er setzte eine Frau in Szene, mit der er häufig schlief. Während Sex für sie eine saubere Angelegenheit voller Leben, Zärtlichkeit und Glück war, wurde er hier wie ein böser Fluch dargestellt. Man ahnte zwischen dem Helden und seiner Geliebten ein Verlangen danach, sich zu demütigen, sie wälzten sich im Dreck und gefielen sich in Empfindungen, die Sabine abschreckten. Wie konnte man so eine nur lieben? Und sie hatte geglaubt, mit Ernest sei alles schön und rein!

Nun war sie vollends davon überzeugt, was sie schon immer vermutet hatte: Er hatte sich nie wirklich von seiner Ziege getrennt. Mit ihr hatte er sich immer getroffen, wenn er angeblich ins *Lapin chasseur* ging und erst nach Mitternacht heimkam. Später hatte er sie nach Tunesien geschickt, um mit dieser Frau zusammen sein zu können. Und während sie am Strand auf ihn gewartet hatte, lag er mit der anderen im Bett. Für wie blöd hielt er sie eigentlich!

Dazu brauchte sie die Erklärungen des Barons nicht mehr. Ihr Beschluss stand fest. Sie bat Marmaduke um ein Telefonbuch und suchte eine Adresse heraus.

Als sie das Café verließ, fiel ihr Blick auf eine junge Frau im grauen Kostüm, die allein an einem Tisch saß. Sie versuchte, sich auf ihr Buch zu konzentrieren, doch immer wenn die Tür des Cafés aufging, schaute sie auf, als erwarte sie jemanden. »Sie ist offenbar auch sitzen gelassen worden«, dachte Sabine, »die Männer sind doch alle gleich.« Sie bemerkte, dass Marmaduke ihr nachssah, als würde er sie nie mehr wieder sehen. Er und der Baron waren die einzigen Menschen, die sie wirklich gern hatten. Sie nahm sich vor, den Baron auf seinem Handy anzurufen und sich von ihm zu verabschieden.

Es war halb neun, als sie an einem Kiosk einen Bogen Briefpapier und einen Umschlag kaufte. Sie setzte sich auf eine Bank, holte den Roman *Ich glaube an das Glück* aus ihrem Rucksack und suchte die Seite, auf der Solange an Adrienne schrieb. Genau so wollte sie ihrer Rivalin schreiben. Ernest liebe sie, erklärte sie ihr, wenn sie es nicht schon wisse, würde das beiliegende Manuskript es bestätigen. Ihr sei das ganze Buch gewidmet. Sie fügte hinzu, dass auch sie Ernest liebe, dass sie aber bereit sei, sich wie Solange in *Ich glaube an das Glück* zu opfern, um ihrem Glück nicht im Wege zu stehen.

Sie las noch einmal, was sie geschrieben hatte, schluchzte laut, packte alles in ihren Rucksack, lief zur Metro, fuhr Richtung Défense und stieg am Étoile aus.

Von dort ging sie in die Avenue Mac-Mahon.

*

Im Bus, der sie nach Épinay zurückbrachte, fragte sie sich, ob sie richtig gehandelt hatte.

Vor allem, da nichts so abgelaufen war, wie sie es geplant hatte.

Allein schon das Haus. Sie hatte angenommen, die Ziege wohne in einem modernen Neubau. Stattdessen war sie auf ein altes Gebäude gestoßen, stattlich zwar - behauener Stein, Teppich in den Fluren, große Fenster und einschüchternde Stille -, aber für ihre Zwecke nicht sehr praktisch. Keine Möglichkeit, das Manuskript einfach in den Briefkasten zu werfen. Es bei der Concierge abgeben? Kein Vertrauen. Es selbst hinauftragen? Sie fürchtete, auf die Ziege zu stoßen, doch sie wollte sicher sein, dass sie es zusammen mit dem Brief erhielt. Sie nahm ihren Mut zusammen und stieg in den dritten Stock hinauf. Auf Zehenspitzen, um so wenig Lärm wie möglich zu machen. Dieser Ort beeindruckte sie so sehr, dass sie kaum zu atmen wagte. Sie hatte sich nicht getraut, den Aufzug zu nehmen. Wenn sie gewusst hätte, ob es eine Dienstbotentreppe gab, hätte sie diese genommen.

Oben angekommen zupfte sie an ihrem Kleid, um ihren String zu verbergen – sie fühlte sich nicht wohl darin –, atmete tief durch und wollte gerade auf die Klingel drücken, als sie bemerkte, dass die Tür einen Spalt breit offen stand. Vielleicht hatte sie Glück und würde der Ziege nicht begegnen. Vorsichtig stieß sie die Tür auf, konnte jedoch ein Knarren nicht verhindern. Der Flur lag im Dunkeln. Links neben der Garderobe sah sie eine Kommode, auf die sie den Brief und das Manuskript legte. Da erst bemerkte sie schemenhaft eine nackte Gestalt. Voller Panik stürzte sie zur Treppe und flüchtete in halsbrecherischem Tempo aus dem Haus.

Im Nachhinein in dem fast leeren Bus, der sie nach Épinay brachte, schien ihr klar, dass es nur die Ziege gewesen sein konnte, die auf Ernest wartete. Sie hatte sie sich nicht ganz so groß vorgestellt. Was sie wohl von ihrem Brief hielt? Verstand sie, zu welchen Opfern die Liebe bereit war? Sie stellte sich vor, wie sie laut lachte, ihren Brief in tausend Stücke zerriss und sich mit Ernest über sie lustig machte. Bei dieser Vorstellung lief sie rot an. Als sie jedoch an der Haltestelle Rue-de-Paris ausstieg und über das unbebaute Grundstück zum Hochhaus ihrer Eltern ging, überdachte sie ihren Brief noch einmal und fand, dass er gar nicht so schlecht war. Dann stellte sie sich vor, wie ihre Rivalin zu Tränen gerührt wäre und ihr den Platz an Ernests Seite überlassen würde. »Sie verdienen Ernest mehr als ich«, würde sie sagen, »Sie lieben ihn wirklich.«

Diese Vorstellung trieb ihr wieder Tränen in die Augen, während sie das schlecht beleuchtete Grundstück überquerte, das in einer ziemlich unsicheren Gegend lag. Doch Sabine hatte die Warnung des Fahrers nicht registriert und nun lief sie mitten in der Nacht allein in ihrem Minikleidchen über ein übel beleumundetes Gelände und dachte sich tröstliche Geschichten aus. Ernest würde ihr nicht böse sein, dass sie seinen Roman mitgenommen hatte, Denise – oder hieß sie nicht doch Maryse? – würde ihn dazu bringen, den Roman umzuschreiben, weil auch sie ihn unanständig fand, und würde ihre beste Freundin werden, obwohl sie aus einer angesehenen Familie stammte. Die Missverständnisse, die sie auseinander gebracht hatten, würden geklärt werden und sie würden sich kichernd Vertraulichkeiten über Ernest erzählen. Diesem würde endlich seine Flatterhaftigkeit bewusst werden und er würde sie anflehen, es noch einmal mit ihm zu versuchen. Während sie weiterging, lösten sich finstere Schatten von den Häuserwänden und hier und da blitzten Taschenlampen auf, doch sie bemerkte es nicht. Sie achtete lediglich darauf, mit ihren Absätzen nirgends hängen zu bleiben, und überlegte, was sie Ernest dann antworten würde. Ihr Herz riet ihr Ja, Denise auch. »Ihr liebt euch doch«, würde sie sagen, »das wäre doch zu dumm.« Sie hatte Recht, nur die Liebe zählte. Hundert Meter trennten sie noch vom Hochhaus ihrer Eltern, die nicht mit ihrer Rückkehr rechneten. Was sie wohl sagen würden? Ihre Mutter schlief sicher schon. Es brannten im ganzen Gebäude kaum noch Lichter. Der Spätfilm im Fernsehen war bestimmt schon zu Ende. Licht brannte nur noch in den wenigen Fenstern der gnadenlosen Dauerglotzer, zu denen auch ihr Vater gehörte. Das Bild des alten Mannes vor dem Fernseher tat ihr weh.

Plötzlich registrierte sie eine seltsame Unruhe hinter sich. Schatten liefen hin und her und irgendjemand rief um Hilfe. Sie beeilte sich, das Haus zu erreichen, und drückte rasch den Türcode.

Im Aufzug verzieh sie Ernest. Sie nahm seinen Heiratsantrag unter der ausdrücklichen Bedingung an, dass er keine Geheimnisse mehr vor ihr haben dürfe. Sollte er eines Tages genug von ihr haben oder eine andere lieben, musste er es ihr sagen. Dann folgten die Hochzeitsvorbereitungen, gemeinsam mit ihrer Trauzeugin Denise. Sie schauten sich überall Brautkleider an, lachten und erzählten sich Geschichten. Und Sabine war glücklich, dass Ernests Seitensprünge ihr eine so gute Freundin beschert hatten.

Auf der zweiunddreißigsten Etage lief sie den endlos langen Korridor mit den vielen Brandschutztüren entlang. Die Wohnung ihrer Eltern lag ganz am Ende. Entgegen ihrer Annahme saß ihr Vater nicht im Wohnzimmer, obwohl das Licht noch brannte und der Fernseher lief. Wahrscheinlich hatte er vergessen, ihn auszuschalten. Egal, sie konnte ihnen ja auch am nächsten Morgen noch erklären, dass sie für eine Weile bei ihnen bleiben wollte.

Sie ging ins Bad, zog ihr durchgeschwitztes Kleid aus, putzte sich die Zähne – ihre Zahnbürste stand noch immer in dem Weinglas auf dem Waschbecken – und ging in ihr Zimmer.

Dort saß ihr Vater auf ihrem Bett. Sein Schlafanzug gab den Blick auf ein schmuddeliges Unterhemd frei.

Als er Sabine sah, bekam er glänzende Augen.

*

Im selben Augenblick beugte sich Joseph Archimboldo über Ernest Rippers leblosen Körper.

»Das habe ich nicht gewollt«, jammerte er. »Aber du hättest mich eben nicht betrügen dürfen. Das Geld war mir nicht wichtig, sondern das Buch! Warum hast du es verschwinden lassen? Was hätte ich denn tun sollen? Wir hatten eine phantastische Geschichte. Jetzt ist der Text weg und du bist nicht mehr da und kannst nicht mehr schreiben. Ich kann doch nicht mit leeren Händen zur Witwe zurückkehren. Was soll ich ihr denn sagen?«

Doch Ernest antwortete nicht.

Die Wohnung war still, seit einer ganzen Weile schon in Dunkelheit getaucht.

»Lass mich nicht allein!«, weinte Joseph.

Vergeblich.

Ernest Ripper hörte ihn nicht.

Epilog

Der Tod ist keine Ausrede.
(wird Jules Vallès zugeschrieben)

Doch er irrte sich.

Ernest hörte ihn.

Aus weiter Ferne, in einer unendlichen Stille. Als stünden die Worte auf einem völlig weißen Blatt.

Ernest war verblüfft.

Er war tot, sah sich auf dem Boden liegen. Sein halbes Gesicht war weggerissen, eine Art rot-gelber Brei drang aus der Wunde. Er bewegte sich nicht mehr, atmete nicht mehr, sein Herz schlug nicht mehr. Er war tot. Ein unerhörter Eindruck. Er schwebte in der Wohnung der Rue des Martyrs entlang der Wände und Fenster, streifte die Decke, unglaublich luftig, änderte die Perspektive mit erstaunlicher Leichtigkeit nur durch seine Gedanken. Manchmal sah er Josephs tränenüberströmtes Gesicht in Großaufnahme, dann wieder sah er ihn über seinen Leichnam gebeugt, sah, wie der Rücken dieses Versagers von verzweifelten Schluchzern geschüttelt wurde.

Er war tot, Ernest Ripper, der gerade einen Roman geschrieben und auf Papier ausgedruckt hatte, dem es aber nicht gelungen war, ihn bei seinem Verleger abzuliefern. Sabine liebte er nicht mehr, jetzt liebte er Denise, doch er war tot, hatte nichts mehr, war nichts mehr. Nur noch eine geistige Präsenz, die alles sah, alles hörte, überall gleichzeitig war. Joseph hatte also nicht gelogen: Die Seele blieb tatsächlich in der Nähe des Körpers. Bis zu zwei Minuten lang, hatte er gesagt.

War Joseph doch ein Mörder, da er so gut Bescheid wusste? War ihm in diesem Augenblick bewusst, dass ihn die Seele seines Opfers umschwebte? War seine Präsenz hörbar? Platzte diesem Schweinehund davon das Trommelfell? Doch Ernest stellte sich keine weiteren Fragen, denn es trat ein Ereignis ein, mit dem er nicht gerechnet hatte. Ein ganz einfaches Ereignis, das viele der religiösen Theorien stützte. Er fühlte sich nach oben gesaugt. Zuerst hielt er es für eine Illusion, doch nein, er wurde wirklich nach oben gezogen. Soeben durchstieß er die Decke, tauchte bei seinem Nachbarn ein Stockwerk über ihm auf und setzte seinen Aufstieg weiter fort, als riefe ihn der Himmel zu sich.

Was ging das den Himmel eigentlich an?

Intensive Konzentration brachte Ernest wieder an den Ort des Verbrechens zurück. Sein Verhältnis zur Zeit schien sich geändert zu haben, mehrere Stunden konnten innerhalb weniger Minuten ablaufen. In diesem Punkt hatte sich Joseph geirrt, die Seele konnte lange bei ihrem Körper bleiben. Es musste schon Mitternacht sein, denn soweit er sich erinnerte, war er am helllichten Tag umgebracht worden, doch nun war es Nacht, nach der Dunkelheit und den Lichtern überall zu schließen. Es war sicher heiß, drückend heiß, denn in der Rue des Martyrs schleppten sich die Menschen dahin, als koste jeder Schritt enorme Kraft.

Doch Ernest spürte die Hitze nicht. Er, der sich präzise

an alles erinnern konnte, was er vor mehreren Jahren gesagt oder getan hatte, besaß nur noch eine sehr vage Erinnerung an diese Empfindung, obwohl er sie doch gerade erst verloren hatte. Wahrscheinlich hatte Joseph deshalb seine Jacke ausgezogen und wischte sich die Stirn mit seinem Taschentuch, das er auch dazu benutzte, seine Spuren zu verwischen. Um sein Opfer kümmerte er sich nicht. Ernest sah ihn den Computer, dann den Tisch, auf den er sich gestützt, den Türgriff, den er berührt hatte, abwischen. Er ging hin und her und bemühte sich zu rekonstruieren, wo überall er Fingerabdrücke hinterlassen hatte.

Ernest wunderte sich, dass Sabine noch nicht zu Hause war. Eine Nachtschicht im Supermarkt konnte doch nicht so lange dauern. Er wartete darauf, dass sie in die Wohnung kommen und angesichts seiner Leiche einen Schrei ausstoßen würde. Doch nichts passierte. Er fragte sich, wo sie wohl sein mochte. Bei einem Geliebten? Offensichtlich bereinigte der Tod doch nicht alle Unklarheiten. Einer plötzlichen Eingebung folgend – und auch, um der Aufwärtsbewegung zu entgehen – schwebte er Richtung Épinay, während Joseph gerade dabei war, mit dem Staubsauger seine Fußabdrücke auf dem Teppich zu beseitigen. Ob er wohl auch noch die Fenster putzen und im Wohnzimmer Staub wischen würde?

Das war das letzte Bild, das Ernest mitnahm.

Wenig später tauchte vor ihm das Hochhaus von Sabines Eltern auf. Eine dunkle Masse, nur in einem Fenster im zweiunddreißigsten Stock brannte noch Licht.

In ihrem Zimmer tanzte Sabine zu einer Melodie von Whitney Houston.

This is the Heartbreak Hotel.
You said you'd be there by nine
Instead you took your time ...

Auf dem Bett saß ein alter Mann mit einem schmutziggrauen Unterhemd unter seiner offenen Schlafanzugjacke. Sein ausdrucksloses Gesicht – in mancher Hinsicht erinnerte es an Joseph – wurde knallrot, als Sabine versuchte, die Kordel ihres Strings zu lösen.

Dann fühlte Ernest sich wieder nach oben gezogen. Offenbar konnte das Paradies nicht auf ihn verzichten. Die Zeit wurde knapp. Er hatte schreckliche Lust, Denise wieder zu sehen. Vielleicht saß sie noch im *Lapin.* Sie hatten ein Candle-Light-Dinner geplant, um den Abschluss seines Buches zu feiern. Er zögerte. Wozu sollte er sie wieder sehen? Doch seine Sehnsucht war stärker. Wenn er sie dort nicht fand, würde er bei ihr zu Hause nachsehen.

Trotz der späten Stunde war das Café überfüllt. Marmaduke gab sich alle Mühe, unter den Leuten in Shorts und mit Fotoapparaten, die sich über Stadtpläne beugten, ein Kellner mit Stil zu bleiben. Ernest sah Denise allein an einem Tisch unter dem Bild von Toulouse-Lautrec sitzen. Sie war völlig aufgelöst. Vor ihr lag *Krieg und Frieden*, doch sie las nicht darin. Er wollte mit ihr reden, doch sie hörte ihn nicht. Es war ein Fehler gewesen, hierher zu kommen. Es schmerzte ihn, doch er konnte den Schmerz nicht äußern, nicht einmal mit Tränen.

Er dachte an Christine Etchigolan, aber abgesehen davon, dass er nicht wusste, wo sie wohnte, sah er auch keine Möglichkeit ihr mitzuteilen, dass sein Manuskript fertig war und auf Diskette in Samuels Nachttisch lag. Er musste sich damit abfinden, dass er in der Falle saß. Lange würde er dem Ruf des Himmels nicht mehr widerstehen können – die himmlische Anziehung wurde stärker –, und er wollte in seinen letzten Augenblicken noch bei Maryse vorbeischauen.

Im Mac-Mahon wurde *Dancing in the rain* mit Gene Kelly und Cyd Charisse gespielt. Einen kurzen Augenblick lang betrachtete er das Poster, bevor er in Maryses Zimmer schwebte.

Was er da sah, überstieg seine Vorstellungskraft.

*

Maryse lag auf der linken Seite des Betts, in der Nähe der Tür. Ihre Gewohnheiten hatte sie jedenfalls nicht geändert. Wegen der Hitze war sie nur mit einem Leintuch bedeckt. Neben ihr lag ein Mann, den er einmal gesehen hatte, als er seine restlichen Sachen bei ihr abgeholt hatte. Der glückliche Trottel. Er war nackt. Das Leintuch lag zerknüllt zu seinen Füßen, um seine Anatomie besser zur Geltung zu bringen. Glatt, braun gebrannt, flacher Bauch, Brustmuskulatur, Bizeps, Trizeps, Oberschenkel, alles nach Gardemaß. Ein Typ, der von seinen Heldentaten im Bett lebte. Seine Aufmerksamkeit galt ausschließlich einem Körperteil, das seine perfekte Anatomie um gut zwanzig Zentimeter überragte. Seine einzige Sorge galt dem Bemühen zu verhindern, dass es erschlaffte. Von Zeit zu Zeit gab er ihm einen kleinen Klaps, um ihn bei Laune zu halten. Ansonsten blickte er ab und zu in ein Buch, das er in der Hand hielt. Maryse wusste offenbar nichts mit ihm anzufangen.

Und das aus gutem Grund.

Sie las.

Und was sie las, verblüffte ihn. *Sie las sein Manuskript.* Wie war es nur hierher gekommen? Geheimnis. Es war doch nicht Maryse gewesen, die es ihm gestohlen hatte! Doch er hielt sich nicht länger mit dieser Frage auf. Als Toter kam man gleich zur Sache. Und Tatsache war, dass sich Maryse ganz offensichtlich für seine Geschichte interessierte. Sie las und las und nichts konnte sie von ihrer Lektüre ablenken. Mechanisch ließ sie eine Seite nach der anderen auf den Teppich gleiten. Dort lagen schon über hundert Blätter. Sie musste die ganze Nacht damit zugebracht haben, und der Kerl neben ihr wartete, bis er an der Reihe war.

Obwohl er nicht mehr aus Fleisch und Blut bestand, fühlte Ernest, wie ihn ein intensives Gefühl überkam. Maryse würde ihn verlegen. Man brauchte nicht tot zu sein, um das zu erkennen. Er kannte sie. Sie hatte bereits einen Plan für die Veröffentlichung im Kopf. Dann wäre es also Condorcet anstatt Montpensier, Maryse Bernadac anstelle von Christine Etchigolan. Egal, er würde sich nicht zieren, außerdem hatte er sowieso nichts mehr zu sagen. Er wäre nur gerne geblieben, um das Gesicht seiner ehemaligen Freundin zu sehen, dieses von seiner Prosa verklärte Gesicht. Doch der Himmel wurde allmählich ungeduldig. Es wurde Tag, die Stunde des Paradieses. Ganz allmählich zerfiel die Welt um ihn, wurde durchsichtig und machte einer Art Firmament Platz, dessen Licht alles erhellte. Um ihn waren die Neugestorbenen versammelt. Man erkannte sie an ihrem ekstatischen Blick. Sie schubsten sich gegenseitig aus dem Weg. Jeder wollte dem Ruf des Herrn als Erster folgen. Sie schmeichelten sich ein, so gut es ging. Inzwischen nahmen auf der Erde alle möglichen Schändlichkeiten ihren Lauf: der Kerl, der Maryse bespringen würde, sobald sie fertig gelesen hatte, Gene Kelly, der seinen Stepptanz um vierzehn Uhr dreißig im Mac-Mahon vorführte, Sabine, die dem Mann im Schlafanzug einen weiteren Tanz im String präsentierte, Denise, die traurig ihre Wohnung betrat, ihr Buch unter dem Arm, ein Mann ohne Gesicht, der ihr dicht auf den Fersen blieb. In einer letzten Anstrengung gelang es ihm sogar, Samuel noch einmal zu sehen. Der unsterbliche Samuel ließ sich gerade von einer Krankenschwester die Urinflasche geben. Überall begann das Fest. Ihn erwartete die ewige Seligkeit. Eine Seligkeit ohne Verlangen, ohne Mord, ohne Wahnsinn, ohne Leidenschaft, ohne ein geschriebenes Wort, ohne Betrug und Verrat, eine Seligkeit, in der nichts geschah. Ihm missglückte alles, eine alte Gewohnheit. Er dachte an die Rue de Tilsitt, auch das war ihm nicht geglückt, und auch dort oben würde ihm nichts gelingen. Dort oben war der Frieden des Herrn mit Engeln, die Harfen hielten, und Heiligen mit wohlwollendem Blick. Es fehlte nur noch die himmlische Musik …

Womit hatte er das verdient?

Ein Platz unter den Lebenden, der Titel, den ihm Denise vorgeschlagen hatte. Dem Himmel war er gleichgültig.

Er verschwendete einen wütenden Gedanken an Joseph.

Warum hatte dieser Idiot den Abzug gedrückt? Er konzentrierte sich mit aller Kraft auf eine Kehrtwendung. Vergeblich, schon durchquerte er die ersten Schichten engelhaften Glücks. Ein Glück in Pastell, wie fromme Bilder. Er versuchte zu widerstehen, doch unmittelbar bevor er in der ewigen Glückseligkeit verschwand, hatte er gerade noch die Ahnung, dass sich unten etwas Schlimmes zusammenbraute.

Etwas sehr Schlimmes.

Er stieß einen lauten Schrei aus, der das Himmelsgewölbe erfüllte, doch auf der Erde sind die Toten nichtzu hören.

*

Maryse hörte gar nicht mehr auf zu lesen.

Alexis wurde schon ungeduldig. Beliebig lange konnte er ihn nicht bei Laune halten. Wenn man ihn allzu lange warten ließ, würde er schließlich erschlaffen. Was bildeten sich die Frauen eigentlich ein? Er gab ihm links und rechts Klapse, dachte an ordinäre Positionen. Als seine Gedanken keine schmutzigen Phantasien mehr hergaben, schlug er noch einmal *Marathon in Spanish Harlem* auf. Er blätterte und blätterte, fand jedoch keine Stelle, die ihn fesseln konnte.

Die ganze Zeit über las Maryse weiter.

Alle fünf Minuten drehte sie sich zu ihm um und fragte ungläubig:

»Und das hast wirklich du geschrieben?«

»Wenn ich es dir doch sage.«

Er spürte, dass sie nicht überzeugt war, doch das war völlig unwichtig. Die wichtigen Dinge spielten sich auf einer ganz anderen Ebene ab. Denn Alexis war ein geschickter Spieler. Seine Stärke lag darin, im richtigen Moment aktiv zu werden. Wie im Spielkasino oder wenn ihm der Hintern einer Frau dargeboten wurde. Ein zahlender Hintern natürlich. Er gewann in jedem Fall.

Born to win.

Glück in der Liebe, Glück im Spiel.

Als Maryse hatte wissen wollen, was er während seiner langen Abwesenheit gemacht hatte, war ihm Jackies Rat wieder eingefallen: *Mach, was du willst, schreib einen Roman, wenn es dir Spaß macht ...* Er hatte nicht gezögert. Das Manuskript auf der Kommode, das die Kleine im Minikleid gebracht hatte. Den Begleitbrief hatte er in den Müllschlucker geworfen. Außerdem stand kein Name darauf, nur ein Titel: *Ein Platz unter den Lebenden*, und eine Widmung an eine gewisse Denise. Ab in den Müllschlucker damit. So landete man einen Treffer, mit allem Drum und Dran. Nur keine halben Sachen, nie.

Er hatte Maryse das Manuskript unter die Nase gehalten:

»Ich habe das hier geschrieben!«, hatte er triumphierend gemeint.

Maryse hatte gezögert. Ein gutes Zeichen.

»Hältst du dich jetzt für einen Schriftsteller?«, hatte sie wütend gezischt.

Doch sie hatte einen Blick auf die ersten Zeilen geworfen, und da war dann etwas passiert. Das hatte er gleich erkannt. Sie hatte sich ausgezogen, ohne das Manuskript aus der Hand zu legen. Dann war sie lesend ins Schlafzimmer gegangen.

Er war ihr gefolgt. Was hätte er sonst tun sollen?

Doch nun wunderte er sich. War das »lesen«?

Die Welt existierte für sie nicht mehr, er selbst auch nicht. Er hatte plötzlich eine seltsame Vorstellung, obwohl er sonst mehr praktisch orientiert war: Für dieses Manuskript gab es einen Autor zu viel. Dann legte er sich neben Maryse, sein Handwerkszeug einsatzbereit, *Marathon in Spanish Harlem* in der Hand und wartete.

Er wartete die ganze Nacht.

Sie las und las. Von Zeit zu Zeit fragte sie:

»Hast wirklich du das geschrieben?«

Er nickte.

Plötzlich zeigte sie auf seinen Smoking, der auf dem Boden lag.

»Wozu hast du den eigentlich gebraucht?«

»Den habe ich beim Schreiben getragen.«

Seine Schlagfertigkeit gefiel ihr.

Sie überlegte. Wer hatte das geschrieben? Dieses Buch würde sie ohne Zögern sofort herausbringen. Erstlingsroman oder nicht: Sie durfte keine Zeit verlieren. Geschichten über den Serienmörder wird es demnächst reihenweise geben, dachte sie. Die Presse schrieb nur noch darüber. Und jeder würde von jedem abschreiben. Doch wer war der Autor? Sie wunderte sich. Kein Name, kein Begleitschreiben. Sie dachte an Ernest. Manches erkannte sie wieder. Sein visueller Stil und bestimmte Themen aus der Zeit, als sie noch zusammen gewesen waren. … *Spuren, die weder das Leben noch die Liebe noch ein günstiges oder ungünstiges Schicksal auslöschen konnten. Spuren, die den unauslöschlichen Teil von ihm selbst darstellten.* Sie erinnerte sich, diesen Satz schon im *Jüngsten Gericht* gelesen zu haben, das sie damals abgelehnt hatte. Doch da irrte sie sich wohl. Auf jeden Fall war Ernest nicht in der Lage, eine Geschichte zu Ende zu schreiben. Sie hatte zwar Alexis von ihm erzählt, von ihrer Liebe in Aim'-sur-Meuse, seinen Schreibversuchen und von seinem alten Onkel im Krankenhaus. Hatte ihr Alexis etwa zugehört? Er behauptete, sich die Anregungen für die Sexszenen bei Moravia geholt zu haben. Aber hatte er Moravia überhaupt gelesen? Er, der nicht über seine Schwanzspitze hinaussah? Wer also, wenn nicht er oder Ernest? Mysteriös. Wenn Ernest der Autor war, würde er sich bestimmt bald melden. Sie kannte ihn. Er rief lieber einmal zu oft an als gar nicht.

Doch er meldete sich nicht.

Sie hatte das Gefühl, dass er sich auch später nicht melden würde, und sie empfand eine seltsame Traurigkeit.

Wenn sich aber niemand meldete, warum dann nicht Alexis?

Er wäre sicher besser als Proximus Desaster mit seinem Cyberspace. Seit sich sein *On the Web* zweihunderttausend Mal verkauft hatte, sah man ihn in jeder Zeitschrift und in jeder Talk-Show, wie er auf seiner Computertastatur herumturnte und sich einen Joint drehte. Der sympathische Rapper hielt sich seither für den Nabel der Welt. Unvorstellbar, wie glaubwürdig er sich selber fand! Er gab überall Interviews, tappte in jeden Fettnapf, kündigte seine nächste CD an und seinen dritten Roman.

Sie würde sich ganz sicher nicht damit befassen.

Warum also nicht Alexis?

Schließlich hatten auch schon andere unter einem Pseudonym Romane veröffentlicht. Diesmal käme die Geheimnistuerei ausnahmsweise nicht von einem Autor, sondern von einer Lektorin. Sie hielte die Fäden in der Hand. Öfter mal was Neues. Jacques Condorcet wäre begeistert. Alexis ließe sich bestimmt gut vermarkten. Er konnte sich auch aus heiklen Situationen befreien, wusste mit Journalisten umzugehen, drückte sich verständlich aus, vor allem Frauen gegenüber. Vielleicht würde er es sogar fertig bringen, sich für gute Artikel über ihn auch noch bezahlen zu lassen. Doch im Grunde zählte nur das wunderbare Manuskript, der Autor war nicht so wichtig. Bei Alexis musste man sich in dieser Hinsicht keine Gedanken machen. Er machte sogar im Hintergrund noch eine gute Figur. So würde sie es in ihrer Therapie darstellen und erklären, dass sie endlich den Roman gefunden hatte, nach dem sie schon so lange suchte. Ein freundliches Wort auf einer Couch, das kam nicht jeden Tag vor.

Alexis spürte, dass sich die Situation zu seinen Gunsten entwickelte. Wie viel brachte ein Buch wohl ein? Sicher nicht so viel wie eine richtige Zahl im Roulette, doch es öffnete ihm Türen. Und hinter diesen Türen warteten Kundinnen. Das durfte man nicht außer Acht lassen. Ein Bestsellerautor und obendrein noch gut im Bett, das würde die Preise unglaublich in die Höhe treiben.

In diesem Augenblick wandte sich Maryse zu ihm um.

»Das hätte ich dir nie zugetraut«, sagte sie.

Das Kompliment – wenn es denn eines war – überraschte ihn. Was tat ein Schriftsteller, wenn man ihn lobte? Er konnte doch unmöglich fragen: »Hat es dir gefallen?«, wie er es sonst bei seinen Kundinnen tat. Da ihm nichts einfiel, schwieg er.

»Was mir am besten gefallen hat«, fuhr Maryse fort, »ist, dass deine Geschichte so endet, wie sie begonnen hat, mit den gleichen Sätzen.«

Wie endete eigentlich die Geschichte? Er hatte keine Ahnung. Doch den Anfang hatte er gelesen.

»Ach ja!«, sagte er nur. »Ich bin das Kind der mittelalterlichen Finsternis und der New Yorker Dunkelheit, eine Brücke über dem Abgrund.«

ENDE

Robert Schneider

Roman **Schatten**

207 Seiten. Gebunden, mit Schutzumschlag
€ 18,90. ISBN 3-379-00792-7

An einem Frühsommerabend in Sydney sehen sich zwei ehemalige Freundinnen nach fast dreißig Jahren wieder. Florence hat Kasha in ein Hafenrestaurant eingeladen, um ihr die Frage zu stellen, die sie seit Jahren quält. Sie betrifft Collin Lamont, den Mann, der das Leben beider Frauen in ganz verschiedener Weise prägte. Mit Kasha war er verheiratet; doch nur Florence hat ihn geliebt. Lamont ist längst tot, doch er bestimmt nach wie vor das Denken und Fühlen von Florence. Das gesteht sie Kasha an diesem Abend.
Florence' Bekenntnis bildet den Auftakt zu einem Buch, das mit atemberaubender und unerbittlicher Konsequenz die dunkelsten Winkel der menschlichen Seele auslotet und nicht endet, ehe Florence die Antwort auf ihre Frage erhalten hat.

RECLAM
LEIPZIG